目覚めたまま見る夢

Rêver les yeux ouverts

目覚めたまま見る夢

20世紀フランス文学序説

塚本昌則

Masanori Tsukamoto

岩波書店

目次

＊本書においては、外国語著作からの引用に際して、既訳を参照しつつ、訳文を適宜変更したことをあらかじめお断りしておく。

「一度に五秒か六秒しかつづかないけれども、突然、完全に自分のものとなった永遠の調和が訪れたなと感じる、そうした数秒間があるんだよ。それは地上のものではない。といってもなにもぼくはそれが天上のものだなどと言ってるんじゃなくて、現世的な地上の人間にはとても堪えられるものではないという意味なんだ。そのためには肉体的に変化するか、でなければ死んでしまうかのどっちかなんだ。それは明白で争う余地もない感情なんだよ。まるで不意に全自然の存在をありありと感じて、思わず「そうだ、これは正しいことだ」と口走るような気持ちなんだ。（…）なによりも恐ろしいのは、それがすさまじいばかりに明晰で、たいへんな喜びであるということなんだよ。もしそれが五秒以上つづいたら——魂は持ちこたえられなくなって、消滅してしまわなければならない。この五秒間にぼくはひとつの生を生きるんだ。そのために自分の全生命を投げ出しても惜しくはない。それだけの価値があるからなんだ」

（ドストエフスキー『悪霊』第三部第五章、江川卓訳）

序章　存在の瞬間——二十世紀フランス文学における眠りと覚醒

なぜいくつかの夢は、目覚めたあとに深い印象を残すのだろうか。古代の人々は、ある人が夢にあらわれると、自分の心の生みだした幻としてではなく、相手の魂そのものが、その身体を遊離してやってきたものと受けとめた。夢を神々の意志のあらわれとさえみなし、ひとつの信仰の対象へと高めていった。(1)個人を超える力の顕現という夢への見方は、現代ではすっかり失われてしまったのだろうか。いまわれわれは、夢をどのようなものと考えているのだろうか。

この疑問を、ここでは二十世紀フランス文学を題材に考えてみたい。夢について書かれたフランス語のテクストを読むと、フロイトの『夢解釈』(一九〇〇年)とはかなり異なった夢への見方が展開されていることがわかる。もっとも大きな特徴は、夢そのものというより、眠りのなかでの思考の変転と覚醒した思考との境界が重要な問題となっていることである。明晰な意識は、いったいどこで夢の意識に変質するのだろうか。意識がまどろんでいるとき、どこまでが眠りの世界であり、どこからが覚醒した世界となるのか。日常の意識を出発点として、そのただなかに夢を現出させることは可能なのか。こうした問いかけは、この時代の作家たちが夢を、フロイトのように、無意識との関係で理解するのではなく、あくまでもいま目覚めている意識との関係で捉えようとしたために問われたのだろう。

どうすれば覚醒した意識をたもったまま、夢を見ることができるのか。現在の意識が落ちこんでいる、変化のない退屈な日常のただなかにあって、根源的に異質な意識の状態にどうすれば移行できるのか。このような問いが繰り返し問われるようになった背景には何があるのだろうか。

ミシェル・レリスのように夢の記述に例外的な才能を発揮した作家もいるが[2]、これは稀な場合であり、基本的にこの時代の作家たちにとって、眠っているあいだに見た夢は切実な興味の対象ではない。目覚めた時に夢として見出される記憶や、こういう夢を見た、と語りだされる物語を、彼らはあまり重視しない。アンドレ・ブルトンのように、「夢の全能性[3]」(『シュルレアリスム宣言』)を唱えながら、夢の物語をわずかしか書かず、あくまでも覚醒時の生活のさなかで起こる奇妙な出来事を追究しつづけた作家もいる。ロジェ・カイヨワは、「文学と夢には、ほとんど相容れないものがある」とさえ言っている。「なぜなら、書くことと読むことは精神が目覚めていることを前提としているからだ[4]」。夢を見た、という言い方そのものが、それ以降に語られる言葉を台なしにしている、と彼らは考える。探究すべきことは、夢で何を見たのかということ以上に、夢という現象があるという事実そのものである。

実際、夢が存在するという事実は、覚醒した意識と鋭く対立しており、目覚めた後では十分な形で再現できないような意識の活動形態が、同じひとつの精神のなかにあることを示している。そこから素朴な疑問が生まれるだろう。夢のような奇怪な現実を生きる思考を、眠りのなかだけでなく、覚醒時の生活のさなかに体験することができないだろうか。明晰な意識をたもったまま、夢の不思議な造形力を目の当たりにすることができないか。この「覚醒したまま夢を見ることは可能なのか」という疑問に惹きつけられた作家として、ポール・ヴァレリー、マルセル・プルースト、アンドレ・ブルトン、ルイ・アラゴン、アンリ・ミショー、ジャン＝ポール・サルトル、ロラン・バルト、マルグリット・ユルスナール、クロード・シモン、ジュリアン・グラック、ル・クレジオ、ロジェ・カイヨワ、ピエール・パシェなどの名前を挙げることができる。

文学というものへの考え方が異なり、夢をどのようにして創作に取りいれるのかという態度も異なっているため、それぞれの作家が目覚めたまま見る夢という問題に何を見出し、どのように書くという行為に結びつけたかは、個別に掘りさげる必要があるだろう。確かなことは、彼らが夢に深い関心を抱きながら、夢の物語に興味を示さないこと、彼らにとって真の問題は、夢のもつ奇怪な世界の形成力を、眠りのなかだけでなく、覚醒時において、とりわけ書くという行為において、解き放つことができるかどうかを知ることである。〈私〉のなかで起こりながら、〈私〉には制御できない変容と展開の力にみたされた夢の世界に、どうすれば覚醒した意識をたもったまま入っていくことができるのか。

そのためのアプローチにも、共通した姿勢が見られる。直接夢そのものに接近しようとするのではなく、覚醒時の生活のなかで起こるあらゆる変調に着目し、そこに夢の力がどこまで働いているのかを突きとめようとするのである。日常的に観察可能な現象として、意識が眠りに落ちるとき、あるいは眠りから目覚めかけているときの、半覚半醒のまどろみがある。それだけでなく、日常の意識が中断され、放心状態に陥るようなさまざまな出来事のうちにも、彼らは覚醒した意識に夢が入りこもうとする契機を認める。紅茶にひたしたマドレーヌからあふれだす記憶の意味を考え、ベンチの下に隆起するマロニエの樹の根が不可解なものに変容するのを見つめ、モロッコのカフェの意味のわからないざわめきに進んで身をゆだねている等々の場面を考えれば、眠りと覚醒のあわいにただよう放心状態が、ただ不意打ちをくらって考える力を失った状態ではないことが理解されるだろう。語り手、あるいは登場人物は、茫然としながらも何かを必死に考えている。二十世紀フランスの作家たちは、起こっていることの意味がつかめず、呆気にとられながら世界を見つめる状態に注目し、そこで何が起こっているのかを徹底的に追究しようとした。そこに覚醒した意識を変質させる、夢の力を認めていたのである。

ヴァレリーは自分の夢研究を〈夢の幾何学〉[5]と呼んだが、それにならえば「放心の幾何学」と呼べそうなものの系譜を、二十世紀フランス文学においてたどることができる。考察の出発点は、夢そのものではなく、覚醒した意識が中断され、混乱し、日常生活をいつもとは違った形で見つめる精神が働きはじめる瞬間である。そうした瞬間を描く場面に通底しているのは、日常を支えている基盤が崩れ、異質な世界との境界に立たされているという、言ってみれば敷居の感覚である。[6]その敷居感覚は、夢そのものではない。意識は目覚めている。ただ、意識を普段支えている土台が失われ、非日常との境目に立たされて、通常の道筋をたどることができなくなっている。よく知っているはずの世界を作りかえ、見知らぬ状況に意識を引きこむ夢の形成力がそこに働いていると何人かの作家が考え、その形成力のたどる道筋を明らかにしようとした。ヴァレリー、プルースト、ブルトンの試みの後では、かならずしも夢という言葉が使われないまま、私見ではとりわけイメージ論としてこの探究が受け継がれていった。夢は、覚醒時の生活に質的な変化をもたらす力として研究されたのである。

何かのきっかけで、見慣れた日常の外観をまとったものが、眠りにひたされたような独特の光沢を帯びはじめる——そんな瞬間が、なぜ二十世紀のフランス作家たちによってこれほど追究されたのだろうか。その背景を考えてゆくと、ベンヤミンが「経験の貧困」と呼んだ、物語ることが困難になった時代が見えてくる。この時代、一人の人間が人生の中で豊かな経験を積み、完成された人格となってゆく道はすでに消滅している。十九世紀のレアリスム小説のように、自分の夢を実現したいと願う一人の青年が、自分の生きている社会を徐々に発見し、どのようにふるまうべきかを理解してゆくという筋書きにしたがって書くことは、ほぼ不可能となった。この世の出来事を一通り経験し、社会で成功するために何が必要かを心得ていて、その知恵を青年にさずけることができる老人や年長の女性ももはや存在しない。世代ごと、それどころか十年ごとに経験のあり方が変わってしまう社会状況の中で、昔の経験はほとんど意味をもたなくなった。

ベンヤミンは「経験と貧困」(一九三三年)で、戦場から帰還してくる兵士らが押し黙ったままであることを強調している。あたりにみちているのはショックの連続、同化できない暴力のうずまく世界であり、出来事を経験という形で消化することができないことが常態となっている。個人が経験の積み重ねを通して豊かな人格となってゆくプロセスが消滅してしまったのだ。ブルトンが『ナジャ』(一九二八年)で描いているように、一人の青年が街で出会うのは、その意味もそれが自分に何をもたらすのかもわからない出来事の連続である。個人が自己の主観を通して発見してゆく世界は、限りない謎にみちたものとなり、何かを知っているふりをしようものなら、たちまち嘲笑される危険をおかすことになる。

だが、同時にこれは主観効果が隅々にまで浸透した時代でもある。どれほど卑小なものになったとしても、われわれは自己を通してしか世界を体験することができない。自分自身の生を統括し、いろいろな価値を決定するのはこの〈私〉だということは、〈私〉の地位が決定的に凋落したことと同じほど確実なことである。個人は無であり、集団こそすべてだ、という考え方が、容易にファシズムに取り込まれてゆく時代にあって、どれほどみすぼらしいものであっても、個人の特殊性にこだわることには大きな意味があった。〈私〉がどれほどゆがんだ、不完全な存在にすぎないとしても、この〈私〉の身に起こることは確かにひとつの現実であり、それを通してしか何も始まらない――そのような姿勢だけが、言葉と経験を貧しくしてゆく巨大な力に抵抗する拠点となった。個人は、土地、家族、職業といった根源的な結びつきから切り離され、漂流し、この世の生に意味を見いだせずにいる。しかし、この世で何を知り得るのか、何を手にすることができるのかという問いかけが、この〈私〉を通して考えない限り意味をもたないという直観は消滅していない。二十世紀の作家たちが直面した状況は、この視点から見れば次のように要約できる。世界は〈私〉を通してしか経験できない、たとえその〈私〉がどれほど取るに足らない存在であったとしても。

夢が、不思議な力強さで、主題化されつづけたのはそのためではないだろうか。眠りと夢は、個人を超える力への敷居であり、〈私〉の外にあるものに開かれた状態である。この敷居への認識を深めることができれば、目覚めている限り、平坦で、どこまでも変わらないように見える世界が変容する、そのような瞬間を捉えることができるのではないか。ただし眠りのなかで夢に溺れるのではなく、あくまでも覚醒した意識をたもちながら、事物の外観を超えたはるかな世界の反響を目の当たりにする瞬間に立ち会いたい。そのように眠りと覚醒の敷居に立ち、注意力を凝らしたまま夢見ることができるなら、そのとき実現されるかもしれない意識の広がりは、書くという行為に強度としての詩を取り戻してくれるかもしれない——こうした背景から出てくる試みが、夢の働きを無意識の欲動と結びつけることによって解釈する精神分析と、接点をもちながらも異なる道筋を描くのは当然のことだろう。問題は、理性では捉えきれない現象を、一定の理論に還元して理解することではなく、「経験の貧困」によって消滅しかかった探究としての言葉、日常を超える異質な力との接触を回復することなのである。現実の配置をすっかり変えてしまうほどの強度をそなえた眼差しを得ることが問題なのだ。

このように意識の広がりの限界にむかって旅立ち、そこから先には明晰な思考が可能でなくなるぎりぎりの境界を探ろうとする探究は、二十世紀に入って初めておこなわれたわけではない。むしろ個人が見つめ、感じる世界を文学の中心にすえたルネサンス以降、眠りと覚醒の境界は大きな主題となってきた。意識を超えるものとの境界で、世界がどのように見えるのかという疑問は時代を超え、思潮や考え方の移り変わりとは無関係に繰り返し問われてきた。そこには近代文学の成立そのものと深く関わっている部分があるのだ。そのことを典型的に示す例として、モンテーニュ(一五三三—九二年)の落馬体験をあげることができる。二十世紀における眠りと夢の探究が、覚醒した意識との境界で何が起こるのかという疑問の解明にむかった、その流れの根底にモンテーニュからの文学的遺産が流れこんでいることは間違いない。二十世紀に固有の特徴を考えるためにも、ここで『エセー』(一五八〇—九五年)の一節に触れておくことにしよう。さらにモンテーニュの体験をロマン主義に接続するジャン゠ジャック・ルソー(一七一二—七八年)の『孤独な散歩者の夢想』(一七八二年)にも触れることにしよう。個人の意識が文学において前面に押し出されるようになったとき、その当初から意識が暗転するぎりぎりの境界で、いったい何が起こっているかという疑問への深い関心があった。フロイトの無意識の表現としての夢という考え方がフランスになかなか浸透しなかった背景のひとつに、意識という光が闇に反転する瞬間を散文で語るという伝統があった。二十世紀における眠りと覚醒について考えるために、この伝統に触れることは必須のことと思える。短く、要点をたどることにしよう。

モンテーニュの落馬体験

フランス近代文学は、モンテーニュから始まるといっても過言ではない。モンテーニュが発見したのは、人間とは何かという問いを、抽象的な人間を通してではなく、不完全なこの生身の〈私〉を通して考えたほうがはるかに興味深いという事実である。(7) 任意の個人のほうが、普遍的なものよりはるかに豊かだというのである。それは〈新世界〉が発見され、地理的空間の拡大だけでなく、習俗、習慣、法律、政治体制が時代や地域によって変化する相対的なものであるという認識が広がっていく時代であった。「法律ほど、絶え間ない動揺をこうむるものはない。(…)昨日もてはやされていたのに明日はもはやそうでない善、川一本渡っただけで罪悪に変ずるような善とはいったい何だろう。山が境界をなして、山の向こう側の世界では虚偽であるような真理とは何であろうか(8)」。認識がいかに相対的なものであるのか、パスカルはより簡略に次のように言い表している。「川一筋によって区切られる滑稽な正義よ。ピレネー山脈のこちら側では真実、あちら側では誤り(9)」。絶対的な真理の探究が虚しいとすれば、普遍的な人間像などどのようにして描きだすことができるというのか。

このような状況下で、モンテーニュは絶対的真理の探究とは異なった視点から、普遍性の探究へと乗りだした。それは個人に根ざした、一人一人が異なっている、多様な真実の追究である。〈私〉という人間は、任意の、不完全な、ゆがんだ鏡にすぎない。だが、このゆがんだ鏡に何が映されるのかを明晰に捉えようとするほうが、どこにも存在しない普遍的な人間という理想化された鏡に映しだされるものを考えるよりはるかに多彩なことを教えてくれる。迷宮のように入り組んだこの存在が、移り気で、混乱し、矛盾ばかり抱えこんでいることがわかるだけでもすでに人間理解は深まっている。人間という迷宮をすみずみまで明らかにすることなどできないだろうが、不完全な自己を出発点とすることで、確実ななにごとかの、少なくとも萌しのようなものを捉えることができるかもしれない。誰も公共の場でなそうとはしなかった、自己を描くというまったく私的なこころみを通して、モンテーニュは特殊なこの〈私〉を厳密に吟味することが、普遍的人間をめぐる思弁よりはるかに深い人間認識につながることを発見した。この発見こそ、近代における文学の始まりを画すものだった。

あらゆる人間に通底する普遍性を放棄しているのだから、その探究には確かに限界がある。しかし、ヴァレリーがモンテーニュから始まる伝統のなかで書いているように、「自己の限界を予感し、見出し、受け入れる人は、自己の限界を感じない人々より普遍的である」[10]。自己の有限性、不完全性、任意性を受け入れ、その限界の果てまで行こうとする人間のほうが、人間はこのようなものだと頭ごなしに決めつける人間より普遍性に開かれている。一人の人間の主観を通して見るという、モンテーニュの始めた方法は、個別の人間の限界がどこにあるのかを見定め、その限界をどうすれば乗りこえることができるのかという探究として受け継がれていった。二十世紀に入り、個別の人間にもはやどのような意義もないと考えられるようになってからも、この方法は完全には放棄されなかった。超越的なものの名において語るのでも、理想化された抽象的人間の名において語るのでもなく、また人間存在を歴史的、社会的、精神的に、個別存在を生成させる構造から説明しつくす理論の名において語るのでもなく、視野が限られ、ゆがんでいて、真実にどこまで肉薄できるのか定かではない〈私〉を通して語ること――この姿勢が完全に忘れ去られなかったのは、どれほど偽りの外観にみちていようと、結局この世界は〈私〉を通して感じ、理解したものでしかあり得ないからだ。問題があるとすればただひとつ、二十世紀、この主観というものが完全に権威を失ったことである。繰り返せば、〈私〉を通してしか世界を体験することはできないが、どのような〈私〉も信頼に値しないことが確信できるのだ。

なぜそのような時代に、覚醒したまま夢見る状態にさまざまな作家が注目したのか。この疑問を考えるうえで、モンテーニュの語る落馬体験はきわめて示唆的である。二十世紀における夢と眠りへの独特のアプローチを考えるヒントを、ルネサンスの文章に求めてみよう。モンテーニュが落馬で意識を失いながら、それでも意志があるかのように振る舞った時の話である。この箇所は、自己という特殊な個人について語ることが、殻に閉じこもる行為ではなく、まったく逆に見知らぬ世界に身を開く行為であることを典型的に示している。

第二次宗教戦争(一五六七年九月―一五六八年三月)もしくは第三次宗教戦争(一五六八年八月―一五七〇年八月)のいずれかの時、モンテーニュは屋敷の近くに散歩に出かけた。近場でもあり、本格的な支度はせず、扱いやすい小さな馬を選んだ。その帰り道、癇の強い荷役用の馬に乗った部下が、仲間に勇敢なところを見せようとして、モンテーニュの行く手に馬を駆りたて、激しい勢いでモンテーニュを馬もろとも宙に放りだした。モンテーニュが身動きしなくなったため、人々は彼が死んだと思いこんだ。二時間ほどすると息をしはじめ、胃の中に流れ込んだ大量の血を桶一杯分吐きだした。すっかり気を失ったまま、自分の爪でかきむしり、胴衣の胸をあけようとした。落馬の知らせを聞いてやってきた妻が、起伏の多い、歩きにくい道に足を取られ、難儀しているのを見て、モンテーニュは妻に馬を貸すように命令した。だが、彼自身の意識はまったく覚めていなかった。その時のことを、モンテーニュは次のように記している。

私は自分がどこから来たのか、どこへ行くのかわからなかったし、人にたずねられたことを判断したり考えたりすることもできなかった。それは感覚がひとりでに、習慣のように、生み出した軽い行為だったのである。精神が寄与すべき部分は、依然として夢のうちにあって、感覚のかすかな印象にごく軽く触れられ、いわばなめられ、うるおされたにすぎない。その間、私の気分は本当に、きわめておだやかで静かだった。他人のためにも、自分のためにも、悲しくなかった。けだるさと極度の衰弱があるだけで、苦痛は少しもなかった。自分の屋敷を見てもそれとわからなかった。寝かされたとき、その休息に限りない快さを感じた。(11)

モンテーニュは、衝突の衝撃があまりに激しくて気絶した後、目覚めてからしばらくの間は苦痛を感じなかったという。苦痛どころか、「きわめておだやかな静けさ」だけを感じている。不快感はなく、むしろおだやかな気持ちに浸っている。「私は、自分の命がもはや唇の先に引っかかっているかにすぎないように思って、この命を外に押しだすのを手伝うかのように、じっと目を閉じながら、ぐったりと力が抜けて、そのまま消え入る自分に、快感を味わっていた。(…)そこには不快感がないばかりか、とろとろと眠りに落ち込んでゆくときに感ずるあの心地よささえまじっていた」[12]。苦痛が戻ってくるのはそれから二、三時間後であり、一旦そうなると、落馬したときに手足に受けた打撲が猛烈に痛みはじめたという。「その後の二晩三晩はひどい痛みだった。もう一度死にそうに思った」[13]。

ここで語られているのは無意識の行動ではない。また意識的な行動でもない。意識の果てにある、現実への認識はあるのに意志が働かない、言ってみれば人格を失った領域での振る舞いである。名前、顔、年齢などによって規定される自我への意識が、偶然の出来事で吹き飛んでしまったのだ。しかし、意識はそのような自我が消滅したところでは終わらない。自我が終わったところから始まる非人格の領域のはるかに深いところまで、意識の領域は広がっている。モンテーニュにとって、自己を描くという試みは、この捉えがたい境界に踏みこみ、ぎりぎりのところまで生の領域を拡大しようとする激しい熱望によって見えてくるものを描くということなのである。自己の輪郭が融け、そこから先には異界が広がっている敷居の経験をいかに語ることができるか——〈私〉を通して世界を語るという姿勢に、この〈私〉そのものが消滅しかかっている領域を語ることが不可欠なこととして最初から組みこまれていたのである。

モンテーニュは「他人のためにも、自分のためにも、悲しくなかった」と書いている。これはこの体験が、ひとが死にどれほど接近することが可能なのか、その「実習」として書かれていることと関係している(モンテーニュが自らの落馬体験を語る断章は、「実地に学ぶことについて」と題されている)。つまり、眠りと覚醒の境界を見定めることは、自分がどこまで死の領域に近づくことができるのかを試すことでもあるというのだ。この逸話の記述を通して、モンテーニュは死に馴れることが可能なのかどうか、死について、自分を強くし、動揺を鎮めてくれるような経験を、ひとはもつことができるのだろうかと自問している。死は一度しか経験できない。「死に臨むときには、誰でもみな初心者である」(14)。けれども、例えば眠りに落ちてゆくとき、あるいは急激な事故で気絶するとき、死の近くまでゆくことは不可能ではないとモンテーニュは考える。眠りと死は古代から結びつけられてきた現象だが、モンテーニュはそこに、意識の極限の可能性をどこまで確かめることができるのかというテーマを見出した。一度しか経験できないはずの事柄を、生きている間にどこまで知ることができるのか、その事態にどのように対処することができるのかという疑問がこのテクストの大きなモチーフとなっている。

モンテーニュの落馬体験は、人間が意識を超える境界に近づくと、個人の同一性、記憶の同一性が成立しない場所に近づくことを教えてくれる。自己を描くという、きわめて近代的な企ての最初に、非人格的領域をさまよう自己の姿を描く試みがあった。それはこう言っているかのようだ。〈私〉はすみずみまで自分のことをわかっているから自己を描くわけではない。わかるどころか、確かめようのない奇妙な思考と行動をする人物として、自己を描かずにはいられない。そもそも〈私〉の生きている世界は、固定された顔や名前、年齢をもつ自我の意見と感情に、決定的に束縛されたものだろうか。自己を描くことは、実際にはすみずみまで了解された地平線のなかで、自我が直面する現実を再現し模写することではない。その限界を超えようとするときに見えてくる光景を探し求めることなのだ。意識を失う境界に、意識はどこまで迫れるのか。眠りに落ちる間際、〈私〉はどこまで〈私〉でありつづけられるのか。何かの衝撃で気を失ったとき、〈私〉はどこまで理性的に振る舞うことができるのか。死を前にしたとき、〈私〉はどこまで明晰さを保っていられるのか。自己を描くことは、自己に固有のものと思っていたものを、非人称の境で次々に失ってゆく果てに、どのような光景が広がっているのかを書くことでもあるのだ。

意識の地平線の向こうに広がるこの非人格の境界では、個別の特殊な存在に限らない感情と行動が共有されているということも大いにあり得ることである。実際、モンテーニュの体験は、さまざまに形を変えて語り継がれてゆくことになる。二十世紀の夢と覚醒に関するテクストとモンテーニュを橋渡しするために、もう一人、「実地に学ぶことについて」に明らかに影響を受けた作家のテクストを見てみよう。

ジャン゠ジャック・ルソーの転倒体験——「存在の瞬間」

モンテーニュからおよそ二百年後、ジャン゠ジャック・ルソーがやはり事故で気を失った時のことを語るだろう。一七七六年十月二十四日、ルソーはパリ郊外メニルモンタンでの植物採集を終え、夕方パリに戻ろうとして坂道を降りているとき、巨大なデンマーク犬に激突された。坂道の人混みで前を歩いていた人たちが、いきなり飛びのいたかと思うと、デンマーク犬が飛びかかってきたのだ。犬は、人通りの多いパリの街で馬車の通る際、その先払いの役目を果たしていたのである。ルソーは坂道を降りているところだったので、平坦な道以上に地面にたたきつけられることとなった。それっきり、ルソーは正気にかえる瞬間まで、打撲を受けたことも、倒れたことも、その後のことも、何ひとつ覚えがなかったという。目を覚ますとほとんど夜になっていた。『孤独な散歩者の夢想』のなかでも、サン＝ピエール島の岸辺でまどろむ箇所と並んで名高いこの箇所を読んでみよう。

夜は更けていた。空と、いくつかの星と、少しばかりの緑が目に入った。この最初の感覚は、甘美な瞬間だった。この感覚によってしか、わたしはいまだ自分がわからなかった。この瞬間に、わたしは生まれようとしていたのだ。そして、自分のかすかな存在によって、自分の目に映るあらゆるものを満たしつつあるように思えた。その瞬間は、まったく何の記憶もなかった。自分というものの明確な概念もなかったし、自分の身に何が起こったのかという意識もなかった。自分がだれなのかも、どこにいるかも知らなかった。痛みも感じなければ、恐れも不安も覚えなかった。自分の血が流れるのを、まるで小川でも流れるのを見るようにして見ていて、それが自分のものだとは考えもしなかった。わたしは全身のうちにうっとりするような静けさを感じていた。その後、それをいつ思い出しても、今まで経験した快感のどんな活発な動きのなかにさえ、比べるもののないような心地よい静けさだった。(15)

モンテーニュは落馬体験を、死のための訓練が可能なのかどうかという文脈で語った。それに対してルソーは、同じように自分が誰であるのかわからなくなる状態を、この世で生きることと深く結びつけている。生きるというより、存在することと言ったほうが良いだろう。ルソーは気絶の経験を通して、〈生きること〉と〈存在すること〉の区別を学んでいるからである。〈生きること〉は、さまざまな人間関係のなかで苦しむことである。ルソーはかつて仲間だった哲学者たちから糾弾され、パリから追放されそうになっている。この事故の後、ルソーは死んだという悪意のある誤報が流布され、追悼文が書かれる。『孤独な散歩者の夢想』という本自体、その後パリからの逃亡生活を送るなかで書かれた本である。ところが〈存在する〉という水準には、つまり自分がどこにいるのかもわからず、自分が誰であるのかもわからない状態においては、そのような精神的苦しみはない。偶然事故に遭遇することで、ルソーは〈生きること〉が日常生活にまとわりつかせるあらゆる関係を忘却した。その圏域の外に広がる〈存在すること〉の領域にまで吹き飛ばされた。すると、身体上の苦痛がやってくるまでのわずかのあいだ、ルソーは「うっとりするような静けさ」につつまれた。

　夢という言葉はどこにも使われていない。しかし、これが通常の目覚めた状態と異なっていることは明らかだろう。何が起こったのかという記憶もなければ、自分が何ものなのかもわからない。名前も思い出もないまま、ひたすら更けゆく夜空を見上げている。それは通常の認識のあり方が中断された状態であり、宙吊りのまま、ひたすら存在感覚に身をゆだねている状態である。通常の時間の流れが途絶え、日常のなかにひとつの島のように浮かぶこの宙吊りにされた状態は、いつ果てるともしれない広大な時の広がりであることをルソーの文章は教えてくれる。日常の時間ではごくわずかしか続かない瞬間が、世界と一体となって生成する感覚につつまれているあいだ、どこまでも終わりがない時間のように思えるのだ。醒めている時であれば、自分が社会のなかで何ものであるのか、どのような場所にいて、どのような役割を託され、何をしつつあるのかを意識せずにはいられない。そうした意識、〈生きること〉が中断されると、そこには〈存在すること〉の領域が広がっていて、ひたすら世界とともに生成する感覚に身をゆだねることが可能だというのである。

このまどろみは、そのまま二十世紀の作家たちの探究に通じている。ルソーは事故によってこの奇妙な存在感覚へと導かれたが、本書で扱う作家たちはそれを、まるで眠りに襲われたように深い忘却におちいり、同時に日常をいつもより深く覚醒した眼で見つめるという経験として追究している。ごくわずかな時間しか続かない、覚醒したまま見るこの夢のようなものは、意識が明晰に目覚めている以上、確かに夢ではない。それでいて意識は通常の覚醒状態とは異なった状態にある。目の前に広がるのは、ありふれた、よく知っているはずのものなのに、それが何かを象徴しているように見えてくる。そのような覚醒時のさなかに世界が深みをおびてあらわれる状態を、ヴァージニア・ウルフの言葉を借りて、ここでは「存在の瞬間」と呼ぶことにしよう[16]。夢と覚醒という二つの矛盾する状態が同時に可能になる瞬間——それは眠りに就くときのまどろみや、目覚めの半覚半醒のときだけでなく、覚醒時のさなか、世界を見つめているときにも出現することがある。ルソーはそれを激しい苦痛がやってくる前の、ある静けさと安らぎにみちた存在感覚として描きだした。

夢の働きは、「存在の瞬間」においては、覚醒時の意識の枠組みのなかで発揮され、知覚される世界への眼差しを深める形で機能する。確かに外の世界であると認識しているのだが、まるで見つめる眼差しがその光景を生みだしているように感じられるのだ。日常のなかで演じている役割の意識が遠ざかり、自分の顔、年齢、名前が自分とは無縁の見知らぬものとなってゆく。いまにも夢のなかでの変転のような、自在な展開が始まりそうである。しかしそうはならない。意識は覚醒していて、自分の身体や普段の生活への意識がまったく消滅しているわけではないからだ。それは覚醒時の意識が強度を増した、奇妙な夢の始まりのようなものであり、目覚めたまま別の次元へと生成しつつあると感じられる状態なのである。

すべてがありふれた日常の外観をまといながら、そのすべてが別の形に配置しなおされたように感じられるこの「存在の瞬間」こそ、ここで考えてみたい、目覚めたまま見る夢のあらわれである。ひとたびそのような瞬間が存在することに気づけば、実際には日常生活の至るところにそのような瞬間が広がっていることを、やがてヴァレリーやプルーストが語ることになるだろう。もはや落馬や転倒は問題とはならないが、そこには世界から切り離される苦痛があり、苦痛を感じないままひとつの世界の生成に立ち会っているという夢の感覚がある。ヴァレリーの目覚めを主題とする断章、プルーストのまどろみの描写などと突きあわせて読めば、近代の作家たちがルソーのこの描写に夢の働きを見出してきたことが理解されるだろう。〈生きること〉から〈存在すること〉への敷居を超えさせる力こそ、覚醒時にあふれだした眠りの力であり、意識の強度としての夢の力なのである。

ルソーが明らかにした〈生きること〉と〈存在すること〉の区別が、どれほどの影響力をもったかを示す例として、現代作家ミラン・クンデラの『不滅』を挙げることができる。主人公のアニェスは自殺するかどうか煩悶するなかで次のように思う。

> 生きること、そこにはどのような幸福もない。生きること、世界中に苦しんでいる自分の自我を運ぶこと。
>
> それに対して存在すること、存在することは幸福である。存在すること、噴水に変身し、その

なかで宇宙が生暖かい雨のように降ってくる石の水盤に変身すること。(17)

〈生きること〉と〈存在すること〉の分離には、ルソーのような偶然の出来事や、人生に意味を見出せない苦痛のような、大きな力の負荷がかかっている。目覚めたまま見る夢は、その負荷が日常に亀裂を走らせるとき、中断された時間のなかから湧きあがってくる何かである。中断は、一方では意志の力でどうにもならない、主体によって制御不能の事態から生じている。ルソーは事故によって人格のすべてが記憶からすり抜けてしまうほどの衝撃を受けた。その衝撃は、後には紅茶にひたしたマドレーヌの味、街中での偶然の出会い、ありふれた日常の光景、さらには単に眠りに落ちることに置き換えられてゆくだろう。主体のなかで目覚めている限りつづいてゆく意識の流れが、何らかの形でせきとめられ、混濁し、それから理由もわからないまま調和のなかに目覚める瞬間がさまざまな角度から記述されることになるのだ。

その過程で、「存在の瞬間」が〈私〉という劇場で起こること、演劇的な身振りによって再演可能な場面となってゆくことにも、ここで注目しておきたい。モンテーニュは、死に限りなく接近した、一回限りの経験として落馬のことを語った。ルソーもまた自分の身に起こった一回限りの出来事を確かに語っているのだが、すでにモンテーニュが創設した言葉の型をそこに認めることができる。ルソーは〈生きること〉から〈存在すること〉が分離される瞬間というモチーフを導入しながら、モンテーニュが死への接近として語った箇所を本歌取りしているのだ。それ以降もボードレールの『人工楽園』やこれから見てゆく二十世紀の作品など、意識が限りない覚醒と、眠りの忘却に同時につつまれる「存在の瞬間」が繰り返し語られることになる。言い換えれば、一回限りの出来事を語る言葉が、〈私〉の意識において繰り返し上演可能であり、何度演じてみても、そこに何かがあると感じられる状態として演じられるようになってゆくのだ。はっきりとした自己の意識をもたないまま一人の人間として振る舞うという、日常的な意識から逸脱した状態が問題となっているのに、まるで日常の深い意味がそこにあるかのように、「存在の瞬間」は二十世紀の劇的なもののひとつのモチーフとなってゆく。とりわけサルトルやバルトが、目覚めたまま見る夢をイメージ論として展開してゆくとき、この演劇性が問題となるだろう。

物語的同一性の否定・物語の回復

ここで視点をはっきり二十世紀に戻し、なぜこの時代の数多くの作家たちが、眠りと覚醒の境界にある非人格の領域を探査したのかをもう一度考えてみよう。一方には死の淵に呑みこまれそうな深淵があり、他方には存在する感覚を取りもどす喜びがある。この日常生活のただなかに突如としてあらわれる「存在の瞬間」が、どうしてこれほどまでに探究の対象となったのか。そこには経験の回復という道筋があるのではないか、というのがわれわれの仮説である。

モンテーニュとルソーの目覚めを比較すれば、非人格化の過程がそこでは共有されていて、経験というものの持つ非人称性が明らかになっている――そうローラン・ジェニーが指摘している。主体がもはや自分自身でないところでは、異なった人間のあいだの区別は消滅するというのである。二つの目覚めには「主観性の同じような放棄があり、それこそがあらゆる経験と切り離しがたいものとなっているのだ[18]」。経験は、突きつめてゆけば、個々の人間を超える非個性的なものをもっている。気絶するような衝撃から目覚めかけた時の感触に、二百年の時を超えて共通したものがあったとしても不思議はない。確かに、激しい衝突から覚める間際の、自分が何ものであるのかを知らずにいる瞬間にどのような意味をあたえるかという点で、モンテーニュとルソーは対照的な態度を取っている。モンテーニュにとって、それはもっとも死に近づいた状態であり、ルソーにとって、それはまさにこの世に誕生しつつある状態である。しかしそのような意味づけにかかわりなく、顔も名前も失って、明確な意志もないまま茫然と行動する状態がそこには共通してある。非人格化の過程に、人間に共通する経験の基盤があるのだ。

　非人格化の過程といっても、それほど例外的な出来事ではないことを、二十世紀の作家たちは示してゆく。ヴァレリーは目覚めるたびに、意識が非人格といつもの自我とのあいだで迷う状態があると指摘する。「目覚める人間は、記憶が戻る以前のごく短い時間――自我の純粋状態にある[19]」。目覚めつつある人間は、過去や現在によって規定されない、ある純粋な意識の状態にあるというのである。

> 目覚めほど私にとって刺激的な現象はない。
> この自己生成ほど、すべて……について驚くべき観念をあたえようとするものはない――このかつてあったものの出発となるもの――そしてこの出発はそれ自身、〈現在あるところのもの〉という始まりをもっている、――それはことごとく衝撃、麻痺、対比に他ならない。
> そうしたところに、一種の等差現象ができるのだ。まるで……自分がまだ本来の自分にならな

い、もう一度別の人物になることができそうな一瞬(もっとも壊れやすい微妙な瞬間)がそこに存在するかのように‼　そこには通常とは別の記憶が展開されるだろう[20]。

プルーストが繰り返し描く半覚半醒のまどろみに、同じようにひとつの人格に固定されない意識の生成を見出すことができるだろう。〈私〉という場所は、ひとつの人格に収斂しない、非人格の境界をもっている。自分が誰であるのかを知らないその境界にこそ、自己を描こうとするものが言葉にしようとしてしきれない、経験の源泉があるのではないだろうか。

　非人格化の過程に、人間に共通する経験の基盤があるということをもう少し掘りさげてみよう。目覚めにあらわれる非人格化の過程は、初めは解体のプロセスとしてあらわれる。二十世紀文学で繰り返し取りあげられる〈目覚め〉は、その意味で破局の象徴と捉えなおすことが可能である。そこで破壊されるのは、家族や出生の地に規定され、幼年時代にきざした何かを現在にいたるまで一貫して追究する、そんなひとつの人格形成の物語である。意識は確かにあるのだが、自分が誰で、どこにいるのかわからないという放心の状態は、この時代、一貫して成長しつづける人格という神話の解体と結びついた。近代的自伝のように、〈本物〉の自己の探究が可能となるためには、個人というものの同一性が保証され、さまざまな体験の意味を生きている間に消化できる、そんな時代環境が必要である。ところがこの時代、人間がこの世に生まれて出会うものは、個人という枠組みを超え、個人の感情や誠実さに、その出来事の意味を求めることができないものになりつつあった。

　同時に目覚めは、同一性の解体だけが問題となる状態ではないことに注意しよう。それは滅びの時間であると同時に、何ものかが多様な生成をつづけている場所でもある。この時代の作家たちは、自分がまどろみのなかに解体されるのを感じるだけでなく、現像液に浸された印画紙にいくつかの染みがあらわれるように、何らかの形象があらわれつつあるのを見つめてもいる。その多様な生成をひとつの人格によって束ねようとする神話は解体されたが、一人の人間のうちにさまざまな記憶、知覚、眼差しが形成されること自体を否定することはできない。個人の生涯の一貫性を問題としない、つねに統一性を追い求める途上にある、ばらばらな断片的〈私〉という新たな一人称の追究が、それぞれ異なった形でなされている。「私の精神は単一のものだが、それは無数の断片からなっている(21)」——ヴァレリーの言葉が示すように、ひとつひとつの断片は明確であっても全体が真っ暗でよくわからないということがあるのだ。ひとつの精神の生成と、それが一定のシステムに統合されることへの拒絶が同時に起こるような〈真正さ〉の探究がそこにはある。

目覚めのうちに解体と再生の二つの運動を認めるということは、人格というものについて、それ以前とは異なった語り方を模索することでもある。この時代が、写実主義と呼ばれる小説の時代から、ベケットの小説三部作やヌーヴォー・ロマンによる登場人物の存在意義そのものが問われる小説など、小説という形式そのものに疑惑の眼を向ける時代への移行期にあたる点に注意しよう。一九八〇年代以降、行き過ぎた風潮への反発があり、自伝(より正確には、自伝に意図的に虚構をまじえるオート・フィクション)や、ミニュイ社が九〇年代に輩出したトゥーサンやエシュノーズのようなミニマリズムの小説によって、小説の最小単位としての個人というものの復権が図られた。この八〇年代以降を視野に収めれば、また別の文脈の形成について考える必要があるものの、ここで扱う時代において、フランス文学では個人というものの不十分さ、自我というもののいくつもの断片への解体がつねに問題となっている。不変の自我、社会のなかで成長しながら一貫性を保ちつづける自我というものは、そこでは完全に信用を失っている。ひとつの肉体を備え、社会のなかで一個の人格として生きる個人の自我が存在すること自体は否定できない。一人の人間は、固有の自我をもっていて、自らの環境のなかで他者と関係しあいながら生きている。しかし、そこに不変の人格として、一貫した判断をくだす自我の存在が認められない時代が訪れたのだ。リクールが「物語的同一性」という言葉で主張した個人の一貫性は、そこでは完全に解体されているのである。

「物語的同一性」とは何か。リクールによれば、同一性とは、この行為をしたのは誰か、誰がその行為者なのかという問いに答えるものである。問いへの答えは、固有名詞でその人を名指すことによってあたえられる。しかし、固有名詞の不変性を支えているものは何か。「そのように名指される行為主体を、誕生から死までつづいてゆく生涯にわたりずっと同一人物であるとみなすのを正当化するものは何か」。この答えは物語的なものでしかありえない、とリクールは述べる。「「だれ?」という問いに答えることは(…)、ひとつの人生の物語を物語ることである。語られた物語は、行為の〈だれ〉を伝える。〈だれ〉の同一性はそれゆえ、それ自体物語的自己同一性にほかならない[22]」。意識が夢と覚醒のあわいでただよう状態は、まさしくこの〈だれ〉の同一性そのものを危うくするものである。意識が目覚めつつあるのだから、行為の主体性を引き受ける準備はできているのだが、意識はまだ闇のなかをただよっていて、再び眠りのなかに落ちこんで行きそうでもある。人格の物語的同一性を問えない場所が問題となっているのだ。

「物語的同一性」の枠に収まりきらない自我のあり方の探究は、サルトルやバルトの世代になると再び大きく変化する。もはや〈私〉がどうあるのかという問題より、世界が自分にとってどのようなものとしてあらわれるのかということに問題の重心が移動する。サルトル、バルトは、〈私〉に強烈な印象を残すイメージとは何なのか、〈私〉を酔わせ、嘔吐を覚えさせるような世界のあり方とは何なのか等、イメージや身体という世界との境界面をさらに押し広げようとした。それらの探究においても、夢の形成作用と覚醒した意識の共存が大きな役割を果たしている。問題は、個人の同一性、記憶の同一性が成立しないような場所で、それでも確かに存在するという感触があること、この存在の感覚をどうすれば描くことができるかということである。非人格化の過程はこのように、個別の人間をその個性が解体される領域にまで導くが、同時にそこに何らかの真正さが萌す確かな感触をあたえてくれもする。不変の人格という神話が解体されても、なお個人が確かなものと感じられる経験の追究がそこでなされているのである。

〈生きること〉から〈存在すること〉へ、日常のなかで行動する人格から、主観性を放棄した非人称の境へと移行することとは、この視点から見れば、言葉に現実との接点を取りもどさせようとする試みだったのではないか。「存在の瞬間」に繰り返しが可能な演劇的身振りという側面があるのも、そこに物語の力を回復させる起爆剤のようなものが秘められているためではないか。世界は〈私〉を通してしか経験できない、たとえその〈私〉がどれほど取るに足らない存在であったとしても——この堂々めぐりの状況をどうすれば打開できるかという問いに、目覚めたまま見る夢の探究が答えようとしていたのではないか。非人称の境にひとを押しやる眠りと覚醒の境界をめぐるさまざまな探究を、言葉の力を回復しようとする試みとして捉えなおすことができる――この作業仮説を、具体的なテクストを読みすすめながら検証していきたい。

ベンヤミンは、眠りと覚醒の境界を、もうひとつの世界への移行を経験できる数少ない状態と考えていた。「われわれは別の世界への敷居を超える経験にきわめて乏しくなってしまっている。おそらく眠りにつくことが、われわれに残された唯一のそうした経験だろう。(したがって目覚めも同様である)[23]」。異界への入口が空間的・時間的に狭められ、もはや眠りにつくこと、目を覚ますことに、敷居を超える経験が限定されているというのである。日常生活そのもののただなかに、夢見る世界を現出させる「存在の瞬間」を求める旅は、日常に疲弊した人びとが別世界への「敷居」を求める旅でもあるのだ。

以下、本書で扱う内容を簡単にまとめてみよう。

第一章では、ヴァレリーの夢研究と、「存在の瞬間」を歌ったある散文詩を取りあげる。ヴァレリーの夢研究は、夢見るというのはどういうことか、意識が覚醒しているというのはどういうことかという疑問に、明確な言葉をあたえてくれる。その意味で、以下のテクスト講読の基礎作業となるものである。ヴァレリーは夢の物語を徹底的に批判することからその研究を始めているが、その批判がどのように「存在の瞬間」の記述へとつながっていくのかをたどってみたい。第二章ではプルースト、第三章ではブルトンの夢への言及を検討する。ヴァレリーをふくめたこの三人は、書くという行為への考え方、作品のコンセプト、自我・記憶・時間の概念等においてまったく異なった考えをもっているが、夢と覚醒のあわいに立つことに、書くという行為の源泉のひとつを認めていたという点が共通している。

ちなみに、三人の夢に対する見方は、フロイトの夢理論と交叉する側面と、離反してゆく側面をもっている。三人の夢理解は、フロイトが決定的な影響を発揮しはじめる以前の考え方を出発点としていて、自分なりの夢理論を形成する途上でフロイトと出会ったという事情がある。しかしより根本的な相違は、はじめに触れた通り、フロイトが覚醒時と睡眠下に通底する、無意識の抑圧された欲動の解明を目指したのに対し、三者に共通する「存在の瞬間」の探究が、夢を「無意識」ではなく「意識」の問題として捉えている点にある。意識は確かに浅い、表面的現象かもしれない。しかし、フランスの作家たちは表面にこだわってきた。ヴァレリーの言葉を使えば、「人間のなかでもっとも深いもの、それは皮膚である」[24]。ある日、外皮に、ひとつの襞が作られる。それが次々に折り込まれることによって、外胚葉ができてゆく。それこそが感じたり、苦しんだり、考えたりするものとなってゆくのだ。表面は平坦なものではなく、見透すことのできない起伏に富んでいる。表面が融解し、闇の領域に連なる瞬間を捉えようとすると、そこに果てしない謎が現れることは、モンテーニュやルソーの言葉が示す通りである。存在することの眩暈《めまい》と結びつくとき、意識という表面は捉えがたい起伏を、どこまでも折り込まれた襞のうねりを示しはじめるのだ。あくまで明晰さを保ちながら、その錯綜した襞のなかにどこまでわけいることができるかという疑問は、数多くの作家が取り組んだ複雑な探究の場となっている。夢の働きをめぐって、フロイトの洞察を参照することは避けられないが、その洞察をもちいる方向が異なっている点についてはあらかじめ注意しておきたい。

第四章と第五章では、二十世紀後半に大きな研究領域に進展してゆくイメージ論を取りあげる。サルトルが『想像力の問題』から『家の馬鹿息子』にかけて展開し、ロラン・バルトが『〈中性〉について』や『明るい部屋』でさらに発展させたイメージ論では、ヴァレリー、プルースト、ブルトンが、目覚めたまま見る夢の探究を通して明らかにした問題系の痕跡がはっきり認められる。イメージ論の根底に、眠りと覚醒の敷居をめぐる二十世紀前半の省察が引き継がれていることを検証することがこの二つの章の目的である。ヴァレリー、プルースト、ブルトンが夢と覚醒の錯綜した関係を考える過程で提起したさまざまな問題は、夢という言葉が使われていなくても、そのままイメージをめぐる現在の考察の一端に流れこんでいる。

もちろん、章ごとに主題化される作家だけで、「存在の瞬間」の問題系が尽くされるわけではないし、それぞれの作家についても、同じ問題についてさらに別のテクストを取りあげながら論じることも可能だろう。重要なことは、日常のなかに異界に通じる扉があることに気づいたとき、彼らがそれをどのような言葉にしてきたのか、その端緒を摑むことである。ながい時間をかけ、異なった作家たちが同じ敷居に触れながら、どのような言葉を紡いできたのか、その疑問へのあふれんばかりの好奇心を喚起することができれば、この本の目的は達せられることになるだろう。

第一章

ヴァレリーにおける中断の詩学

夢とは何か。ヴァレリー(一八七一―一九四五年)はこういう問い方そのものが間違っていると考える。われわれは何を指して夢と呼んでいるのだろうか。目覚めた時に夢として見出される記憶、それに基づいて語られる物語以外に、夢という現象が存在することを証言するものは、基本的に存在しない。それでいて、夢の記憶も夢物語も、断片的で、欠落が多く、理解可能な形にしようとすると何かをゆがめたという感触の残る、あまり信頼できない情報である。もし本当にわれわれが夢について何ごとかを知っているとすれば、目覚めているこの瞬間、どうして夢と呼ばれる現象を再現できないのか。目覚めている限り、夢はどこにも存在しない、言ってみれば不在の現象なのではないか。

ヴァレリーが夢と覚醒に関する考察を深めてゆくのは、夢は眠りのなかにしか現れないというこの素朴な観察を押しすすめることによってである。目覚めている限り、われわれは夢見ることはない。覚醒している時には、酔っているのでない限り、夢の萌芽はただちに中断されてしまう。そのように考える作家が、どのようにして夢の特性を明らかにできたのだろうか。また目覚めたまま見る夢を憑かれたように歌おうとするのか。ここでは主に一九〇〇年以降、一九四五年の死の年まで書き継がれた『カイエ』の断章を素材に、ヴァレリーの夢に関する研究と、眠りと覚醒との境界を歌う散文詩との接点を探ってみたい。始めに夢研究の基本的な力線を確認し、次に「ロンドン橋」と題された散文詩を取りあげ、覚醒時のさなか、眠りによって覚醒がさらに深まる奇妙な状態を、ヴァレリーがどのように記述したかをみてゆくことにする。

I　夢の存在と不在——ヴァレリー〈夢の幾何学〉をめぐって

一　夢の不在

半世紀近い夢研究の中で、ヴァレリーがつねに問題にしつづけたのは、夢が思い出としてしか現れないという事実である。「夢はつねに、目覚めた人間に現れる一個の記憶にすぎない」[1]。夢には、その場で観察できる、現在の形というものがなく、つねに過去形で現れる。目覚めてから、夢を見た、と思うところにしか夢は現れない。思い出としてしか現れず、消えたばかりの不在のものなのに強い印象を残すこともあるこの現象を、どうすれば考察の対象にできるのだろうか。何だったのかを突きとめようとすると、記憶はゆがみ、切れ切れな不確かなものとなり、たやすく消えてゆく。これはいったいどういうことなのか。

夢とはそれが不在のあいだにしか観察されない現象である。夢見るという現象は、ほとんど現在形をもたない。[2]

夢はそれについて考えようとするとき過去形でしか現れず、起こっている最中に観察することができない現象である。ヴァレリーはそこに意識にとっての「絶対的な〈他者性〉[3]」を認めていた。覚醒時の意識によって正確に把握できないというこの観察こそ、ヴァレリーにとっては夢研究の基盤である。そしてその研究から、ヴァレリー自身意識しなかったかもしれないひとつの系譜、目覚めたまま見る夢という系譜が浮き彫りにされることになる。ヴァレリーに倣って、まるで夢を見ているようだ、人生は一個の夢である、等々の紋切り型の考え方からいったん離れ、人は目覚めているとき、自分が目覚めていることを知っているという認識を、考察の出発点に据えることにしよう。覚醒しているとき、夢は排除されるという立場にいったん立つことにしよう。すると、日常世界が実際には夢にみたされていることが逆に見えてくることを、ヴァレリーは明らかにした。目覚めているとき、人は夢見ることはないという認識から、いったいどうすれば覚醒時の生活が夢にあふれているという見方が導きだされるのだろうか。この逆説的な歩みをたどることによって、二十世紀フランス文学において、なぜあれほど目覚めたまま見る夢が描かれるのかを理解する糸口が見えてくる。しばらくの間、「夢見るという現象は、ほとんど現在形をもたない」という観察から、ヴァレリーがどのようにして夢に関する考察を発展させていくのかを追跡することにしよう[4]。

夢が不在の現象であるという観察そのものは、フロイトが夢研究を刷新する以前には広く見られた見解だった。一九〇〇年頃に出版された『グランド・アンシクロペディ』の「夢」の項には次のような記述がある。「夢の心理学的研究は、そこでは直接観察が不可能だという困難を呈している。われわれは覚醒状態においてしか、夢を研究できない。われわれが観察しているのは、夢そのものではなく、その思い出にすぎないのだ[5]」。ウィトゲンシュタインもまた、人が夢について語るとき、この言葉で何を理解しているのかを確定しようとして同じ結論にいたっている。「夢」という言葉が現実にどのように使用されているのかをみれば、夢は過去形でしか語ることができないものだとわかる、確実に言えるのは、「夢を見た」という過去形で交換される「言語ゲーム」があることだけだ、というのである。(6)

アセリンスキーとクライトマンがレム睡眠を発見し、眠っている人間を直接観察する手法が飛躍的に発展するのは一九五三年以降のことである。(7) ただしこの場合も、眠りのなかで急速な眼球運動を始めた人を起こすと、高い確率で夢を見ていたという報告があるだけでなく、ノン＝レム睡眠の状態で目覚めさせても、確率は低くなるが、夢を見ていた、あるいは考えごとをしていたという人が出てくるという。ヴィム・ヴェンダースの映画『夢の涯てまでも』のように、見た夢を録画する機械が発明されないかぎり、夢を外部からじっくり観察することは難しいだろう。現在もなお、夢は基本的に思い出として語られるもの、過去形でしか語れないものである。

ヴァレリーもウィトゲンシュタインと同様、あらゆる問題について、まず言葉を検討することで考察を深めようとした。「言語的状況の洗浄」(8) とヴァレリーは呼んでいるが、内容の検討に先立って言葉の使い方を観察し、それがどのような心的操作に対応しているかを考えることがこの作家の基本的な姿勢である。夢の場合、それが起こっている最中に同時に観察することができない、夢は不在の現象である、というのが、ヴァレリーにとってこの言葉が意味するものだった。事情がこのようなものである以上、夢について問うべきは次の疑問である。「夢に関する第一の問題は次の問題である。目覚めたとき、自分の夢として見出すもの、われわれが自分のうちに見出す思い出は、はたして夢を見ている間にわれわれが感じたり、見たり、等々したものと同じ表象なのだろうか?」(C, XI, 80[2, 122])。それは突如として視界を横切って消えた鳥が、どのような種類の鳥だったかを知ろうとするようなものだ、とヴァレリーは考える。夢の記憶は消えやすく、あまりに不確かで、検証不可能なものにすぎない。

夢の記憶が消えやすく、たやすくゆがめられてしまうという現象を、フロイトはまったく別の視点から説明している。フロイトの理論で鍵になるのは、夢の中に〈夢思想〉と〈夢内容〉という二つの水準を設定することである。フロイトによれば、夢がたやすく忘れられるのは、欲望の表現(〈夢思想〉)を抑圧しようとする「抵抗」のためである。人が夢を再現するとき、その姿をゆがめてしまうのは、「夢思想が夢検閲のために必ず甘受しなければならない加工作用」[9]が働くためだ。目覚めた時に夢として意識される内容(〈夢内容〉)は、フロイトの考えによれば、それが産出された時すでに歪曲作用を受けていて、目覚めてからも受け入れやすい形に加工される(「二次加工」)。目覚めた時に夢として意識される夢の思い出は、夢の顕在内容にすぎず、それは絶え間ない抑圧、歪曲、忘却の力にさらされているとフロイトは考えていた。彼にとって重要なことは、顕在内容の背後で働き、それらの内容を統括している潜在的な〈夢思想〉が、どのような過程を経て夢の顕在内容となるのか、そこで作動する夢の作業を解明することである。断片的でたやすく歪曲される顕在内容を分析し、そこに〈夢思想〉を加工するどのような〈夢の仕事〉が働いているかを明らかにすることで、潜在的な意味作用を読み解くことができるとフロイトは考えていた。無意識の欲動は、検閲を受けた、ゆがめられた形でしか意識にのぼらないという考えをひとたび受け入れれば、夢がたやすく忘れられ、歪曲されるという現象は、その考えに従って十分に説明できることになる。

それに対してヴァレリーは、「夢が眠りのもとにしか現れない」(C, XXIII, 663〔1, 1083〕)という現象を、無意識の欲動ではなく、あくまでも意識の機能という視点から考えようとした。この素朴な観察は、目覚めている時に夢について考えることができないということを意味しない。考えることはできるが、同じ強度で「実現することができない」(C, IV, 584)ことが問題なのだ。目覚めた意識が、自分の意志の力で、夢の奇怪な形成力を自由に発揮することは困難だ。「夢は存在した後では不可能になるものである」(C, XIII, 283)。「完全な力強さをそなえた夢は、覚醒時には不可能である」(C, XXVI, 427)。目覚めているという意識がある限り、夢の記憶が垣間見せるような変転を、現在の出来事として実現することは難しい。夢は、覚醒時の意識がどれほど注意力を凝らしても、再現できない心的活動なのである。というより、覚醒し、注意をむけることそのものによって、その本質が破壊されるような心的活動なのだ。

ヴァレリーが夢について考えつづけたのは、この現象が意識のうちに内在化できない、奇妙な〈他者性〉をもっているためだった。覚醒した意識が再現しようとすると、この現象の他者性を取り返しのつかない形で変質させることになる。それは覚醒時の意識とは根源的に異質な、眠りという未知の領域での心的活動の記憶であり、ゆがめられ、断片化された形でしか目覚めた意識のうちに取りいれることができない。覚醒時における生活を基準として夢を解釈する限り、絶対的な他者としての夢、この「名づけることのできないもの」[10]に到達することはできない。「夢は明確なものであり得る――しかし明確にすることはできない――明確にすることはできず、もしそうすれば消え去るであろうものである」(C, V, 411)。

二　夢研究の方法

ヴァレリーは、夢と覚醒とのこの共存不可能性から、自らの夢研究の方法を見出してゆく。問題は夢の側ではなく、あるがままの夢の姿を捉えることができない覚醒時の認識の側にあるのではないか。「〈夢の幾何学〉の諸条件あるいは公理とは何であるかを明確にしようと試みることは可能だろう。／もっとも重要な点は、〈覚醒時〉の諸条件・公理(…)を定義することだろう」(C, XI, 726[2, 131])。ヴァレリーにとって、夢について考えることは、結局は覚醒した意識について考えることである。「夢研究の大きな魅力は覚醒時の定義である」(C, VIII, 519[2, 196])。覚醒時の意識がいったい何を把握できないかを明確にすることで、ヴァレリーは夢という「捉えがたい先行者」(C, XX, 497)の本質に迫ろうとした。覚醒時の意識がどのような条件にしたがっているのかを分析し、その条件を変形してゆくことで、ヴァレリーは〈夢の幾何学〉を作りだそうとしたのである。

夢が不在の現象であるという観察は、このようにヴァレリーに夢研究の方法をあたえてくれただけでなく、実際には覚醒時の意識の特質の一端を明らかにしている。「夢がそうした不在、観察者との非＝共存性によって定義される」(C, XIII, 791[2, 142])とすれば、覚醒時は、進行する事態と「観察者」が共存できる空間として定義できるだろう。覚醒状態とは何より「観察するもの―観察されるもの」の二重性が可能であるような状態なのだ。より一般的に言えば、覚醒した意識にはさまざまな事象を区別し、その区別を維持しようとする傾向があるとヴァレリーは指摘する。

目覚めている人においては、物、思考、感覚の区別が存在し、それもほぼ恒常的に存続する。そして思考それ自体においても、少なくとも時々は、思考のもつさまざまな価値の区別が感じられる。そこから、夢想、幻想、真面目、厳密、重要、気晴らし、現実の仕事、想像上の仕事、無益な仕事、などといった概念がでてくる。

それらは覚醒時の調子である——それらの調子は次々に現れ、混じりあい、挿入句が入る。しかし調性は知覚され、回復されるのであり、さまざまな可能性はつねに区別される用意がある。

（C, V, 853［2, 91］）

事象を区別し、見つめる者と見つめられる物との二重性が可能という特性を反転させれば、眠りの中でどのような世界が展開されているのかを思い描くことができるとヴァレリーは考える。そこでは自我と事物という二重性は存在せず、見ている夢を冷静に観察する者が存在しない。夢見る人は、状況の進展に深く係わっていて、当人が予想し、恐れることがただちに視覚的イメージとして実現され、その視像がそのまま現実として受け入れられるような空間にいる。考えたことが現実として形になり、その形が主観に働きかけるのだ。覚醒時の世界では、そのような相互依存は通常考えられない。〈私〉が何を考えようと世界は世界としてあり、〈私〉の考えたこと次第で世界が変化することなどないと感じていることが、覚醒した意識の基本的な特徴である。

では、覚醒時において自我と事物の体系が、独立した二つの項として成立するのはなぜなのだろうか。ヴァレリーによれば、それは覚醒時には同じ対象を「再び見出す」ことが可能だからである。「覚醒時とは人が対象を再発見する状態である」(C, XIV, 326[2, 145])。ヴァレリーはこの覚醒時の意識の根源的な特質を、「《再び》RE という機能」(C, XXV, 674[1, 853])と名づけている。これほどありふれた動作はないかもしれない。〈私〉が〈私〉を変わらないものとして再び見出す、自分を取り囲む環境が変わっていないことを確かめる、自分の身体が別のものに変容していないことを見出す——こうした「再び見出す」という身振りは一見素朴だが、ヴァレリーはそこにオルフェウスの神話と同じほど、避けがたい宿命を認めている。オルフェウスは、亡くなった妻エウリュディケーを取り戻そうとして地獄に降り、冥界の王ハデスの許しを得て地上に妻を連れ戻そうとする。その途中、オルフェウスは後ろにいるはずの妻を振り返るという禁じられた身振りをしてしまい、永遠にエウリュディケーを失ってしまう。「再び見出す」ことは、覚醒時の思考の根底をなす身振りだが、神話が示す通り、その身振りによって大切な何かが失われてしまう。振り返ることで、夢をあるがままに見つめる力はただちに雲散霧消してしまうのだ。

ヴァレリーが意識の限界を押しひろげ、深く覚醒したまま夢見る可能性を見出そうとするのは、この振り返るという身振りを押しとどめることによってである。「再び見出す」ことで、覚醒時の思考は見つめるものをひとつの対象に変えてしまう。それは対象を分析するための基盤そのものを得ることでもあるが、夢が垣間見せる、主体と客体が相互に働きかけるような思考様式を不可能にする身振りでもある。「再び見出す」ことは、このように両義的である。それは明晰な思考の操作を可能とするが、同時に夢の奇怪な形成作用を不可能にするのだ。

三　目覚めたまま見る夢

もう一度確認してみよう。「再び見出す」ということは、いったん対象から離れ、再び同じ対象を見出すことができるということである。目覚めている人は、離れている間に対象が大きく変化することはないという確信をもっている。「覚醒時は、多少なりとも長い、しかし有限な逸脱の後で、ある種の点、主題であるとか、その瞬間の事物の知覚であるとかに戻ってくるという性質によって特徴づけられている――人は再び見出すのだ」(C, XV, 720[2, 151])。起こりつつある事態から離れてゆくことが可能であり、離れてゆくことで世界全体が変化するわけではなく、いつでも元の世界に戻ることができると確信していることが覚醒時の意識の特性である。

この特性を反転すれば、睡眠下での意識のふるまいを想像できるとヴァレリーは主張する。夢見る人にとって、目の前に展開される光景とは異なる次元は存在せず、過ぎ去った地点にもう一度戻ることはできない。眠りのなかで「《再び》という機能」を失うと、意識は、何かを見出そうとするたびにその対象が変化するような、生成変化が常態となった世界に巻きこまれることになる。その世界では、自我は「その瞬間を離れ、情報を得て、変化し、瞬間的現在へと戻るような《道》あるいは《時間》をもたない」(C, XIX, 255[2, 174])。「覚醒時は一種の《不等式》であり、〈自我〉≦事物の体系、である」(C, VI, 122[2, 93])。それに対して、夢における自我は自分の見つめるものから距離を置き、再びその対象へと戻る能力をもたない。夢のなかでは「〈自我〉＝事物の体系」(C, VI, 122[2, 93])になるというのである。

〈自我〉と事物が等しいということは、考えることと存在することのあいだの区別がなくなるということでもある。「そこでは存在することと認識することとのあいだにひとつの関係が生まれている（あるいはその関係が支配的になっている）――それは〈自我〉がその対象から離れられないような関係である」(C, XV, 742)。存在と認識が深く依存しあうというのは、具体的にどのような状況なのだろうか。

ヴァレリーによれば、それは考えることが事物を生みだし、その事物が〈自我〉に働きかけ、〈自我〉のあり方を根源的に変えてしまうような状態である。睡眠下の思考は、その場に現れる事物すべてが見るものに語りかけ、見るものがその事物のあり方によって変化してゆくような、ある種の魔術的世界のうちにある。「見つめられた対象は眼差しとはまったく違った種類のものであるはずなのに、そうはならない。眼差しのもつ意図が、見られたものの本質に通じるのである」(C, V, 853[2, 91])。夢見る人は、見つめようとする意志が見つめられる対象を生みだし、その対象が眼差しに働きかけるような世界のなかにいるというのである。「彼〔＝夢見る人〕が考えようとすることはすべて実現される。／彼は決して考えようとはしない。存在しようとするのだ」(C, IV, 524)。夢見る人は、考えることがただちに実現し、実現した状況のなかで自分が誰であるのか、なぜこの状況にいるのかを探しつづけるが、その際限のない探求を終わらせる鍵を見つけることはできないだろう。最初の状況を「再び見出す」ことができないからである。

夢のなかでは「〈自我〉＝事物の体系」になるという視点をフーコーがさらに押し進めている。フーコーは、夢のなかでの一人称が特定の誰かではなく、視界に現れるものすべてであると指摘する。「夢の主体とは、〈私〉と言っている人物(…)のことではなく、実際には夢全体、夢内容のすべてをふくんだ全体のことなのだ。(…)夢の主体、あるいは夢の第一人称、それは夢自体、夢全体である。夢のなかではあらゆるものが〈私〉と言う、物や獣たちでさえ、空虚な空間、幻想をみたす遠く奇妙な物たちでさえそうだ」[11]。夢の自我は、物、動物、空虚な空間が、夢見る者の呼びかけに応えて変形してゆく特殊な空間で、自己の探求をおこなっている。それは考えたことが実現し、実現した出来事のなかで考えつづける状態、あらゆるものが〈私〉の探求に関わってくる状態である。「自分の夢は自分自身に関係している――自分に語りかけている――と主体はつねに認めるものだ」(C, IV, 913)。絶え間ない心象の生産のなかで存在と認識が特殊な依存関係で結ばれ、「やって来るものすべてが存在する」(C, XV, 222)。そこには個体化し、事物の体系から独立した〈私〉など存在せず、自らが何を求めているのかを夢全体が探しながら際限もなく変貌しつづけているのである。

ここで目覚めたまま見る夢の問題に戻れば、はたしてそのような世界を覚醒時のさなかに現出させることなど可能なのだろうか。目覚めている人は、つねに「再び見出す」ことを通して、対象から距離を取り、分析し、分類し、批判する。主観と客観が相互に依存しあい、考えたことが現実として形になり、その形が主観に働きかけるような関係が発展することは、覚醒時の世界では普通は考えられない。〈私〉が何を考えようと世界は世界としてあり、〈私〉の考えたこと次第でその世界が変化することなどないという認識が、覚醒した意識の基本をなしているのだ。

しかし、見つめようとする意志によって見つめられるものが生じる世界、あらゆる事物が〈私〉に話しかけてくる世界は、目覚めている限り本当に実現不可能なのだろうか。ここでヴァレリーが、夢を意識のひとつのあり方、「睡眠下における意識」[12]と捉えていたことに注意しよう。「睡眠下で自我を解体し、溶解し――幕間(夢とはこの幕間に飛びから観客の評言のようなものだ)をはさんで――目覚めると再び自我を再構築するという、人間という体系の主要な特性ほど――私の心を打ったものはない」(C, XXIV, 641[2, 187])。同じ心的生活の中に、覚醒時の意識とは相容れないような意識の活動形態がある。眠りから覚めなければ明確にできず、明確にしようとすればその本質をゆがめてしまうような、そんな意識のあり方が、同じ主観の内部そのものにある。だが、夢を「睡眠下における意識」と捉え直すことで、ヴァレリーは夢という〈絶対的な他者〉を考える手がかりをすでに得ているのではないだろうか。

実際、睡眠下の意識がどれほど覚醒時の意識と異なっていようと、それが意識である以上、視界に現れる要素そのものが異なっているわけではない。「外観だけにとどまるなら、夢と覚醒時は見分けがつかない」、なぜなら「覚醒時に現れるあらゆるものは、夢の中にも現れることができるからである」(C, IV, 498)。覚醒時の意識と睡眠下の意識とは、意識に現れる内容が異なっているのではなく、意識が視界に現れるものをどのように受けとめるのか、それらのものをどのように結びつけるのか、という点が異なっているのだ。「夢と覚醒時は、その《結合関係》によって、固体と液体のように違っている」(C, IV, 578[2, 65])。目覚めている時と、眠っている時とでは、「同じ要素が、別の形で結びつく」(C, X, 92[2, 116])。言い換えれば、「夢は、分割してみれば、覚醒時を分割した時に見られる要素と見分けのつかない要素に分割することができる。／しかし、それらの要素は同じ役割を演じていない」(C, IV, 583[2, 68])。

この視点から、夢の萌芽は覚醒時にも存在し、いまにも発展しそうな状態にあるとヴァレリーは指摘する。その自由な発展がつねに遮られるだけなのだ。「夢の始まりは覚醒時においては停止される、ちょうど自分の列車が動きだしたと思い込む旅行者が、立ち戻り、あるいは自分の誤りから目覚め、結局動きが別の列車のせいだとわかるように」(C, IV, 519)。夢の萌芽が見られる状態として、ヴァレリーは日常生活にさしはさまれた、さまざまな中断、空隙、放心に注目する。目覚めている人は、まるで意識の空白などないかのように振る舞っている。意識は自分自身が不在になる状態を知らないために、一見、連続した流れを保ちつづけているかに見える。だが、その連続性はみせかけにすぎない。

自分のさまざまな眠り、放心、深く、長く、感じとれないほどの変化に私は無関心でいる。自分自身の生活のなかに、数限りない死の原型、日々の虚無、知りもせず知られもしない、驚くほど多量の空隙、宙吊り状態、間隔を所持していることを私は忘れている。

自分がいつの日かいなくなり、消し去られ、二度と目を覚まさなくなると私は考えることができない。どうすれば自分を中断できるのか分からないのに、私は自分をひたすら中断してばかりいるのだ。(13)

この宙吊りになった時間から、「再び」という機能が戻るまでのあいだに、目覚めたまま見る夢が可能となるのではなかろうか。覚醒した意識と睡眠下の意識は、画然と区別されているわけではない、その境界領域が確かに存在する、それも日常生活の至るところに存在するとヴァレリーは考えていた。

一瞬ごとに、われわれは夢を見ている。というよりむしろ、どんなわずかな一瞥からでも――どんなわずかな予期されない感覚からでも、夢は形成されるのだ。ただちに一種の作りごとがわれわれのなかを駆けめぐるのだが、それはあまりにすばやく、あまりに虚しいものであるために、その作りごとは生まれるやいなや、まるでかすかな火矢のように――水面を走る波のように――ただちに消滅する。それが通過する際、錯綜体をなしているような火薬庫に火を放たない限りは。（C, XXII, 439）

こうしてヴァレリーの夢研究は驚くべき矛盾を示すことになる。出発点にあったのは、目覚めた途端、夢が不確かな記憶を残してすみやかに消滅するという事実、「夢という現象そのものの本質的な不在」である。注意力を張りつめることと、夢見ることは相容れないという観察が研究の基礎にあった。しかし、この観察を突きつめていくと、夢が覚醒時の心的活動に遍在していることが見えてくるというのである。「再び見出す」までのあいだ、われわれは目覚めたまま夢を見ている。「生成状態においては、すべてが夢である」（C, VIII, 519［2, 106］）。振り返り、対象に働きかけようとする相ではなく、何かが生まれつつあると感じる生成の相において、意識には揺らぎや夢に近い逸脱が絶えず生じている。「再び」という足場を取り戻すことで、覚醒した意識は初めて逸脱を制御することができると、ヴァレリーは考えている。

では、どうすれば明晰さをたもったまま夢見ることが可能なのか――この疑問に答えるためには、「再び」という機能が、なぜ覚醒時には即座に、恒常的に働いてしまうのか、どうすればこの機能を宙吊りのままにしておくことができるのか、という問いを深めなくてはならない。ヴァレリーが夢研究を通して得たヴィジョンによれば、覚醒時であれ、睡眠下であれ、夢の形成力は絶え間なく発揮される状態にある。問題は、対象を「再び見出す」ことで批判的に捉える眼差しがつねに回帰してくるために、至るところに存在する夢の萌芽がすみやかに摘みとられる点にある。生成状態は安定せず、たやすく消えてしまうものの、それでもそこに覚醒した意識には捉えがたい、異界への敷居があることは間違いない。

ヴァレリーが覚醒時における夢の遍在を記すようになるのは、一九一〇年代以降の『カイエ』においてである。とりわけ『若きパルク』(一九一七年)の制作が始まる頃から、詩人は覚醒時のさなかに夢の働きが確かに存在し、それがモノを作るために不可欠の力となっていると主張するようになる。「詩、曖昧なもの、偏ったもの、夢がなければ、思考の領域はあまりに狭く、行為は機械的なものとなり、事物は一様なものとなるだろう」(C, IV, 593)。この時期を境として「ひとつの次元しかもたない抽象的思考」(C, VIII, 885[2, 942])には把握できない、「ひとつの対象の根本的多数性」(C, VI, 147[2, 1003])を取り戻すため、覚醒時における夢の萌芽の重要性をヴァレリーは強調するようになる。これはあらゆる人間的事象を、知性によって絶対的に制御しようとするテスト氏の発想を補い、そこにそれ以前になかった次元をあたえる見方である。一九二〇年代になると、ヴァレリーは身体を礼讃し、創造的思考の価値を前面に打ち出すようになるのだが、その変化には夢研究の進展が深く関わっていた。

覚醒した意識と、夢の形成力の共存という問題を、ヴァレリーはどのように深めようとしていたのか。一篇の散文詩を読むことで、この問題をめぐるヴァレリーの考え方を見ていくことにしよう。日常の光景が突如として見慣れないものとなる、そんな「奇妙な眼差し」(14)を主題とする一連の散文詩をヴァレリーは書いている。実際、何かが生まれつつあるという感触は、それを語る言葉に磁気を帯びさせ、見慣れていたはずの事物を別の何かに変貌させる力を秘めている。目覚めたまま見る夢は、ヴァレリーにとって、意識とは何かという問いへの認識を深めるための研究分野であると同時に、言葉にリズムと緊張感をあたえる詩の領域でもあったのだ。「ロンドン橋」London-Bridge と題する一篇の詩を手がかりに、眠りによってさらに覚醒が深まる状態をヴァレリーがどのように考えていたのかを検討してみよう。

Ⅱ 「ロンドン橋」――存在と不在の交錯

一 一瞬のなかの永遠

覚醒した意識が一時的に平衡を失い、意識が宙吊りにされる瞬間は、ヴァレリーにとって抽象的分析の対象であると同時に、詩の生まれる場所となっている。覚醒しているのに、自分が誰なのか、どこにいるのかを見出せなくなっている状態こそ、ヴァレリーにとっては詩が溢れだす源泉なのだ。「ロンドン橋」と題された断章は、そのことを典型的に示している。

散文詩という形式について短く注釈すると、ヴァレリーは散文詩集を自ら編纂することがなかった。ボードレール『パリの憂愁』以降の流れのなかで、われわれに散文詩と感じられる断章は、しばしば『カイエ』のなかに原石のまま放りだされている。それらの断章の一部にはPPAという略号が付され、「小抽象詩」Petits Poèmes Abstraitsという標題のもとに再編される予定だった。[15] 抽象的、「幾何学的」記述と、詩的強度をそなえた散文は、詩人の意識においてはしばしば一致していたのである。「ロンドン橋」で、詩人はロンドン橋の上からテムズ川の流れを見つめ、背後に人波の流れを感じている。水は真珠母貝の広がりに飾られ、雲のような泥ににごり、その上に浮かぶ蒸気船には、動く綱具、梱包や荷箱を宙でゆする奇妙な動きが見える。「見るという快楽が、いつまでも充たされない渇きを覚えさせながら、こころよく構成された光に私を釘づけにした。その光のゆたかさを、私は汲み尽くすことができなかった[16]」。

詩人はこの時「群衆と水のあいだで夢想するという危険[17]」を感じはじめる。現実を生きる自己の身体をなかば忘れ、ある光景に見入ることは、すでに夢想の領域に踏みだすことである。人間社会から距離を置き、孤独な熱狂におちいってゆく身振りを、詩人は罪深いものだと述べる。「離れてゆく存在すべてのなかには罪深いものがある。夢想する人間(Un homme qui songe)は、住み得る世界につねに反して夢想するものだ[18]」。夢想するとは、現実から離れることであり、現実から自由であるかのようにふるまう点で、罪深いものなのだという。ここで「夢想」が、眠りのなかで見る夢とは異なっている点に注意しよう。詩人は自分が夢を見ている(rêver)のではなく、目覚めたまま夢想にひたっている(songer)にすぎないことを意識している。意識は麻痺しているわけではなく、むしろひたすら覚醒している。それなのに、普段得られない、感覚を通した世界との一体感を詩人は感じている。目覚めたまま、世界の生成と一体となるような、ある感覚的熱狂へと引きこまれてゆくのを詩人は感じている。

一人の通行人が、突如として放心にとらわれ、とても深い変化が彼のうちで生じたために、ほとんどまったく記号からできている世界から、ほとんどまったく意味によって形成された別の世界に不意に落ちこむなどということが、どうしてありえるのだろうか。あらゆる事物が突然、彼にとっていつもの効果を失い、そこに自分の姿を認めさせてくれるものが消滅してゆく。物のうえにもはや略号はなく、ほとんど名前もない。もっとも日常的な状態では、われわれを取りまく世界は、有効に、記号と貼り紙に置き換えることができるというのに。この矢印と文字の世界があなたには見えるか？　ソノナカデワレワレハ生キ、動カサレテイルノダ。

ところで時として、ある定義できない熱狂によって、われわれの感覚の力がわれわれの知っているものを圧倒することがある。知識は夢のように消え、まったく未知の国の、純粋な現実のただなかに置かれているかのようだ。未知の言語が話される、まったく未知の国において、この言語はわれわれにとって、響き、リズム、音色、抑揚、聴覚の不意打ちといったものでしかないだろう。事物が突然、人間的習慣的な価値をすべて失い、魂がただ目の世界にだけ属するときも、また同様である。このとき、限界はあるが尺度はないある時間が持続するあいだ（というのも、あったもの、あるであろうもの、あらねばならないもの、こうしたものは虚しい記号でしかないのだから）、ロンドン橋の上に存在すると同時に不在でありつつ、私は私のあるところのものであり、私は私が見るところのものである。[19]

橋から川の水の流れを見つめるという、ただそれだけの状況によって、詩人は、まるで眠りの忘却にひたされたような、深い覚醒状態に移行している。周囲で話される言葉が理解できなくなり、人々がどのような規則にしたがってこの橋の上を行き来しているのかがわからなくなっていて、存在をひたすら感覚によって捉えようとする、ある種の注意力は鋭く働いている。目覚めたまま見る夢の第一の特性は、ヴァレリーのこの詩によれば、記号の読解によって制御できる世界から、感覚を通して感じる現実をただひたすら見つめるしかない世界に移行することである。橋は、ここでは日常世界からもうひとつの世界への移行の象徴となっている。

ヴァレリー「ロンドン橋」初稿とデッサン（*C*, XII, 427）

観光名所でもあるこの実在の橋を、一九二七年、イギリスに行った機会にヴァレリーが実際に通ったことは、『カイエ』に残された「ロンドン橋」初稿とデッサンによって確認できる。[20] しかし現実はきっかけにすぎず、ヴァレリーにとって重要なことは、放心状態を通して、世界がまるでその全体に忘却のニスを塗られたような輝きを放ちはじめる瞬間を捉えることである。なぜそのような状態が訪れるのかはわからない。「時として、ある定義できない熱狂によって」としか言いようがないのだ。その時世界を見つめる眼差しは、注意力を凝らしたまま夢見ているのに近い状態であり、覚醒しているのに、いつもの認識に再び戻ってくることができなくなっている。

この詩において、橋の上を歩くこと、とりわけ欄干に肘をついて水の面を見入ることは、そのまま眠りと覚醒の境界に歩み入ろうとする精神の身振りとなっている。詩人のいる世界は、言葉が「響き、リズム、音色、抑揚、聴覚の不意打ち」でしかない、未知の世界に変貌しつつある。水の流れは、記憶を消しさる忘却の河となった。日常を成り立たせている記号は解体され、物はもはや略号によって理解されるものではなくなっている。精神はこのように、ただ存在することだけを感じる状態におちいることがあるし、何も理解できなくなったその状態にある種の熱狂を覚えることさえある。ヴァレリーにおける「存在の瞬間」は、人間的慣習のなかで生きることから、まわりで起こることが何ひとつ理解できない、ただ感覚を通して感じられるだけの世界に移行する瞬間である。その時眼差しは「ほとんどまったく記号からできている世界」から離れ、詩人は「知識は夢のように消え、まったく未知の国の、純粋な現実のただなかに置かれているかのよう」に感じる。極度に覚醒したまま、不定形なものとなりつつある世界と一体化するのだ。

その一方で、サルトルが『嘔吐』に描いたように、どこにも切れ目のない「存在」そのものと対峙することが、見つめるものを精神的に追いつめる怖ろしい状態にもなりえることを別の断章は示している。「突如として、人間は無意味のなかに、比較できないもののなかに、不合理なもののなかに沈められていると気づく。すると、すべてのものが、彼には果てしなく無縁で、恣意的で、同化できないものに見えてくる。彼の前にある彼自身の手が、彼には奇怪なものに見える」[21]。感覚の熱狂は、知的理解という頼りない地盤がくずれたとき、亀裂のむこうに広がる底知れない深淵を前にした恐怖と裏腹の感情である。それは見慣れた現実を別様に見る可能性を示唆する点で熱狂をもたらすが、意識の機能を根底から支えるものなど何ひとつないことを明示する点で恐怖を掻きたてることがある。目覚めたまま見る夢は、感覚を通して感じられる世界と一体となるという幻想を生みだすだけでなく、意味や機能によって了解される世界の崩壊として意識されることもある。それは日常生活のただなかに出現するものでありながら、日常的な了解を解体し、別の形に配置することが可能と感じさせる状態なのだ。

この目覚めたまま見る夢について、日常感覚とは大きく異なるその特性を、詩人は「ロンドン橋」の中で少なくとも二つ指摘している。最初の特性は、時間の尺度が消滅するということである。「あったもの」、「あるであろうもの」、「あらねばならないもの」、こうしたすべてが「虚しい記号」となる。目覚めたまま見る夢にとらわれ、社会の約束事から離れてゆく人間は、時の長さがわからなくなっている。そもそも人間は、時間を感じとる器官をもたない。時間は社会による取り決めによって存在する約束事にすぎない。そうした約束事が崩れさる状態は、かならずしも無秩序が支配し、精神が崩壊に直面する、怖ろしい状態ではない。ヴァレリーは夢研究において、この空白の時間がどのような特性をもっているのかを、より分析的な言葉で記述している。ここでは、時の流れが知覚されないという点に、目覚めたまま見る夢のひとつの特性があることを記憶にとどめておこう。

ヴァレリーが詩で強調するもうひとつの特性は、存在と不在の交錯である。「ロンドン橋の上に存在すると同時に不在でありつつ、私は私のあるところのものであり、私は私が見るところのものである」。眠りと覚醒の境界で、存在と不在が交錯するというのは、どのような意味なのだろうか。自我が周囲の世界とともに生成する感覚につつまれるとき、なぜ〈私〉は不在なのだろうか。すぐに考えられることは、「魂がただ目の世界にだけ属」し、水の流れと背後を行き来する人々をただひたすら見つめるとき、〈私〉の自我がある程度まで事象の世界のうちに溶け入っているということである。その意味で〈私〉は不在になる。だが、周囲の事物は〈私〉の感覚を通して存在するのだから、〈私〉はロンドン橋の上に確かに存在している。それどころか、〈私〉は自分が目にするあらゆる事象のなかに遍在している。現実感覚をたもちながら夢想へと高まってゆくこの状態において、〈私〉は自分が感じる世界と同じほどの広がりをもつようになった。同時に、事物と深い交感状態にあるために、事物から切り離された独自の存在という意味での自我は、不在になりかかっている。〈私〉は自分の見つめる世界のなかに消え去り、同時にその世界があたえる感覚によってよみがえるのだ。目覚めたまま見る夢は、このように自我を眼に見える世界のうちに解体し、同じ瞬間にその世界とともに生成させるのである。

事象の生成に巻きこまれ、見つめるものを通して存在するが、人格をもった人間としては不在になるというこの感覚は、ヴァレリーに限らず、目覚めたまま見る夢を語る作家に広く見られる感覚である。後に触れるプルーストとバルトにおいて、それは圧倒的な存在感と同時に、癒しがたい不在が感じられる状態として記述されるだろう。取るにたらない偶然が始動させる、とりとめのない夢想と覚醒した注意力とが混在するこの状態は、生と死の境界領域でもあるのだ。

存在と不在の交錯というテーマがさまざまな形で変奏されてゆくことをめぐって、アンリ・ミショーを短く参照してみよう。ミショーもまた、眠りのなかで見る夢ではなく、覚醒がさらに深まった、明晰さと夢がひとつとなる状態を探究した。その探究の一環として行ったメスカリン実験において、ミショーは〈私〉が至るところにいるのだが、〈私〉という人格の形をとっていないために不在となるという状況と出会っている。眠る前に目をつむるとき、瞼の裏にさまざまな光が炸裂することがあるが、次の文章において、ミショーはまさしくその光のきらめきを追っているように思われる。〈私〉がそのどこに位置づけられるかに注目してミショーの散文を読んでみよう。

沈黙のうちに波が砕け散り、閃く水面がかすかに震動するなか、光の斑点が痛めつけるように急激に行き来し、輪と弓と輝く線が引き裂かれるなかで、かくれたり、再びあらわれたりするもののうちに、踊りつづける光の爆発が、変形したり、再び形をとったり、収縮したり、広がったりし、私の前に、私とともに、私のうちに繰り返し振りまかれ、そして私は溺れ、耐えがたいまでに皺くちゃにされ、私の冷静さが無限の震動が発する言葉によって千度も犯され、無数の襞をもつ巨大な、液体状の線の群れによって正弦曲線状に浸食されつつ、私はいた、そして私はいなかった、私はとらえられ、自分を見失い、最大の遍在状態 ubiquité のうちにいた。幾千ものざわめきが、切り刻まれた私の千の断片だったのだ。[22]

私が「存在すると同時に不在であ」るというヴァレリーの言葉は、ここで描かれた遍在状態 ubiquité の感覚と無関係ではないだろう。見つめることを通して存在するために、視界にあらわれるあらゆる場所に〈私〉はいるが、生活のなかで知っている自我が粉々に砕け散っているために〈私〉はいない。覚醒時の意識が強度を増した、奇妙な夢の始まりのような世界にあらわれるこの遍在状態は、主観的感覚と客観的世界が深く結びついた状態である。どうすれば主観が現実と深い交感状態のうちに入り、それを通して実在の世界に到達できるのかという疑問は、言うまでもなく、ロマン主義の提起した大きな問題のひとつである。[23] ここで興味深いのは、ロマン主義の作家たちが実在を夢と眠りの世界のうちに求めたのに対し、二十世紀の作家たちが、実在を夢ではなく、覚醒時の一瞬、あくまでも目覚めた状態のうちに探し求めたことである。

夢と眠りのなかに直接降りてゆくことで内的実在を探究しようとする態度から、日常生活での偶然の出来事、「存在の瞬間」を手がかりに、実在への接近を試みる態度への変化が明白になるのは、フランス文学においてはボードレールの『人工楽園』(一八六〇年)からである。十九世紀の詩人は、覚醒した意識が研ぎ澄まされているのに、夢を見ているように感じられる瞬間を「生の深さ」[24]があらわれる瞬間と呼んだ。いったん「生の深さ」を知れば、眼前の光景がどれほどありきたりなものであっても、それがまるで何かの象徴であるかのように感じられる瞬間をあじわうことができる。その瞬間を垣間見た人間は、ボードレールによれば、生の深まりをもう一度生きようとせずにはいられない。それは外の世界が不思議な強度をおび、「力強い立体感、輪郭の明瞭さ、感嘆すべき色彩の豊かさをもって」立ち現れるような体験である。[25] 覚醒状態のさなかに、まるで眠りに襲われたように深い忘却におちいり、同時に日常をいつもより深く覚醒した眼で見つめるというこの経験は、ボードレールの影響を強く受けたヴァレリー、プルースト、ブルトンなどの作家たちに受け継がれた。彼らは異界への敷居が、実際には日常生活の至るところにあることを発見してゆく。眠っている時に見る夢のように、制御できない冒険の連続を生きる時ではなく、目覚めていて、自分が単なる空想に耽っているだけだとわかっている状態にあるほうが、かえって精神の根源的な力が解放されることがある。[26] 夢そのものではなく、夢に近い働きにつつまれた覚醒状態を、あくまでも目覚めた意識をたもったまま実現することが問題なのだ。

「ロンドン橋」に話を戻すと、ここで詩人の描いているのは、「生成状態においてはすべてが夢である」(C, VIII, 519)という観察の詩的翻訳と言えるだろう。夢に関する考察を深めてゆくことで、結局、覚醒時の世界の至るところに夢の形成力が発揮されていることをヴァレリーは明らかにした。問題はこの生成状態が、自由に意図するままに制御できないところにある。ヴァージニア・ウルフにとっての「存在の瞬間」は、幼年時代から現在までの時間をつらぬいて、つねに彼女に何かを語りつづけるような瞬間だった。日常生活のほとんどを占めている「非存在の瞬間」に比べ、それらの瞬間には時間を超える力が備わっている。同時にそれは偶然引きこまれた生成状態がつづくわずかな時間しか持続しないという矛盾した性格をもっている。一瞬のうちにあらわれる永遠を捉えるため、覚醒時のさなかの夢が意識生活全体のなかにどのように位置づけられるのかを知らなければならない。

それに、そもそもここに描かれた状態は、〈私〉の意識が事物の体系とぴったり一致する夢の状態ではない。存在と不在が交錯するのは、一方で眠りのなかでのように、意識が見つめる事物と調和しているからだが、一方では覚醒した〈私〉の意識が完全に途切れることがないためでもある。主観と客観の融合へ引きこまれそうになると、覚醒した意識が戻り、〈私〉は不在から引き離される。〈私〉は風景のなかの異物であり、そのざらざらした存在感が、風景と完全に調和することを妨げる。「ロンドン橋の上に存在すると同時に不在であり」、詩人は半ば風景に溶けいっているのだが、半ばは覚醒している。では、なぜ見えるもののうちに、完全に溶けこむことができないのだろうか。

生成状態において、すべてが夢だったとしても、目覚めている限り、ひとは世界全体と等しいものとなった「第一人称」を通して考える夢に完全に呑みこまれることはない。覚醒した意識が、眠りのなかで見る夢のように、無限の変転のなかへ巻きこまれることがないのはどうしてなのだろうか。この疑問について考えるためには、詩の言葉ではなく、もっと素っ気ない抽象的な言葉で記述された「存在の瞬間」を検討する必要があるだろう。見つめる世界のすべてが「第一人称」となるまでに主観と客観が融合する状態は、なぜ夢のなかでしか可能ではないのか。目覚めたまま見る夢において、どうして〈私〉は完全に消滅するまで、物の世界と一体化することがないのか。言い換えれば、覚醒時にあらわれる夢にどのような制約があるのか、その制約はどこから来るのか——再びヴァレリーの〈夢の幾何学〉に戻り、これらの問題を身体、不意打ち、時間という三つの視点から考えてみることにしよう。

二　夢における身体

もう一度確認しておこう。「存在の瞬間」は、どれほど夢の性格をおびていても、外の世界が知覚されているのだから、完全な夢とは呼べない。「ロンドン橋」で描かれる放心状態は、視界にあらわれるすべてと一体となって生成する感覚を詩人にもたらすのだが、状況が一瞬ごとに変容する、眠りのなかで見る夢とは異なっている。それは存在することを深く感じる瞬間ではあっても、予想もつかない変貌を遂げる世界に投げこまれた状態ではない。「尺度はない」どこまでも続くかに思えた熱狂にも限界があり、その後では覚醒した思考がいつもの日常のあり方を取り戻し、対象から距離を取って、分類し、分析しはじめるだろう。なぜこのように「完全な力強さをそなえた夢は、覚醒時には不可能」(C, XXVI, 427)なのだろうか。

ここでヴァレリーの問いが、伝統的に哲学や文学で問われてきた疑問とは逆向きになっていることに注意しよう。人生は夢のようだ、というのが古代から繰り返されてきた感慨である。目覚めているとき、ひとは自分が夢を見ていないことを知っているというヴァレリーの考え方はその常識に反している。この点をめぐって、ヴァレリーはとりわけデカルトの『省察』を取りあげながら、この常識をいくつかの角度から批判している。デカルトは第二省察で、はたして自分が夢を見ているのか、それとも目覚めているのか、ひとはけっして確信をもつことができないと語った。この哲学者によれば、われわれが夢を見ていないことを証明できるような経験は存在しない。「覚醒時と睡眠を明確に区別できるような決定的な手がかりも、かなり確実な証拠も少しもないことがきわめて明らかに見てとれるので、私はすっかり驚いてしまった。私の驚きはあまりにはなはだしかったので、自分が眠っているのだと自分を説得することがほとんど可能なほどである(27)」。

ヴァレリーはまず、「夢」という言葉の使い方そのものを批判する。夢という言葉が存在すること自体、われわれが覚醒時の意識とは異なった意識の状態があることを知っていることを意味するのではないか。「世界はひとつの夢になぞらえられることがある。しかし夢がわれわれに夢として知られるのは、ただ別の状態〔＝覚醒した状態〕との対比によってである。」(C, IX, 867)。現実との対比で、夢という言葉は意味をもつのであり、逆に言えば、夢との対比で、現実という言葉も意味をもつ。この場合現実とは、まさしく夢、錯乱、神話、狂気に対立するものと感じられる、動かしがたい何かである。「現実は何らかのコントラストから生まれるのだ」(C, XXVI, 239)。夢を見ているのか、目覚めているのかわからないと感じる瞬間があったとしても、二つが区別される状態に戻ることがかならずできるというのである。覚醒しているということは、自分の見ているものが夢なのか現実なのかわかっているということである。

そのコントラストの基盤にあるのが、ヴァレリーによれば身体の存在である。目覚めているあいだ、ひとは何が世界であり、何が精神であり、何が身体であるのかを、身体を参照軸とすることで明確に区別している。覚醒時には身体が、恒常的な参照体系として機能しているのだ。覚醒時、ひとは身体感覚を拠り所として、精神、身体、世界を区別する。境界面でそれぞれの区別があいまいになることがあっても、やがて身体は身体以外のものと区別され、外部世界の知覚と心的活動とは区別される。目覚めていることとの明白な証拠は、ヴァレリーによれば、この参照体系として機能する身体が、無限に変化することはないとひとが確信していることである。

意識するということとは、究極的には、自己の身体と周囲のさまざまな物体、あるいは自己の身体と以前あったものやこれから現れるもの、可能性のあるもの、あたえられたもの、現存する変化の領域などと現在の関係について、明確で弁別的な観念を形成する、あるいは形成することが

できるということである――(C, IX, 85[2, 225])

身体を参照軸として、思考が質的差異を身体、世界、精神のあいだに設けることができるかぎり、ひとは目覚めている――ヴァレリーはこのことを、思考における不変の参照物の必要性から検証している。一回ごとに違う状況ではなく、あくまでも同じ世界を「再び見出す」ため、「なにかしら同一のもの、不変のもの――あるいはそう思われるもの」(C, IX, 553[2, 111])が存在しなければならない。心的活動によって変質しない、恒常的な参照物が存在しなければ、何かある対象を見出そうとしても、そのたびに対象は変質してしまうだろう。覚醒時とはつねに「参照物と突き合わせをしている状態」(C, XIII, 182[2, 235])でもあるのだ。

状況が変化しても変わらない参照物として、身体感覚ほど心的生活の深部に入りこんでいるものはないとヴァレリーは指摘する。「目覚めている人の身体は、それ自体、切実な、差し迫った現前として、彼自身とのある種の関係もしくは調整にもっとも深く関わっている瞑想にまで支配を及ぼしている。(…)この現前、すなわち身体はひとつの恒常的な制約を構成し、それがひとつの衝動が他のまったく別種の衝動と結合し、はてしない自己発展のうちに我を忘れるような事態を防ぐのである」(C, IV, 525[2, 47])。たとえ正面から意識されていなくても、この「差し迫った現前」は思考の奥深くに浸透している。この現前が、見出そうとするたびに変化するような世界の「自己発展」のうちに没入することを阻止する。「思考だけでは夢にすぎない」(C, IV, 512)とヴァレリーは主張する。身体が現前することで、思考は安定した区別を事象間に設け、見出すたびに変質しないある種の堅固さを帯びるというのである。

覚醒時には、《わが身体》と呼ばれる対象があって、それが自分との関係ですべての表象を個別化する。それは一種の恒常的な参照物である。夢においてはその身体が恒常性をもたない。身体の概念があるだけなのだ。（C, IV, 497［2, 37］）

したがって、夢を見るためには、身体を忘れる必要がある。実際、眠りのなかでは「身体がその諸特性を失い、《液体状》になって」（C, IV, 144）いて、同じ事象を「再び見出す」ための足場ではなくなっている。「［覚醒時では］ある感覚が発生すると、その感覚が身体で発生した場所への回帰が起こる。ここで身体とは人が自分に見出す身体であり、それ自体周囲のさまざまな物体とは明確に区別されている。睡眠下では逆に、感覚は道に迷い、自分にできることを記憶のなかから誘発し、観念連合の道によって自分にある種の《原因》を与えるのだ――そうなれば、往復運動はまったく不可能になり、意識はCEM［＝「身体」、「精神」、「世界」］という型のうちに完全に割りあてられた認識にはならない」（C, XXVII, 34［2, 196-197］）。夢のなかで「再び見出す」ことができなくなるのは、身体が液状化し、恒常的な参照物として機能しなくなるためである。「夢の始まりとは、自分の身体と自分の観念が私にうまく区別できなくなりはじめた時である。（…）自分の身体との接触が回復されると、目に映っていた情景は、私がそこから無限の距離を取ることができる状態に再び戻る」（C, IV, 502）。

ヴァレリーはここから、身体が認識のなかで果たす役割が変化することで、思考の様式が根源的に変化するのではないかと推論する。身体という差し迫った現前は、覚醒した意識に「身体による完全な検証とは相容れないあらゆる組合せ」(C, VIII, 747)を排除するように促す。身体を軸として、外の世界と内の世界を区別しないような、あらゆる思考形態は、覚醒時の世界とは相容れないものとみなされるのだ。参照軸としての身体は、以前と変わらずにあるものを「再び見出し」、そこに区別、分類、維持といった操作を加えることを可能にするのだが、それらを自由に組み合せることは不可能にする。「覚醒時においては、仕切りが特徴的である。ということは、ある種の結合は決して起こらないということだ」(C, V, 454[2, 83])。

それに対して、身体が参照体系として機能しない眠りのなかでは、「形成スル力 Vis formativa ―― 心象を形成する能力」(C, VIII, 157)が全面的に開放される。ヴァレリーによれば、夢の意識はつねに作りだそうとする圧力にみたされていて「あらゆるものの結合」(C, IV, 543[2, 53])に向かおうとする。主観と客観が独立せず、相互に働きかけながら変容してゆく状況において、夢見る人は、見ようとする意志によって視界にあらわれるすべてを作りだし、作りだされたものを通して自分がどのような状況に置かれているのかを理解しようとする。夢は「繁茂しつつある巨大な一箇の藻」(C, III, 365[2, 17])のようなものであり、視界にあらわれるあらゆるものを組み合せ、瞬間的にひとつの状況を作りだす形成力を備えている。回帰しない意識は、視界にあらわれるあらゆるものを結びつけ、その場を乗り切ろうとする意識のあり方でもあるのだ。

目覚めているとき、覚醒しているのは身体感覚、というより身体を通して何かを感じとろうとする意識の姿勢である。眠っているとき、意識は視界にあらわれるものが、覚醒した身体感覚にかなったものかどうかを考えない。差し迫った感情にしたがって、物の配置を組みかえてゆくのだ。このように、身体のあり方の変化によって、覚醒時の思考は知的操作に向かい、睡眠下の思考はあらゆるものの結合に向かう。では、区別、分類、維持といった覚醒時の思考を保ったまま、事物の配置をさまざまに変えてゆく夢の思考を実現することはまったく不可能なのだろうか。この不可能を可能とし、覚醒したまま夢を見るためには、肉体的に変化しなければならないのだろうか。身体そのものが変化しなくても、日常の最中に夢見ることは十分可能であることを、ヴァレリーは「不意打ち」をめぐる考察のなかで展開している。次にこの点を見てみよう。

三　予期と不意打ち

「ロンドン橋」が示しているのは、ひとがどの瞬間においても「不意を打たれ」ることがあるし、「突然」夢見る状態に移行することがあるということである。肉体的に変化したわけではないが、異国にいて、川の流れを見つめることが、空間感覚、時間感覚を変えてしまった。「ロンドン橋」は、目覚めたまま夢の世界に入りこむ、異界との境界に位置していたのだ。この境界の特質は、自分の立っている場所が、思いこんでいたようなものではないと気づかせることにある。不意を打たれると、ひとは記号の意味が一瞬つかめなくなり、自分が何をしているのか、どこにいるのかわからなくなる。「不意を打たれた人は一瞬夢を見る。一瞬のあいだ、彼は夢の性質を帯びる」(C, V, 424[2, 78])。不意を打たれた人は、一定時間のあいだ、「自分が何ものであるかが明らかになるのを待っている」(C, IX, 851)。自分が何ものであるかを見失い、われを取り戻すまでのあいだ、「再び」を基礎とする覚醒した思考を忘却するというのである。それでは、なぜ、不意打ちという現象が存在するのだろうか。

ヴァレリーの考え方はとてもシンプルだ。不意打ちという現象が起こるのは、目覚めた人が通常、次に何が起こるかを予期しながら生きているからである。「われわれの生活は、出来事を見越すことに完全に基づいている。われわれに起こる出来事の大部分は他の出来事の先取り、あるいは他の出来事の一部分にほかならない」(C, V, 574[1, 1284])。目覚めているということは、すぐ後で何が起こるのか、何が起きないのかをごく一般的な形で予測し、それに対してふさわしい行動ができるということである。特殊な対象に向けられた予測と区別して、ヴァレリーはこのような予期のあり方を「一般的な予期」l'attente générale(C, IV, 744)と呼んでいる。「目覚めているということは、予測している――もっとも一般的な状態で――待っている――ということである。(…)私が目覚めているということは、もし何かが起これば、それに対して適切な形で応えるだろうということを意味している」(C, V, 429[1, 1274-1275])。予期は、われわれの存在の基盤そのものをなしている。それは「われわれの存在の恒常的で必然的な傾向であり、すぐ次の瞬間を肉体的、心理的に準備させ、あるいは予測させようとする」(C, VII, 3[1, 1304])。

しかし、このことは予測がつねに正しいことを意味しないし、あらゆる出来事を予測できることも意味しない。そもそも目の前にあるテーブルが一瞬後に深淵にのみこまれるかもしれないと恐れていては、何もすることができないだろう。覚醒した意識は、一瞬ごとに世界が変化することはないという予想のなかでしか、十全に機能できない。一般的な予期は、あらゆる事態に対する予想ではなく、ある一定範囲の出来事の予測なのである。次の瞬間何が起こるかを予期するというより、現在の状況が急激に変化することはないという無意識の前提を受け入れているのであり、その範囲のなかで起こる出来事に備えながら、目覚めている人は行動する。「ある種の安定に対する素朴な感覚、きわめて多数の現象はどうでもよいものだという奇妙な無意識の確信——この確信のおかげでわれわれは自分たちの感覚の大部分を無視することができる」(C, VII, 3[1, 1305])。

実際にはわれわれはどのような奇襲も受けないでいられるほど十分に守られてはいない。「われわれは絶えず、予測する能力において襲撃を受けている。われわれはすべてに対して準備しておくことはできない」(C, VII, 3-4[1, 1305])。このように「すべてを予期することができない」(C, III, 899[1, 1268])ことから、不意打ち、驚き、放心、混乱が生じることは避けられない。その空白の時間のあいだ、一般的な予期に基づく覚醒時の思考は中断され、再び元の状態に戻るまで、夢に似た状態が出現することになる。眠っている人のように、身体が液状化していないのだから、夢の記憶がかいま見せるような急激な変動は起こらない。しかし、そこにはすみやかに平衡状態を取り戻そうとする覚醒時の思考とは異質な思考の領域が広がっている。「到来したことがあまりに予測を超えたものであるとき——夢の効果」(C, V, 853[2, 91])。

突飛なものが荒々しいものや唐突なものと同様の効果を生むのは——それぞれの人にとっての可能な観念が、それぞれの時期に、彼自身にはその境界を知覚できない領域を形成しているか——あるいは、彼がこの境界を彼の思考の絶対的な可能性の境界と混同しているからである。彼はいつも、彼自身でただちに想像できるものの輪郭を、彼がいずれにせよ思いつくなり知覚するなりすることがあるかもしれないものの輪郭と、取り違えている。それゆえ、目覚めている人はいつも夢を見ており、またいつでも目覚めた状態になり得るだろう。予測されず、予測不可能なことは、この夢からの目覚め、この輪郭の変化を作りだすのだ。(C, V, 608［1, 1291］)

「すべての不意打ちは、先立つ状態を夢に変える」(C, VI, 335)——この観察は、結局は覚醒した意識の操作がある予想の範囲内でしか機能できないことを明らかにしている。ほとんど意識されないまま、目覚めている人はある限られた可能性の領域に自らの思考を閉じこめ、その領域を「絶対的な可能性の境界」と取り違えている。目覚めている人が夢見る人とは異なり、対象に知的に働きかけることができるのは、その対象が予期した事態の内側にとどまっている限りにおいてでしかない。「われわれのうちであれほど強力に作用するのは、出来事そのものでは少しもない(その出来事がどのようなものであったとしても)——われわれに強く働きかけるのは、たとえば、多かれ少なかれ隠されていた、い、い、い、思考体系の崩壊、「予期」という構築物が裏切られ打ち砕かれたということである。程度の差こそあれ古くからあり、程度の差こそあれ深いものだったそれらの予期は——ものを思い描くわれわれの可能性——外界の事物や出来事の可能性を考慮するわれわれの可能性を感じとれないほどかすかに変容させていたのだ」(C, VIII, 566［1, 1312］)。「予期」が裏切られ、放心状態におちいると、思考の見えない限界となっていた可能性の境界が突きくずされ、次の展開の予測がつかなくなる。すると、目覚めている人も「再び」という機能を失い、それまで考えたこともない世界に解き放たれることになる。この「存在の瞬間」のうちに、ヴァレリーは現在の感覚を拡張する可能性を見ていた。生成する知覚のうちに世界があらわれてくる——そこには「経験の貧困」の時代にあってもなお失われていない詩学の可能性がひそんでいるのだ。

「再び」という覚醒した意識の根源的な身振りは、この視点から見れば、出来事が予測可能な範囲でしか有効ではない。「あらゆる不意打ちは、それ以前にあったものに遡って働きかけ、夢あるいはほとんど夢に変えてしまう。その時われわれは、目を覚まし、夢との境目に立って茫然として自分の夢を思い出している人に似ている」(C, V, 602[1, 1289])。こうしてここでも逆転が起こり、人生は夢のようだという紋切り型に反発していたはずのヴァレリーが、目覚めた人はいつでも夢を見ている状態におちいることがあると主張することになる。覚醒した意識は、対象から距離を取る思考様式につねに支配されているわけではなく、何かわからないものにむけて生成しつつある夢の形成力と渾然一体となることがある。不意を打たれ、その中断から再びもとの平衡状態に戻るまでの「存在の瞬間」は、覚醒時のさなかに出現した夢そのものだ。

ただし、その夢があくまでも過去形であらわれていることに注意しよう。問題となっているのは、目覚めのなかの目覚めとでも言うべき状態、人生そのものをひとつの夢に変えてしまう新たな覚醒の地点に立つことである。不意を打たれ、それまで考えていた可能性の領域が崩壊し、茫然とたたずんでいる人は、それ以前の自分の生きていた世界が信じられなくなっている。その失われた世界に郷愁をいだくのか、それとも自我は必然的に生成しては崩壊する定めにあると考えるかで、文章の方向感が変わるだろう。ヴァレリーは後者の立場をつねに取る。眠りのなかで解体し、目覚めた時に再び生成されるが、不意打ちによって崩壊し、そこから一般的な予期の構築物をたずさえてもう一度よみがえろうとする、この人間というシステムの変化そのものがこの作家の興味の対象なのだ。そして、目覚めたまま見る夢は、ヴァレリーにとって、このシステムを読み解く鍵となっているのである。

四　瞬間という時間

ここで「ロンドン橋」に戻ると、目覚めたまま見る夢について、ヴァレリーはもうひとつの特性を指摘していた。時間の尺度が消滅するという特性である。最後にこの時間上の特性について、ヴァレリーがどのような考察を展開しているのかを短く検討してみよう。

目覚めたまま、眠りの忘却にしずんだように周囲の光景を見つめる時の感触を、ヴァレリーは「限界はあるが尺度はないある時間」と呼んだ。普通の言葉で言い換えれば、これは「瞬間」ということになるだろう。ひとが瞬間と呼ぶ時間は、単に短い時間というだけでなく、その時には現実と思えたことが、後になるとどうしても再現できなくなるような、ある強度を備えた時間のことである。現在を起点に、過去と未来が分節化されることがなくなり、ただ世界における〈私〉の現前だけが感じられる――「ロンドン橋」で語られるそのような時間は、束の間の短い時間というだけでなく、ある強度につつまれる時間でもある。知識が霧散し、感覚だけによって世界を捉えるようになるとき、身体のあり方だけでなく、時間のあり方も変貌を遂げる。この「瞬間」という時間のあり方に、ヴァレリーはどのような特性を認めていたのだろうか。

ヴァレリーが最初に指摘する特性は、瞬間が不意を打たれた状態、平衡状態に戻ろうとする覚醒時の傾向が宙吊りにされた状態だということである。「点としての瞬間は、一種の感覚であり、大きさではない。(…)それは認知しないまま見る時間であり——行為を中断することができないまま行動する時間である」(C, III, 889［1, 1267］)。短さは、けっして瞬間の特性ではない。夢が時おり示すように、それはどこまでも引き伸ばされる時間でもあり得る。「瞬間は、短い時間とは別のものだが、それはちょうど原子が少量の物質とは別のものであるのと同様である。瞬間のもつ特性はおそらく、展開か連続とは別の特性である」(C, XXV, 238)。展開したり、連続させたりするためには、最初の地点に戻り、現在までの時間の進展を計りながら、それまでになかった局面に意図して突入したり、同じ局面を繰り返す必要があるだろう。ところが瞬間という時間に巻きこまれた意識は、現在と過去の一点との行き来ができなくなる。それは目に映るものが何であるのかわからないままただ見つめている時間、なぜそのような行為をするのかわからないまま行動してしまう時間である。

言い換えれば、瞬間とは「再び見出す」ことができなくなる時間のことである。これはそのままヴァレリーにとって、夢の時間の定義となっている。夢とは、ヴァレリーによれば、意識が知覚されたものを「再び見出す」までに繰り広げられるものである。

> すべての夢はある時間内にしか生産されないし、またそうした一定の時間内でしか生産され得ないものである——そしてその時間はひとつの知覚に意識が戻ってくるのに必要な最小時間よりさらに短い時間である。(C, XXII, 165［2, 181］)

ここで「短い時間」と呼ばれる時間は、長さを計測できない時間という意味である。眠りのなかで、意識は「自分が出発した地点を探している」が、その地点を「再び見出す」ことができない。元に戻ることができないために、どれくらいの時間が経ったのか、計ることができない。その時その時で変質しない、恒常的な参照体系が存在しないために、自分が現在どのような地点にいるのかを計測することができないのだ。その探究は、日常の時間に換算すればかなり長い時間でもあり得るが、目覚めた後で考えれば、「意識が戻ってくる」までのわずかな時間のあいだ展開されるものにすぎない。夢の時間は、知覚されたものが何であるのか、身体感覚との行き来のなかで確定できずにいる時間であり、際限なく引き伸ばされることもあり得るが、再び元の知覚に戻れば、一瞬にして終わったとも感じられる時間である。

ロンドン橋の上の詩人もまた、「限界はあるが尺度はないある時間が持続するあいだ」、自分が見つめるものの意味がわからないまま、橋からの水の眺めを見つめていた。この視点から見れば、「瞬間のなかには覚醒時もなければ夢もない」(C. X, 697)と言えそうである。すべては眠りの忘却のニスが塗られた、夢の性質を帯びている。だが、ヴァレリーは、「再び」という機能の手前に展開されるこの生成状態が、夢と覚醒時では異なった様相を示すと考えていた。これが瞬間という時間のあり方をめぐるヴァレリーの考察の大きな特徴となっている。なぜ自分が今いるような状況に置かれているのか、自分は何をしているのか、夢見る人は一瞬ごとに発明しなければならない。そこで発明されたことはただちに視覚化され、そのイメージは存在として受けとめられる。「存在全体がもはや〈ただひとつ〉

のこと、生きること——それも最小限の出費で——しかできなくなる」(C, XXI, 859)。つまり夢のなかでは、イメージは頭のなかで形成される空想ではなく、夢見る人をつつみこむ世界そのものとなっている。「夢のなかのイメージは存在に等しい」(C, VI, 77)。夢の瞬間性はこのように、形成されるイメージが夢見る人の生きる環境そのものとなるという、特殊な条件の上に成り立った時間である。

この場合の問題は、イメージ形成のために用いられる素材が「無限小の時間においてしか確固不動のものでありえない」(C, XIV, 402)ということだ。夢には、ありあわせの手段をかきあつめ、見る対象も、見つめる者も作りだそうとする高い圧力がかかっている。その状態は、覚醒するまでどこまでも展開できるとはいえ、あらゆる感覚が解放されるような性質のものではない。目が覚め、眠りのなかにあった事物形成への圧力が消えてしまえば、そのなかで存在に等しいものとなっていたイメージも力強さを失ってしまう。夢は確かに戻ることのない時間、瞬間という時間のなかで営まれるが、それは特殊な圧力のなかで強制されて初めて成立する瞬間である。「夢は、回帰しない自らの不十分な特性を使って、一切のことをするように強いられた瞬間性にすぎない」(C, XIV, 402)。

——私としては次のように考えたい。つまり、夢の至上法則、夢が存在するための法則と条件は瞬間性であって、夢は即座に回答する必要に迫られて存在するのだということだ。そして、そうなると偶然が介入してくる。たまたま見つけた方法——手許にあるものを急場しのぎの便法とするようなことだ。そうなれば、事物は要求し得る最小限の条件に還元されてしまう。——ある人物が必要となると、人間を一人——人間の断片をひとつ——もってくるのだ。小舟が必要になれば、一枚の板切れにしがみつくのだ。

急いで話をするときに、本当に正確な言葉ではないが、それにかなり近い言葉であれば行き当たりばったりにどんな言葉でも採用するようなものだ。問題は通過することであって、夢か夢でないかではない――（C, XXV, 462［2, 192］）

それに対して、覚醒した意識が遭遇する瞬間は、人を盲目的な形成力のなかに巻きこまない。それは確かに「絶え間なく生成する」感覚に巻きこまれた状態であり、夢の瞬間性がもつ、存在と認識の対立が解消される状態に近い性質をもっている。中断された時間は、〈生きること〉から〈存在すること〉を遊離し、ひたすら感覚を通してこの世にあることを可能にする。だが「存在の瞬間」は、夢のなかでのように、急場しのぎの手段でありあわせの状況を作りだすように強いたりはしない。身体を通して、この世界が確かに存在することを、意識は感じとっている。一瞬ごとに変化する世界ではなく、確固として感じられる世界が問題なのだ。ただその世界が、初めて見るもののように見えてくる。そこでは夢の働きが、参照軸として機能する身体を基盤として、眠りのなかの夢とは違う形で機能している。覚醒していることは、この場合、夢見ることと矛盾しない。むしろ目覚めていることが、夢見ることの条件になっている。それは覚醒した意識の力強さを備えた夢、分析的精神をもつようになった幼年期のようなものである。

目覚めたまま見る夢は、ヴァレリーにおいては、よく知っていたはずの世界が、いま目の前で新たに形成されつつあるという感覚をあたえるものだった。それはそのままベンヤミンが「アウラ」について語っていたことに通じている。ベンヤミンの言う「アウラ」には、世界が意識と無縁ではなくなり、物が人を見返してくるという側面があった。「ある現象のアウラを経験するとは、この現象に眼差しを見開く能力をあたえることである」[28]。そしてヴァレリーが夢について語っていることこそ、アウラ的知覚が生き延びた場所を示しているとベンヤミンは指摘する。「夢における知覚をアウラ的知覚と規定するヴァレリーの考え方もこれに近いが、客観的な方向性をとっているだけに、より発展性がある。「私はあるものを見る、と私が言うとき、私がそういうふうに書きつけるのは、私と物とのあいだに等式が成り立つということではない……それに対して、夢の中にはその等式がある。私が見つめる事物は、私が見るのと同じほど私を見つめる」[29]」。アウラ的知覚において、世界は不条理な、人間の問いかけに何も答えない沈黙のうちにあるのではなく、世界をいま発見しつつある意識を深く見つめ返してくるというのである。

瞬間という時間のあり方は、アウラ的知覚を覚醒時のさなかに現出させる。ベンヤミンはアウラ的知覚を、決定的に失われつつある能力として記述したが、ヴァレリーにとって、アウラはまだ目覚めたまま見る夢の知覚として存続していた。より正確に言えば、目覚めていて、覚醒した思考が何かの偶然によって中断され、そこから日常感覚に戻るまでのあいだ、アウラ的知覚は現在もなお人々が発揮できる能力だとヴァレリーは考えていた。「ある現象のアウラを経験するとは、この現象に眼差しを見開く能力をあたえることである」——見つめられるものが、眼差しを見開き、見つめる者を見返してくるのは、意識が宙吊りにされ、戻ることができずにいるからである。その中断が見つめる者を変化させ、意識は見つめられるものとともに生成する感覚につつまれる。視界にあらわれるものとともに、世界が形成される感覚に身をゆだねる状態こそが、瞬間という時間の特性なのだ。

瞬間という時間形態は、目覚めているあいだ抑圧されるとヴァレリーは考えていた。「人間は瞬間を延長し、想像上で一般化することによって、つまりある種の言葉の濫用によって、時間というものを創造し、彼が現に位置している瞬間の前方や後方に展望を構築したが、それだけでなく、その瞬間に生きていることがほとんどない」[30]。瞬間のもつ可能性は、現在を起点に、過去、そして未来と分節化された時間のなかでは発揮されない。通常は意識されない、この思考の可塑性を解き放つことは、ヴァレリーの詩学においてつねに新しい問題でありつづけた。それは意識の可能性が限界を超えて拡張されることなのだから。では、どうすれば抑圧された「瞬間」を解き放つことができるのか。確かに「覚醒時には、私は自分を純粋な生成状態に同化してしまうことはできない」(C, IV, 492［2, 35］)。しかし「ロンドン橋」が語るように、放心が意識の流れを中断すると、目に映る世界に深く浸透してゆく感触がよみがえることがある。「再び」という機能が戻ってくるまでのわずかな時間、意識は目覚めたまま見る夢につつまれる。問題は、そのような状態に意図的に移行することができるかどうかを知ることだ。

いずれにせよ、目覚めたまま見る夢は、抑圧された瞬間が解き放たれる状態であることは間違いない。ヴァレリーの中断の詩学だけがそのことを明らかにしているわけではない。プルーストのテクストを次に読みながら、「存在の瞬間」のさらなる展開を見ていくことにしよう。

第二章

プルーストにおけるイメージの詩学

目覚めたまま見る夢は、それを見るものの身体のあり方、時間の感じ方を変えるだけでなく、自我のあり方も深く変貌させることになる。ヴァレリーは散文詩、さらに精神の機能を考察する断章において日常の時空間の解体と再生を倦むことなく記したが、同じ一八七一年に生まれたプルーストは、その解体と再生の際限のない運動を『失われた時を求めて』(以下、『失われた時』と省略)という長大なロマンの形に結実させた。

この小説は、眠っているのか、目覚めているのかわからないまどろみの状態の記述から始まるだけでなく、小説の流れのなかで眠りに落ちてゆく意識のあり方、眠りから目覚めに向かう意識のあり方に何度も立ち戻っていて、眠りと覚醒の境界がどれほど重要であるかが作中で繰り返し示されている。語り手は、目覚めた時に夢として見出す思い出や夢の物語に惹かれているわけではない。いくつかの夢の思い出を、解けない謎として描いているものの、全体として見れば覚醒したまま夢のなかにいるかのように感じられる、そんな意識の変貌への道筋を一貫して追い求めている。いったいどうすれば、夢の働きが覚醒時の世界にあふれだし、現実のあり方そのものを変貌させる奇妙な形成力を発揮するなどということが可能となるのだろうか。

プルーストの大きな特徴は、目覚めたまま見る夢の探求者を、自我というものをまるで信用しない人間に設定したことである。『失われた時』の語り手は、経験を積むことで豊かになってゆく人格というものをまったく信じていない。自我は、語り手にとっていつまでも、不確かで、不十分で、偏った見方しか抱くことができない、認識に課された限界のようなものにすぎない。語り手は、世界がこのような不完全な〈私〉を通してしか経験できないことに強い不満を抱いている。「こうした思い出、こうした印象にとって、私たちの脆弱な自我だけが唯一の住まい、唯一の実現の様式なのに、それらの思い出や印象をつなぎとめるだけの力が衰弱した頭にはないと感じられる」[1]。どんなささやかな感覚も、出来事も、この自我を通して感じることしかできないが、語り手はこの「脆弱な自我」のあまりの不完全さ、能力のなさ、偏狭さに失望せずにはいられない。語り手が求めるのは、認識の力が自我という檻を抜けだし、夢でかいま見るような熱烈な生活を日常においても実現することである。

では、どうすれば「自分の生活を送りながら、まるで目覚めたまま眠る人 le dormeur éveillé のように、あれほど熱烈に夢見たために夢のなかでしかけっして出会えないと思いこんでいた人たちに会う」(*RTP*, II, 220 ; 4, 480)ことが可能となるのだろうか。「目覚めているときの人生は、ほとんどつねに同一であり、旅の幻滅もそこからくる」(*RTP*, III, 628 ; 10, 265)――そんな覚醒時の生活の限界を、どうすれば打ち破ることができるのか。覚醒した意識が、自らは自覚できないまま捕らわれている檻を抜けだすためには、夢の働きだけで十分ではないことは確かである。語り手は、夢の全能を褒め讃えるどころか、その限界をつねに強調している。「夢はときに人生のいちばん粗悪な素材でできているように見える」(*RTP*, III, 628 ; 10, 265)。最終巻『見出された時』で夢を高く評価する時でさえ、語り手は次のように付けくわえずにはいられない。「ついには夢は私たちにこう信じこませる(ただし、それは間違いであるけれども)、夢こそ〈失われた時〉を見出すひとつの方法なのだ、と」(*RTP*, IV, 491 ; XII, 379)。あくまでも覚醒したまま、夢の働きを解き放たなくてはならない。問題は、どうすれば「目覚めたまま眠る人」となれるかを知ることなのだ。

プルーストはこの問いを、覚醒時の生活がどのような限界に縛られているのかを明確にすることで明らかにしようとする。眠りと覚醒の敷居を超え、「目覚めたまま眠る人」となるためにはまず、目覚めた人がどのような制約のなかで日々の生活を過ごしているかを知らなくてはならない。初めに、『失われた時』の語り手が繰り広げる、現在という時間への批判を検討してみよう。語り手はこの批判をもとに、「脆弱な自我」を脱して、時間を超えた実在にいたる道を探ろうとする。その道は、実際にはきわめて日常的な状態、日常的な実践を掘りさげたものである。第一に、目覚め際のまどろみの状態、第二に、プティット・マドレーヌの逸話によってよく知られている、偶然によって過去がイメージとしてよみがえる経験、第三に、隠喩による現実の解体と新たな配置への転換。これらの状態を深めることが、どうして時間を超える方法となり得るのか、そこに目覚めたまま見る夢がどのように関係しているのかを見ていくことにしよう。

I 「陳列用の偽物の自我」

プルーストは、時の流れによって左右されない、ある実在に到達することを目指している。『失われた時』の語り手によれば、「この生〔＝実在〕は、芸術家だけでなくすべての人のなかに、あらゆる瞬間において宿っている。だが、人々はこれを明らかにしようとしないために、それが見えない」

(*RTP*, IV, 474 ; XII, 352)。芸術の偉大さは、「その実在を再び見出し、再びとらえ、私たちに知らせること」にあるのだが、「私たちはその実在から遠く離れて生きていて、それと引き換えに私たちが手にする慣習的認識が厚みと不透明性を増すにつれ、ますます遠ざかることになるのだ」(*RTP*, IV, 474 ; XII, 352)。実在とは、アルベール・ベガンが述べていたように、無関係な外的事象として感じられる世界ではなく、内的深淵に沈潜してゆくことで見出される世界のあり方である。プルーストは実在が、あらゆる人のうちに、どの瞬間にも宿っているのに、習慣的なものの見方に眼を曇らされて見えなくなっていると述べる。では、自己の内部に宿る、時間を超越した実在に、どうすれば到達できるのだろうか。

プルーストがこの探究のために取った方法には、ヴァレリーが〈夢の幾何学〉で取った方法に通じる部分がある。前章で見たように、ヴァレリーは意識が覚醒しているとはどういうことなのか、覚醒した意識を成立させている条件とは何なのかを考察、その条件を反転することで、捉えがたい夢の特性を明らかにしていった。プルーストもまた、時間を超えた実在の世界そのものを最初から直接考察の対象とするのではなく、現在の〈私〉という器がどのような条件に縛られているのかをまず記述した。超時間的世界への飛躍を妨げる、現在の〈私〉という器に課された制約を否定することによって、時間を超える認識に到達するために何が必要なのかを解明しようとしたのだ。われわれの生きている現在という時間に、どのような制約があるのか。その制約を明確にし、ひっくり返すことができれば、時の流れに左右されない、実在の世界に接近できるのではないだろうか。

『失われた時』の語り手は、実際、現在という時間のあり方を徹底的に批判している。現在において、ひとは不完全な認識しか得ることができず、世界、大切な人、自分自身についてさえ、あまりにも不十分で断片的な知識をもつことしかできない。「ある人が私たちの心に入りこむためには、まず形をとり、時間の枠に従うことを余儀なくされる。次々にあらわれては消える短い時間を通してしか私たちの前に姿を見せないので、その人は一度に自分のひとつの局面しかゆだねることがないし、小出しに自分のただ一枚の写真しか提供することができない」(*RTP*, IV, 60; 12, 142)。一定の形象とならなければ、知覚の対象とはならないが、形象化した途端、対象の全体像は逃れさる。ひとつの形を取ってあらわれざるを得ないということ自体が、対象の本質を限定してしまうのだ。語り手が語ろうとする世界は、個別の事象、現象を超えた実在の世界だが、個別の事象、現象を通してしか実在について語ることはできない。

しかし、いったいどうすれば現在という時間の制約を知ることができるのだろうか。その特性を反転させ、実在への道筋を探そうにも、現在という時間のあり方はわれわれの存在の仕方そのものと混ざりあっていて、そのどこに限界があるのかただちに知る手段はないように思われる。現在という時間に課された制約を知ろうとすることは、無意識を何の方法ももたず、直接意識しようとするのと同じくらい無謀なことではないのか。実際、現在は、単に過去から未来へ流れる時間の流れのなかの一点という意味しかもたないわけではない。それは意識がそのなかで考え、感じるようなひとつの認識の構造だとさえ言えるだろう。ヴァレリーは次のように指摘している。「〈現在〉は、ひとつの形式という性質を持っている。それはあらゆる可能な置換を通じて保存されるもの、――ある動的平衡が成立する条件の体系だ」(C, V, 757[1, 1294])。現在とは、状況がどのように変化しても、〈私〉という「動的平衡」が維持されるような形式だというのである。「時間は——永遠の現在である」(C, III, 882[1, 1267])、そうヴァレリーが断言する通り、どのような変化が起ころうと、いまここにいると感じているへ私〉の意識が消滅する事態を想定することはできない。周囲で何が起こっても反応できないようなメランコリーに陥った場合でも、いまここにいるという感覚自体が完全に失われることはないだろう。失われれば、狂気の領域に入ることになる。覚醒している限り、いまここにあるという存在感覚が途切れることはない。現在とは、この恒常的な存在感覚を核としたひとつの認識の形式なのである。

『失われた時』の語り手にとっても、事情は変わらない。現在はあくまでも精神と感覚の基盤となる時間のあり方である。〈私〉は現在という時から離れて生きることはできず、過去への思いに充たされることがあっても、かならずこの時間の形式に戻って来ざるを得ない。圧倒的な過去の記憶の蘇生を経験する時でさえ、「もし現在の場所がただちに勝利を収めなかったら、私は意識を失っていただろう」(*RTP*, IV, 453; XII, 316)と語り手は記す。精神的な事象にのみこまれない、現在の感覚がいかに重要であるかという認識はあるのだ。では、いったいどうすれば現在のもつ限界を見極めることができるのか。現在が、実在に至ろうとする道のりのなかで、どのような障害となっているのか、どうすれば知ることができるのか。

プルーストがそのために取った方法は、小説家としては驚くべきものである。『失われた時』の語り手＝主人公を、一定の時期が過ぎると別人のように変わる人物として描いたのだ。ある時期が来ると、語り手はまったくの別人となり、それまで苦しんでいたことにもはや悩まない人間になる。すべては主人公の語りによって進行するのだから、語り手の現在の感覚を超えるものを、読者も認識することはできないが、時期に応じて語り手が変貌を遂げ、語り手の感じ方、考え方が変わっていくことで、現在という時間がいかに一貫性のない、不確かで、限定されたものであるかが示されることになる。例えば、幼い頃、語り手にとって何よりの気がかりは、シャンゼリゼ公園でジルベルトという名の少女に会うことだった(『花咲く乙女たちのかげにⅠ』)。ところがそのすぐ後で(『花咲く乙女たちのかげにⅡ』)、読者は語り手の変貌ぶりに唖然とすることになる。「二年経って祖母といっしょにバルベックに出発したとき、私はもうジルベルトに対してほぼ完全な無関心に達していた」(*RTP*, II, 3; 4, 25)。

一人の女性への愛情は、あくまでもその相手が自分のうちに引きおこしたものと思われるのだが、その感情の真実がある時決定的に失われてしまう。すると特定の女性にそそがれていたはずの感情が、今度は別の相手に振りむけられる。祖母と一緒に出かけた海岸の保養地バルベックで、語り手はアルベルチーヌと出会い、やがてこの女性と一緒に暮らすことになる。だが、彼女が出奔、しばらくして語り手はその死の知らせを受けとる。喪の悲しみを語る『消え去ったアルベルチーヌ』には、あれほどアルベルチーヌを必要としていた語り手の自我が解体してゆく過程が詳細に物語られている。「アルベルチーヌに対して完全な無関心に近づいたことを意識した三度目の記憶は(この最後のときに私はそんな無関心の状態へ到達したと感じるに至った)(…)ヴェネツィアでのことだった[2]」といった具合に。この忘却の過程で、アルベルチーヌが実際には生きていたという、後に誤報とわかる電報を受けとったとき、語り手はその知らせに自分が喜びを感じていないことに驚く。まるで数カ月の旅行か病気のあとで鏡をのぞきこみながら、「以前の自分、あの金髪の若者は、もはや存在しない。私は別人になったのだ」(*RTP*, IV, 220–221; 12, 499)と認める人のように。

母親が就寝前にキスをしにきてくれるかどうか、シャンゼリゼ公園に明日もジルベルトがやって来てくれるかどうかを待っていた時代が終わり、アルベルチーヌの喪の悲しみにひたっていた時代も終わる。すると語り手＝主人公は別人となり、夢から覚めたように、それがなければ世界そのものが考えられないような、そんな生活の核となっていた悦びや苦痛を忘れはてる。「運命はこちらの願いなどに耳を貸さず、潮時と見ればさっさと介入して、有無を言わせずに傷だらけの自我を交換用の新しい自我にとりかえる。(…)私たちはその苦悩や異物が見えなくなったことに驚き、自分が別人になったことに驚歎する。その別人にとって、先立つ者の苦しみは他者の苦しみにすぎず、哀れみの気持ちをこめてそれを語ることができるのだ。なぜなら彼はもうその苦しみを感じていないのだから」(*RTP*, IV, 174–175; 12, 392)。『失われた時』という小説に、時の流れのなかで一貫した人格を持ちつづける自我は存在しない。女性、社交界、芸術などさまざまなものに恋い焦がれ、情熱を燃やしていた自我が解体されては、異なった自我が形成されるさまが語られているのだ。

ベンヤミンの表現を借りれば、プルーストは「陳列用の偽物の自我」(3)を通して語ることを選んだ。ロマン主義の伝統から考えれば、幼年時代から一貫して変わらない自己の真実を、作者とほとんど同一人物とみなされる〈私〉という語り手が語ることで〈真正さ〉が保証される。だが、『失われた時』では、語り手＝主人公は変容を重ね、別人になりかわってゆくのだから、この人物の人格に〈真正さ〉を求めることはできない。プルーストは、ロマン主義的内面性が終焉した地点から書きはじめていて、小説のなかで繰り返し〈私〉の自我を破壊し、別の自我に置き換えながら語っている。ある時期にできあがる自我が何を考え、何を感じようと、そこに時間を超えて持続する真実がないのだとすれば、語り手が求める普遍的世界にいったいどうやって到達できるのだろうか。あらゆる出来事が、〈私〉の感じること、〈私〉の考えること、〈私〉の表現することとして語られるのに、そこにある〈私〉は「陳列用の偽物の自我」にすぎない。確かなことは、語り手が「陳列用の偽物の自我」を通して、子どものように夢中になってさまざまな印象をかき集めていることだけである。

自我が次々に入れ替わるだけではない。同じひとつのものと思い込んでいるものが、どれほど異なったものからできあがっているかを、語り手は倦まずに指摘する。現在という時間は、その異なったものを同じひとつの名前でひとくくりにしているというのである。ひとつだけ引用しよう。「私たちが愛だと思い、嫉妬だと信じているものは、分割できない継続した同じ感情ではない。それは次々に起こる無数の愛、異なった嫉妬から成り立っていて、そのひとつひとつは束の間のものだけれども、あとからあとから絶え間なくあらわれるので、継続しているという印象、統一性という印象をあたえるのである」(*RTP*, I, 366 ; 2, 401)。同じひとつのものと思い込んでいたものが、実際には数限りなく分割可能な多数の層から成り立っているというだけではない。人生がさしだすイメージには、さまざまに異なる感覚によってとらえられた複雑な厚みが備わっている。「一時間はけっしてただの一時間ではない。それは香りや、音や、さまざまな計画や、気候などのつまった壺である。私たちが実在と呼ぶものは、私たちを同時に取りまいているこうした感覚と思い出のある種の関係である」(*RTP*, IV, 467–468 ; XII, 342)。この多様性を、現在はごく不完全な形で、部分的にしか受け入れることができない。現在からあふれだす、複雑に変化する名づけようのない世界のあり方を、どうすればあるがままに受けとることができるのだろうか。この多様な閉ざされた壺を横切る「横断線」をどうすれば創りだすことができるというのか。[4]

『失われた時』の語り手による現在批判は、このように過激である。「陳列用の偽物の自我」を通して、その時その自我にとってもっとも重要だった印象、感覚、思い出を述べながら、次々にそれらの印象、感覚、思い出を否定してゆく作品が、これ以前に存在しただろうか。プルーストにとって現在は、物事をあまりに限定された一面に閉じこめ、そこから生気を奪う時間のあり方にすぎない。ヴァレリーは現在の感覚の深まりのうちに目覚めたまま見る夢を求めたが、プルーストの場合は違う。この作家を覚醒よりもさらに深い覚醒に導いてゆく夢の力は、現在という感覚を拡張したものではない。超時間的な実在への敷居に到達するために、日常生活の基調となる現在という時間はあまりに不十分なのだ。

プルーストの現在批判には、ベルクソンが『創造的進化』で思考の映画仕掛けと呼んだ仕組みへの批判に通じる部分がある。ベルクソンによれば、人間の知性には、変幻きわまりない生成をそのままの形でとらえる力はない。知性にできることは、特徴的な一個の表象を切りだし、また別の表象を切りだしながら、それらの静止画像を後でつなげることによって、一個の連続的な変化を再現するというう「一種の内的映画の作動」である。「われわれは過ぎゆく現実世界の半ば瞬間的なスナップショット的視像を見ているのであり、その瞬間的視像はすべてこの過ぎゆく現実世界の特性を捉えているのであるから、それを認識装置の奥深くに据えられている抽象的で、一様な、目には見えない生成に沿って展開するだけで、その生成自体の秘められている特有のものを模倣することができるのである」。[5]知覚、知性、言語のこの映画仕掛けにしたがって、対象のごく一部をとらえたスナップショットをつなぎあわせることで、われわれはその対象をあたかも連続したものであるかのように認識する。どうすればこの思考の映画仕掛けを打ち破り、あらゆる感覚と思い出が多様に生成変化する実在に到達することができるのだろうか。

Ⅱ　蛹としての自我

『失われた時』の語り手が現在について指摘する特性は、容易なことでは克服できそうにない。現在において、ひとは複雑な、一気にとらえることなどできない対象の、ごくわずかな側面しか見ることができない。無数の錯綜した、同時に感じられる事柄を、ごく単純化された形でしか認識できないのだ。この現在という時間の制約は、対象のすべてを把握し、その実在の姿をとらえたいと願う激しい希求心がなければ、意識にのぼることさえないかもしれない。

プルーストにとって、実在の世界への接近は、こうした現在のあり方から解放されることを意味している。時間に左右されない実在がどのようなものであり得るのかは、これらの特性を反転させることによって、ある程度まで想像できるだろう。端的に言えば、実在とは、そのなかにいるひとが、対象のもつ複雑な側面すべてを同時にとらえることができ、錯綜した事柄を多様なままの状態で認識できる世界ということになるだろう。すべてが生成変化してゆくが、その変化がなにひとつ失われず、かつてあったことも現在のこととして感じられるような世界だろう。ではどうすれば「陳列用の偽物の自我」から抜けだし、ひとつの現在にとらわれた状態を乗り越えて、そのような世界に近づくことができるのか。「こうした思い出、こうした印象にとって、私たちの脆弱な自我だけが唯一の住まい、唯一の実現の様式」であるというこの制約から脱したとき、ひとはどのような風景を目の当たりにするのか。いま生きている現実だけでなく、別の時代の別の現実のうちにも同時にいるということが、どのようにして可能となるのだろうか。

語り手が初めに取り組む実在探究の道筋は、半覚半醒のまどろみに身を置くことである。(6) 半覚半醒のまどろみは、小説冒頭が示しているように、どのような時期の自我にむけて目覚めてゆくのかまだ明確になっていない状態である。「眠っている人間は自分のまわりに、さまざまな時間の糸、さまざまな歳月と世界の序列を、ぐるりとまきつけている。目覚めると本能的にそれを調べ、一瞬で自分のいる地点と目覚めまでに流れ去った時間をそこに読みとるのだが、序列は混ざりあい、途切れてしまうことがある」(*RTP*, I, 5; 1, 28)。眠りから覚醒にいたる途上、覚醒時には桎梏となる現在という時間の形式は、まだその萌芽状態にあり、認識の枠組みを強制する力を発揮していない。完全に目覚めるまでのあいだ、ひとは「陳列用の偽物の自我」から自由な状態にあるというのである。

意識が完全に覚醒すれば、自分の占めている地上の場所、時間軸上の位置は固定されてしまうだろう。だが、眠りはその糸をたちきり、さまざまな時間と場所へひとを運んでゆく。目覚め際のまどろみのうちにいる時、ひとは一定の人格をまとう手前、まだ何の人格ももたない空虚な存在となっている。「そのとき、深い眠りからひとは夜明けの光のなかにめざめるのだが、自分が誰なのかわからず、何者でもなく、真新しい、なんでもできる状態で、頭のなかはそれまでの生活であった過去を取りはられて空っぽになっている」(*RTP*, III, 371 ; 9, 301)。『失われた時』で何度も語られる眠りに落ちかけた状態、目覚め際のまどろみの状態は、現在という時間が、その萌芽状態においては、さまざまな時間のあいだで揺らいでいる、不確かなものとなり得ることを示している。

現在の起源に、さまざまな時間の混ざりあった、どのような自分になるのか決定されていない時間がある。このことから『失われた時』の語り手は、ある時期の自我がなくなったからといって、その自我がこの世から消滅するわけではないという観察を引きだしている。現在を生きる自我は、ある時期が来れば壊れ、忘却されてゆくのだが、その自我は不意に戻ってくることがある。まどろみのなか、さまざまな歳月と世界の序列が混然となった状態にいる時だけでなく、目覚めている時でも、過ぎ去った時間が予測できない形で舞いもどり、その時の自我としてふるまっていることがあると語り手は述べる。『失われた時』の語り手にとって、自我が次々に別の人間になりかわってゆくことは、かつての自我が、時間の順序を無視してよみがえってくることと深く相関している。この無秩序なよみがえりを、語り手は「時代錯誤《アナクロニスム》」と呼んでいる。

私はよく(人の送る生はまったく年代順になっておらず、日々のつながりのなかに多くの時代錯誤《アナクロニスム》を交えているものだから)昨日や一昨日よりもっと古い日々、あのジルベルトを愛した日々のなかにいることがあった。するとちょうどその当時のように、もはや彼女に会えないということが突如苦痛に感じられてくる。彼女を愛していた自我は、すでにほぼ完全に別の自我にとって代わられていたのだけれども、それが再びあらわれ、しかも重大な事柄によってというより、むしろ何かつまらない事柄によって、私に返されることのほうがはるかに多かった。(*RTP*, II, 3; 4, 25–26)

何かの偶然によって、すでに過去となった自我のうちにいることは、目覚めたまま見る夢以外の何ものでもない。現実感覚を取り戻し、自分が現在置かれた状況を認識すれば(ヴァレリーの言い方を使えば、「再び見出す」ことができれば)、その夢は雲散霧消する。例えばアルベルチーヌが死んだ後、『失われた時』の語り手は自分が彼女にずっと話しかけていることに気がつき、はっと我に返る。「一日じゅう、私はアルベルチーヌと言葉をかわしつづける。彼女を問いつめ、彼女を許し、生前の彼女にいつも言いたいと思っていて忘れてしまったことの埋め合わせをする。そして不意に私はこう考えて、ぎょっとするのだった、記憶によって引きだされてきたこの人物、こうしたすべての言葉の向けられた対象である彼女には、もはやいかなる現実も対応していないのだ、その顔のさまざまな部分もすでに崩壊してしまった、これに一個の人格という統一性を与えていたのは、生きる意欲という絶え間ない圧力のみであったけれど、それも今では消滅してしまったのだ、と」(*RTP*, IV, 121; 12, 273–274)。

忘れていた印象が再び現在の印象になることで、時代錯誤が生じるが、ここでその印象にとどまることを可能にしているのが、心的世界をひとつの現実と感じさせる夢の形成力である点に注目したい。「いったん目がさめたら、死んだひとが生きつづけているというこんな観念は、理解も説明もできなくなるにちがいない。けれども、夢というこの一時的な狂気の期間のなかで、私はこれまでに何度となくそんな観念を抱いてきたので、とうとうそれに慣れてしまった。夢の記憶も、たびたび繰り返されると持続するものになり得るのだ」(*RTP*, IV, 120 ; 12, 272-273)。語り手にとっての時間は、過去から未来へ流れるだけでなく、かつて生きた時間が現在に混入してくる時代錯誤のモードにも従っている。かつての自分に再びなり、その時のようにふるまうのは、目覚めたまま見る夢でしかなく、現実感覚が戻ってくればすみやかに訂正されるだろう。それでも時代錯誤の時間は、まどろみの状態で明らかになるさまざまな時間の混在が、覚醒時の生活でも途切れることなくつづいていて、何かのきっかけがありさえすれば、意識が別の時間に飛んでいることがあることを示している。

現在という時間感覚も、眠りからの覚醒という起源にまでさかのぼれば、別の時代のさまざまな自我が混在し、いってみれば可能性にとどまった、「偽物の自我」になりきっていない状態がその根底にある。『失われた時』の語り手は、この観察に繰り返し立ちもどっている。「陳列用の偽物の自我」とは異なる自我のあり方が、確かにそこにあるからだ。〈私〉はつねにひとつの人格によって物の見方が限定された領域にとどまっているわけではない。どのような時期の自分にでもなれそうな、自我が純然たる可能性にとどまっている状態が、普段は明確に意識されないまま現在の基底に横たわっている。この現在の奥底に横たわる可能態としての自我は、プルーストの小説においては、かつて過ごした時間、とりわけ幼年時代の思い出と深く結びついている。

人間の生活のなかでももっとも奥深くにある現在の起源、「眠りのもっとも奥にある地下道」には、かつて子どものころにいた庭が見出されると語り手は述べる。「それに再び出会うためには、旅行をするまでもなく、ただ降りてゆかなければならない。かつて大地をおおっていたものも、もはや地上ではなくて地下にある。死んだ町を訪れるには遠出だけでは不十分で、発掘が必要になるのだ」(*RTP*,

II, 390–391; 5, 194)。「眠りのもっとも奥にある地下道」には、バシュラールの指摘する「幼少時代の夢想の張りつめる力 tension」(7)がそのまま残されていて、発掘される時を待っている。この夢想の張りつめる力は、普段は発掘されないまま深い地層に埋もれているが、時代錯誤を根底まで押し進めると、自我がまだ時間の枠に押し込められる以前の記憶に行きつくことになる。『失われた時』の語り手は、幼い頃何度も行き来した二つの方角が、自分の基盤をなしていると感じている。「私はとりわけメゼグリーズのほうやゲルマントのほうのことを、私の精神の土壌の深い地層、いまなお私がよりどころとする堅固な地盤と考えないではいられない」(*RTP*, I, 182; 1, 391)。この二つの方角への散歩は、次々に夢想が湧きでる力の源泉であり、「水中花」のように拡張してゆく力をもっている。幼年時代にかかわる記憶は、ある存在感覚のうちにひとつの世界そのものが広がってゆく感触にみたされた記憶なのだ。

現在という時間の束縛から解放される道筋が、現在の基底そのものにまどろんでいる。では、どうすれば「夢想の張りつめる力」を、覚醒した意識のうちに呼びこむことができるのか。どうすれば「時代錯誤」を、覚醒した鋭い意識によって実現することができるのか。『失われた時』の語り手は、そうした問いへの答えを見つけられないまま、目覚めつつあるのに、まだ前日の自分を見出していない状態、アルベルチーヌの死を現実として受け入れようとしているのに、まだ彼女を忘れられないために陥っているメランコリーをひたすら記述してゆく。それらの記述のなかでも、とりわけ印象に残る比喩は「蛹」chrysalide である。身体はすっぽり毛布に包まれながら、頭だけを突き出して外の木々を見つめ、まだ自分が誰であるのかを見出していないこの人格以前の存在は、何ものかに変成しつつある蛹そのものである。「変身を遂げつつある蛹のように、私は二重の存在であり、そのさまざまな部分は同一の環境に適応しないのだ」(*RTP*, II, 388 ; 5, 189)。蛹としての自我は、毎朝繰り返される目覚めそのものが現在という時間の幼年期であり、ひとつの世界が広がってゆく過程そのものが再現されていることを示している。つまり現在は、最初から錯綜した事柄をごく単純化した形でしか認識できない時間なのではない。幼い頃のように世界と一体となって生成し、その複雑なあり方すべてとともに変容を遂げようとする局面がその根底に存在するのだ。時にはその張りつめた力が覚醒した意識をすみずみまでみたすような朝もある。「その日はごく普通の秋の日曜日にすぎないのに、私はたったいま生まれかわったばかりで、人生はそっくりそのまま手つかずに私の前に横たわっている。というのも、穏やかな天気がいく日かつづいた後に、その日の午前中は冷たい霧がかかって、それが正午頃にならなければ晴れなかったからだ。天候が変わると、それだけで世界や私たち自身が作りなおされる」(*RTP*, II, 641 ; 7, 21)。

目覚めつつある人を蛹に喩える比喩は、香水壜を蛹に見立てたボードレールの有名な詩を連想させる。東洋渡来の小箱や、埃まみれの饐えた匂いのする簞笥から古い香水壜が見つかると、そこから数々の記憶がよみがえる。その時香水壜は、蛹から蝶への変態を果たすと詩人は歌う。

数え切れない思いが眠っていたのだ、不吉な蛹たち chrysalides よ、
重たい暗闇のなかで穏やかにふるえていたが、
いま翼をほどき、いっせいに飛びたってゆく、

青く彩られ、薔薇色の釉をほどこされ、金のラメを散らして。

心酔わせる思い出が飛びまわる、どんよりとした
大気のなかを。眼は閉じられる。〈めまい〉が
打ち負かされた魂をとらえ、両手で押してゆく、
人間の瘴気で暗くかすむ深淵にむけて。(8)

プルーストが「真の自我」(*RTP*, IV, 451; XII, 313)と呼ぶものは、目覚めつつある人においては、このように幼虫の状態にある。蛹は、完全に目覚めるまでのあいだ、現在という限定された時間形態の囚われ人とはならない、さまざまな可能性にみちた存在である。「この瞬間的な存在としての一日が、やがて確固としたものとなり、可能性から解き放たれ、私の全体的多様性の上にしっかり腰をおろすかどうかは、いまだまったく確実とはいえない……。現実はまだ、それがもたらすすべての夢の虚しさと可逆的な平衡状態にある(9)」。目覚めつつある人の前に広がる一日は、まだ瞬間のうちにあり、否定しようのない現実として固まっておらず、いっさいが夢として消滅するかもしれない。しかしいったん選び取られた自我は、あらゆる事象をその限られた視点から、偏った、断片的な形で受け入れることになるだろう。「どうして別の自我ではなく、ほかでもない自分自身の自我を見出すことができるのか。目覚めて再び考えはじめたとき、私たちの内部に体現されるのが、なぜ前の人格とは別の人格にならないのか」(*RTP*, II, 387; 5, 188)。そのように考えても無駄というものであり、何百万もの可能

な人間から前日と同じ人間がいったん選び出されてしまえば、それ以外の人格になることはできなくなる。プルーストにとっての問題は、いったん選択がなされた後の、現在という限定された時間のあり方、認識のあり方をどうすれば打破できるかということである。

半覚半醒の状態は、現在という時間のあり方を超えて、超時間的な実在へと至る道筋となりえるのだろうか。まどろみの状態にある、まだ何ものでもない蛹の自我は、忘れられていたどのような時間の現在にもただちにアクセスできる夢の力を備えている。語り手が半覚半醒の状態にこだわるのは、明らかにそこに実在への鍵があると思えたからである。だが、そこにあるのはまだ「時間の枠」に従うことを余儀なくされていない、可能態としての自我にすぎない。完全に目覚め、現在という時間の制約のなかで生きている最中に、どうすれば超時間的実在に接近できるのかという疑問は、ここでは解決されないままである。

Ⅲ　イメージ——再創造された現実

現在の桎梏をのがれ、時間の外に出るために、どのようにすればいいのか。そこに夢と眠りがどのように関わっているのか。プルーストが示した第二の道筋は、この小説のもっともよく知られている「無意志的記憶」と呼ばれる体験、忘れ果てていたかつての現在がよみがえり、この今という時間に重ね焼きされるという経験である。プティット・マドレーヌの逸話を見てもわかる通り、プルーストはこの「無意志的記憶」の想起を、過去のこととして描いてはいない。よみがえったものは、現在の感覚に関わる何かとして描かれている。「無意志的記憶」のよみがえりは、単に忘れていた過去をあざやかに思い出すという経験ではない。それはかつてあった現在が、語り手の位置するこの今という時間を破壊し、そこに一度も存在したことのない現実を出現させる経験なのだ。現在という時間に対する通常の感覚とは異なる現在が問題になっているため、プルーストが描こうとしたことを理解するために、いくつかの迂回路を経る必要があるだろう。ここでは時代錯誤、イメージ、経験というものへの考え方という三つの視点から「無意志的記憶」を読み解いてみよう。

一　時代錯誤《アナクロニスム》とは何か

逸話では、紅茶にひたしたお菓子を口にふくんだ感覚が、子どもの頃の思い出を、まるで現在の情景であるかのようによみがえらせる。すると覚醒時の生活がほとんどつねに同一であることに幻滅を感じていた語り手が、日常の質的な変貌に驚くことになる。日常生活に対する現在の感覚をもちながら、幼い頃生きていた現実の感覚を同時に痛烈に感じることが、語り手を時間の制約から解き放ったというのである。これは単に過去をあざやかに思い出すということ以上に、違った時代の現在が突如として復活し、語り手の現在と言ってみれば衝突し、その衝撃によって語り手が閉じこめられていた現在が壊れるという事態である。忘却の底から突如として浮上したかつての現在が、いまこの現在と衝突することで、時間を超えた実在がかいま見えるようになる——この出来事のなかで、具体的にどのようなことが起こっているのだろうか。

二つの異なった時代の現在がぶつかり、そこに時間を超えた実在が広がるというプルーストの独特の考え方を、「心の間歇」という有名な逸話を通して検討してみよう。語り手は、毎年夏を、祖母と一緒に海岸の保養地バルベックで過ごしていた。祖母が亡くなってから、同じホテルの一室で、ベッドに腰掛け、靴を脱ごうとする。その時、語り手の疲れを気遣って靴を脱がせてあげようとした祖母の生前の顔がよみがえってくる。ショートブーツのボタンに触れるという動作をきっかけに、すでに亡くなった祖母が、まるでその場にいるようにしてよみがえるのを語り手は感じる。語り手は記憶の中ではっきり認める。「愛情のこもった、心配そうな、またがっかりした祖母の顔、はじめてここに着いた晩とそっくり同じような祖母の顔が、私の疲労の上にかがみ込んでいるのを」(*RTP*, III, 153; 8, 351)。語り手は祖母の死の直後、悲しむ気持ちが不思議と起こらないことで自分を責めていた。そこには名前だけの祖母しかいなかった。ところが、靴を脱ごうとしてよみがえってきた祖母の顔には圧倒的な現実感があった。「はじめて私は、意志を介さず完全によみがえった記憶のなかに、彼女の生き生きとした実在を見出したのだ。この実在は、私たちの思考によって再創造されないかぎり、私たちにとって存在しないものである」(*RTP*, III, 153; 8, 352)。ここで起こる時間の取り違えは残酷である。祖母の両腕のなかに飛びこんでいきたいと狂ったように思いながら、祖母がもはやこの世にいないことを痛切に感じることしかできないからだ。語り手はわきあがってくる感情と祖母の不在のコントラストのなかで、「たった今――事実のカレンダーと感情のカレンダーの一致をしばしば妨げる時代錯誤《アナクロニスム》のせいで、祖母の埋葬から一年以上もたって――ようやく祖母が死んだのを知ったのである」(*RTP*, III, 153; 8, 352)。

この逸話についてここで注目したいのは、祖母が記憶のなかでよみがえり、逆にその不在を強烈に感じさせる過程が、自我のよみがえりとして記述されていることである。疲れて帰った語り手の靴を脱がそうとした祖母の顔は、感情の高ぶりとともに出現するのだが、語り手はそれを思い出の想起としてではなく、その感情を体験した自我の蘇生ととらえている。文字通り、まだ祖母が生きていて、一緒にバルベックの夏を過ごした時代の自分へと、語り手は戻ってゆく。まるで異なった部屋に入ってゆくように、異なった現在へと入ってゆくことができそうに感じることは、語り手が目覚めをめぐる記述において強調した半覚半醒状態の特徴である。まるで自分が祖母の亡くなった後にやってきたバルベックのホテルにいるのではなく、祖母を抱きしめたい思いで矢も盾もたまらず、暑さで息苦しいほどの通りから戻ってきた時のホテルにいるかのように、靴を脱がせようとして祖母が発した言葉が耳に聞こえてきそうに語り手は思う。しかしそれは幻想にすぎない。

これほど長いあいだ消滅していた当時の自我が、再び私のすぐそばに来ていたので、ちょうどまだ眠りから覚めきらない人にとって、逃れゆく夢のなかの物音が自分のすぐそばに聞こえる気がするように、私にはその直前に発せられた祖母の言葉がまだ耳に残っているように思われたが、しかしそれはもはやひとつの夢に過ぎなかった。私はもう、祖母の両腕のなかに身をひそめたい、祖母に接吻をして彼女の悲しみの痕を消してしまいたい、と思っている存在に過ぎなかった。(…)だが他方では、この幸福感を現在のものとして再び体験したそのとたんに、まるで肉体的苦痛のぶりかえしのように、祖母はこの世にいないのだという虚しさの実感が湧きあがって、それ

が幸福感を貫くのが感じられた(…)。(*RTP*, III, 154–155 ; 8, 354–355)

プルーストが、直線的に流れる時間と併行して、異なったさまざまな時代の自我がいつでも戻ってくるような時間の流れ、時代錯誤の時間があると考えていたことを先に見た。この文章は、時代錯誤のもうひとつの側面を強調している。どのような時期の自我に突如として戻ろうと、現在の感覚そのものが消えることはなく、その感覚が戻ってきた自我をやがて夢として打ち消してしまうという、覚醒した意識の破壊的側面である。プルーストの言う無意志的記憶は、忘れていた思い出の蘇生というより、はるかに二つの現在のぶつかり合いを意味している。それは過去を思い出すというより、思い出が現在だった時代の自我のうちに、文字通り身を置くことを意味している。しかし「心の間歇」が示しているように、よみがえった自我は、現在の自我とぶつかり合い、その当時の世界がそのままの形で残っているわけではないこと、その世界が滅びた場所に現在いることを痛切に感じている。「はじめて祖母のことを、生き生きとした、本物の、張り裂けんばかりに私の心をいっぱいにする人と感じ、つまりはようやく彼女を見出しながら、私は自分が永遠に祖母を失ったことを悟ったところだった」(*RTP*, III, 155 ; 8, 355)。祖母の生き生きとしたイメージは、このように覚醒(苦痛、不在)と夢(幸福感、存在)が合体したキマイラのような、明晰でありながら幻想的な現実なのである。

プルーストにとって、まるで現実のように感じられる鮮やかなイメージには、このように目覚めたまま見る夢という側面がある。イメージとはこの場合、二つの時間が衝突し、それまで知らなかった新たな精神的現実が創りだされることを意味している。靴を脱ごうとする現在の時間と、祖母とともに過ごした時間が結合し、どこにも存在しなかったひとつの精神的現実が出現する。祖母とともに過ごしていた時の幸福感は、祖母のいない現在の哀しみと結びつかずにはいられない。その幸福感を現在のものとして感じれば感じるほど、「まるで肉体的苦痛のぶりかえしのように」祖母はもはやこの世にいないという痛みが、幸福感を貫くのが感じられる。夢の形成力(よみがえった自我が感じる幸福感)と、覚醒した意識の現実認識(祖母がこの世にいないという事実から来る苦痛)が、「心の間歇」で語られるイメージの体験には同時に存在する。イメージのうちに現前するものは、確かに現在もなお生きている実在として感じられるが、実際にはもはやどこにも存在しないものとしてそこにある。実在は、過去を現在と感じる回顧の眼差しと、滅びたものを滅びたものとして受け入れる現在への冷静な認識の二つを要請するのである。

二　目覚めたまま見る夢としてのイメージ

「心の間歇」は、ルソーやヴァレリーの描いた目覚めたまま見る夢とは、随分異なった様相を呈している。ルソーが十月の夜、パリ郊外のメニルモンタンで気絶から目覚めたとき、またヴァレリーが十月のロンドン橋で自分がどこにいるのかを見失うとき、いま目の前に開けつつある世界の感触が問題だった。それ以前に自分がどのような生活を送っていたかは問題ではなく、生成する世界のうちに限りなく浸透してゆく感覚として、夢の形成力が働いていた。それに対してプルーストの場合、かつてあった、よく知っていたはずなのに忘却していた過去が、現在のこととして生成する感覚のうちに夢の働きがある。ありありとそこにいるように感じられれば感じられるほど、その時の現実が取り返しのつかない形で失われたという事実が痛切に感じられる。夢は不在の人をそこにいるかのように出現させ、覚醒はその人がもはやこの世にいないことを自覚させる。夢と覚醒は、同時に現在という時間に働きかけることで、現在の感覚を分裂させてしまうのだ。

プルーストがイメージを、圧倒的な現実感を備えながら、現実には不在であるという矛盾した性質をもったものとして描いたことは、その後の文学の流れに決定的な影響をおよぼすことになる。イメージは、過去の記憶と現在の感覚が同時に働く、不在のものが存在する場所、つまり目覚めたまま見る夢として新たに創り直されたのだ。ここには想像力に対する独特の見方がある。ほとんど存在と等しい強度を得ているのに、かつてどこにも存在したことがないイメージを創りだすものとして、プルーストは想像力を捉えなおしたからだ。夢と覚醒という視点から見た場合、そのようなイメージにはどのような特性があるのだろうか。

「夢の中のイメージは存在に等しい」(C, VI, 77)とヴァレリーは言った。『失われた時』の語り手も、よみがえった祖母のイメージを実在としてとらえている。夢の形成作用には、もはやこの世に存在しないものを、再び生きたものとして提示する力が秘められている。それは観念的なものではなく、〈私〉の現実感覚に直に働きかけてくる力をもつものだ。同時に覚醒した意識が、それはもはやこの世のものではない、ひとつの映像にすぎないという認識を強調する。記憶からよみがえった祖母は、その存在がありありと感じられると同時に、もはやどこにも存在しない幻影にすぎない。このようにイメージのなかで、二つの現在がぶつかり合い、別の形象へとなりかわってゆくダイナミズムを、ベンヤミンが見事に定式化している。

過ぎ去ったものがその光を現在のものに投射するのでも、また現在のものがその光を過ぎ去ったものに投げかけるのでもない。そうではなく、イメージのなかでこそ、かつてあったもの das Gewesene は、この今 das Jetzt と閃光のごとく一緒になり、ひとつの状況布置を作りあげる。言い換えれば、イメージは静止状態における弁証法である。なぜなら、現在が過去にたいしてもつ関係は、純粋に時間的・連続的なものであるが、かつてあったものがこの今にたいしてもつ関係は弁証法的だからである。つまり、進行的なものではなく、形象的であり、飛躍的である。(10)

過去が現在としてよみがえるとき、現在と過去は一定の距離をたもったまま共存するのではなく、過去が現在となることでこの今そのものを作り変えてしまう、というのである。現在の感覚は、かつてあったものがもつ現在の感覚によって否定、破壊、解体され、その断片がかつてあったものと合体し、キマイラのような新しい現在を創りだす。その現在の存在様態がイメージと呼ばれるものである。イメージにおいて、過去は、その後何が起こるのかをすみずみまで意識できる、固定された客観的対象として存在するのではない。過去はまだ何ひとつ確定されない、これからどのように変容してゆくのかわからない、開かれた状態にある。その時代に生きていた自我、その後何が起こるのかを知らない自我が、夢の形成力のうちによみがえり、「飛躍的」な変容を遂げようとしている。その自我が、覚醒した現在の自我と衝突し、そこに超時間的イメージが形成される。二つの現在がこのようにぶつかり合う場所がイメージであり、イメージは「静止状態における弁証法」だというのだ。

二つの現在が衝突することで生じたイメージには、現実そのものを作りかえる力が秘められている――この点から考えると、プルーストが、無意志的記憶によってよみがえったかつての時間を、あるがままに再現された過去とみなしていたかどうかを問うことができよう。一見したところ、小説のなかには、このことを肯定する言葉も否定する言葉もない。コンブレーで過ごした幼年時代は、紅茶にひたしたプティット・マドレーヌからそのままの形で広がってゆくように見える。しかし、とりわけ「心の間歇」を読むと、過去はそのままの形でよみがえるのではなく、現在の感覚と心情によって根底から作り変えられ、ある意味で一度も存在しなかった形で再現されていることがわかる。鮮烈な姿でよみがえる祖母とともにあったとき、語り手は祖母の不在が引きおこす救いようのない苦痛を知らなかった。そして今、祖母は〈私〉のなかで生きつづけているのに、実際にはどこにもおらず、「この生存と虚無が交錯する実に不思議な矛盾」(*RTP*, III, 156; 8, 358)が戻ってくるたびに、語り手は苦悩に引き裂かれる。「これらの苦痛、それがどれほど苛酷なものであろうとも、私は全力をあげてそこにしがみついていた。なぜなら、この苦痛こそ、祖母の思い出がもたらすものであり、私のなかでその思い出が確かに現存していることの証だと、強く感じていたからだ。祖母を本当に思い出すのは、ただ苦痛を通してのみだということを私は感じていた」(*RTP*, III, 156; 8, 358)。祖母のイメージは、いま〈私〉の感じる苦痛によってあざやかな現在としてよみがえるのである。

現在という時間の制約を逃れたと感じるとき、これが語り手に起こることである。つまり、思い出した過去は、現在の感情によって作り変えられ、ひとつのイメージという形で新たに住むことのできる場所となる。「死者は生者以上に、私たちに働きかける。なぜなら、真の現実とは精神によって引きだされたものにすぎず、精神の作用の対象にほかならない以上、私たちが本当に知っているのは、思考によって再創造することを余儀なくされたもののみだからである」(*RTP*, III, 166 ; 8, 379–380)。この小説で頻繁に起こることは、現在目の前にしている事態をうまく把握できないという状況である。何が起こっているのかを理解するためには、想像力を働かせなくてはならないが、そのためには目の前の対象が不在でなくてはならないのだと語り手は強調する。「夢見る力を、私はアルベルチーヌが不在の時でなければもたなかった」(*RTP*, III, 578 ; 10, 151)。だが、対象が不在のとき、その相手が自分の感覚にあたえる存在感がないために、夢見る力は十分な支えを得ることができない。「ひとりのとき、彼女を思うことはできたが彼女はそこにおらず、私は彼女を所有できなかった。彼女が目の前にいれば私は彼女に話しかけるが、心は自分自身から遠く離れてしまうので、考えることができなかった」(*RTP*, III, 578 ; 10, 151)。現在という時の形式は、このように『失われた時』の語り手に落胆を感じさせることしかなかった。「私のこれまでの人生の流れのなかで現実が何度も私を失望させたのは、その現実を知覚する瞬間、美を享受する唯一の私の器官である想像力が、不在のものしか人は想像できないという避けられない法則のために、その現実に適用されなかったからである」(*RTP*, IV, 450–451 ; XII, 311)。

この制約を逃れるために、語り手が見出した道筋は、すべてを回顧の眼差しで見ること、ただし過去を現在としてよみがえらせる夢の形成力が、偶然のきっかけで作動する状態で見ることである。覚醒した眼差しが自らの意志の力で選びとった何かではなく、偶然出会った何かをきっかけに、現在という時間の制約を超えることができる——この視点は強調しておく必要があるだろう。偶然のきっかけに突き動かされる眼差しだけが、「かつてあったもの」と「この今」とが一体となった新たな精神的現実に到達できるというのである。その現実が、勝手に改変されたものではない「真正さの保証」la griffe de l'authenticité(*RTP*, IV, 457 ; XII, 323)(=「真正さの爪」)を刻印されているのは、過去を喚起する偶然の出来事に次の特徴があるためだと語り手は言う――「私に選ぶ自由がないということ、あるがままの形で私にあたえられているということ」(*RTP*, IV, 457 ; XII, 323)。任意の対象を思いえがくことによって、実在に接近することはできない。偶然によって強制され、「思考によって再創造することを余儀なくされた」対象と出会い、言ってみれば新しい現実を作りだすよう強いられることで初めてその現実に迫ることができるというのである。[11] ものごとは、現実においてひとつの形を取らないかぎり、何もわからない。しかし形を取った途端、ものごとの本質は逃れさる――この制約を逃れるためには、現実の至るところに眠っている感覚が偶然呼び起こされ、その感覚のうちにある「かつてあったもの」の現在を、夢の形成力と覚醒した意識の冷静さによって作り直さなければならない。

ここに見られるプルーストの態度は、回顧的な眼差しによって世界のすべてを見つめなおすことと要約されることがある。実際、プルーストにとって重要なのは、不完全にしかとらえられない現在の知覚の対象ではなく、偶然よみがえった過去の思い出である。過去には現在のような感覚による支えがないために、「想像力の作りだす夢」(*RTP*, IV, 451 ; XII, 312)として結局は消滅する運命にあるように思えるが、『失われた時』の語り手はこの敗者への共感を隠そうとしない。「こうした蘇生のさいには、つねに共通の感覚のまわりに生まれた遠くの場所が、まるで格闘士のように、一瞬のあいだ現在の場所と組み討ちするのだった。つねに現在の場所こそが勝者だった。けれども私により美しく見えたのは、つねに敗北する側であった」(*RTP*, IV, 453 ; XII, 316)。もはやこの世に存在しないという哀惜の思いをこめて過去をよみがえらせること、これが自伝や回想に生気を吹きこんだ。ベンヤミンがこの点を的確に言い表している。「プルーストが初めて、十九世紀に回想録を残す能力を与えた。彼以前には緊張をはらまない時空であったものが、力の場となり、そこにきわめて多様な電流が、彼以降の作家たちによって生ぜしめられた[12]」。

三　経験への新たな眼差し

しかし、この「回想録の能力」が、何より現在という時間のあり方への見方を根源的に変えることによって可能となったことを忘れてはならない。プルーストは忘却される過去という敗者を愛しているというより、より正確に言えば、消え去ってゆく過去が現在の感覚という支えを得て、新たな現実へと変化してゆくことこそを求めているのである。過去を正確に再現するのではなく、記憶と現在をキマイラのように合体させ、そこにそれ以前はなかった新たな生の形を見出していこうとするプルーストの態度を、明白に浮き彫りにする逸話がある。美術館をめぐるヴァレリーとプルーストの対立である。

ヴァレリーは、美術館という場所の価値を否定する。彼にとって、建築こそが絵画と彫刻の母なのだが、美術館ではその母は死に、作品は棄てられた子どもとして生誕の地から切り離され、まったく来歴の異なる作品と隣り合わせに展示される。どれほど偉大な作品であっても、共通の尺度をもたない数多くの他の作品と並べられることで、起源から切り離されたものたちによる「組織化された無秩序」[13]ともいうべき奇妙な光景の一部となる。それに対してプルーストは、まったく対極的に、作品はそれが生みだされた場所との有機的な結びつきから切り離されたほうが深い喜びをあたえると主張する。一枚の絵を、会食の部屋に、絵が描かれたのと同じ時代の家具、骨董、壁掛けのまんなかに展示することがあるが、このように絵が作られた時代を人工的に再現しても、「本質的なものを抹殺」することにしかならない。「この背景に囲まれて、私たちが食事しながら眺める過去の傑作などは、心を酔わせる歓喜を与えてくれるはずがなく、そうした歓喜は美術館の一室で求めるしかないのである。美術館の展示室は、なんの飾りもなく、余計なものをすべて取りのぞいているからこそ、画家が創作のために引きこもった内部空間をみごとに象徴しているのである」(*RTP*, II, 5; 4, 30)。

ある作品が心を酔わせる歓喜をあたえるのは、その作品を必要とした建築や環境においてなのか、それともその環境から引き離され、後からやって来た者たちが自ら生きる現在との関係でその作品の意義を読みかえてゆくことによってなのか。美術館に対するヴァレリーとプルーストの対照的な態度は、アドルノによれば、ヴァレリーが芸術作品を、それが制作された状況と関連させながら考えているのに対し、プルーストが作品とその時代のことなど考えず、後の時代の人々がどのようにしてその作品を享受するのかという視点から考えているところから来ている。プルーストは、作品とそれを生みだした建築との分離を前提とし、言ってみれば「作品の後の生(Nachleben)」からその考察を始めているというのである。

経験方式の変化にたいして法外な鋭敏さを持っているプルーストは、パラドキシカルな能力であるけれども、歴史的なものを自然の風景として知覚することを、彼自身の決定的な反応形式としている。彼は美術館を、神の真の創造物であるかのように崇めている。実際、プルーストのメタフィジークによれば、それはすでに成り終わったものなのではなく、経験という具体的な契機のたびごとに、あらゆる根源的な芸術的直観のたびごとに、新たに生じるものなのだ。驚嘆して眺めている自分の眼差しのなかに、みずからの幼年時代の一片が掬いだされているのをプルーストは目にする。(14)

プルーストから見て、美術館に創造する力があるのは、作品がかつてそれが生みだされた環境と保っていた絆を断ち切り、その時代を知らない人間が作品と出会う場を提供することで、新たな「根源的な芸術的直観」を覚えさせるからだ、ということになる。作品のなかにも、人間や、人間のかかわるあらゆる事象同様、歴史的過程、つまり時による破壊作用を受ける側面がある。作品は抽象的に、人類の歴史を超えて存在するのではなく、時間の流れのなかで解体され、破壊され、忘却されてゆくものだ。プルーストにとって、新しい「経験方式」は、何よりこのような破壊、解体、忘却の過程から出発する。かつてあったものが滅び去った後に、思い出として、回顧の眼差しのなかによみがえるとき、初めてその本質が明らかになるというのである。「プルーストにあっては、すでに記憶によって伝えられているもの以外、なにも永続しないので、彼の愛は、第一の生よりも、すでに過ぎ去ってしまった第二の生のほうにむしろ固着するのだ(15)」。

『失われた時』は、作品を滅ぼし、それを現在によみがえらせるこの新たな経験方式が、自由に選べない偶然によって強いられたものであるとき、初めてその創造性を発揮することを示している。かつてあった現在と今という時間がぶつかった時に生じる新たな「状況布置」が、超時間的な実在への道となるかどうかは、この「真正さの爪」が見出せるかどうかにかかっている。

Ⅳ　隠喩の状態

最後に、覚醒した夢のなかで時間感覚が拡張されてゆくこのイメージの経験が、隠喩というひとつの行為として捉えなおされていることに触れておきたい(16)。

超時間的実在に触れるということは、現在という時間の制約から逃れるということである。たとえそのきっかけが、自由に選ぶことができない偶然の感覚だったとしても、それは単なる否定の身振りではなく、きわめて具体的なひとつの行為だった。行為の核心にあるのは、外的対象を自分の外にある、自分とは無関係なものとして見るのではなく、精神がそのなかに没入し、現在の感情とともに対象を再創造しようとする態度である。世界はその時、精神と深く結びついた、非物質的でほとんど内的なものとなっている。ヴァレリーについて見たことから言えば、これは主体と客体が相互に依存しあう夢の働きに特徴的な眼差しのあり方である。しかもこの場合、眼差しは極度に覚醒している。対象のもつ精神的性質のなかで伸び伸びとふるまうと同時に、その物質性が感覚におよぼす反響を細やかに感じとっているからだ。このように超時間的実在の世界に入ることは、われわれの視点から見れば、目覚めたまま夢見ることに他ならない。

時間感覚の拡張は、「どんな印象も二重のものであり、半分は対象の鞘におさまり、他の半分は私たちの内部に伸びてきている」(*RTP*, IV, 470; XII, 345)こと、内的印象を積極的に変貌させることによって、対象そのものの物質的印象も改変可能であることに気づくことに基づいている。外部に対する知覚は、想像力によるイメージ形成と深く関わりあっているというモチーフは、この小説ではさまざまな水準で展開されている。ここで注目したいのは、隠喩という主題である。バルベック近郊の画家エルスチールのアトリエに出かけたとき、語り手が画家の絵のなかで、隠喩が物質の変貌としてあらわれていることに驚く場面がある。

ウィリアム・ターナー《ラムズゲイト》(テート・ブリテン所蔵). プルーストは架空の画家エルスチールが描いたカルクチュイ港の絵を描写する際, ラスキン『イングランドの港』(1904年)に収録されたターナーの海洋画を参照している.《ラムズゲイト》はその一例(吉川一義『プルーストと絵画――レンブラント受容からエルスチール創造へ』岩波書店, 2008年, 270-273頁を参照)

アトリエにあるものは、ほとんどここバルベックで描かれた海の絵ばかりであったが、そのなかに私は認めることができた。どの絵の魅力も描かれた事物の一種の変貌にあるということ、その変貌は詩で隠喩と呼ばれるものに似ていることを。さらに、父なる神が命名することによってものを創造したとすれば、エルスチールはものから名前を取り去り、あるいは別の名前をあたえることによって、これを再創造しているということを。ものを指し示す名前はつねに知性の概念に対応している。そうした概念は私たちの真の印象とは無関係であって、その概念にかかわりのないいっさいのものを印象から排除するように私たちに強いるのである。(*RTP*, II, 191; 4, 418-419)

描かれた事物の変貌と、詩における隠喩が、どうして似ていると言えるのだろうか。「もっとも頻繁に用いられる隠喩のひとつは、まさに陸と海を比較して両者の境界をことごとく取り去ってしまうものだった」(*RTP*, II, 192; 4, 420)。エルスチールはこのように、語り手によれば、陸から陸という言葉を奪って海の言葉だけで陸の町を語り、海から海という言葉を奪って陸の言葉だけで海を描く。この場合、隠喩は外的対象が感覚にあたえる内的印象に踏みこみ、物質を精神的事象であるかのように扱うことを意味するだろう。絵を描くという行為において、対象を非物質的で、精神が自由自在にそのなかに没入できるものであるようにふるまうことが、隠喩という行為の本質と捉えられている。リクールは、生き生きとした印象をあたえる隠喩は、「ものごとを行動として見る」ことを可能にするものだと指摘している。[17] エルスチールの絵において、海は海というものなのではなく、陸地の性質をもった何ものかに変貌しようとしつつあり、陸は陸というものではなく、海の性質をもった何ものかに変貌しつつある。その絵は動かしがたい存在をなぞっているのではなく、変貌を遂げつつある名づけがたい運動を創造しているのだ。隠喩は、プルーストにとって、精神の力によって物質世界を行為の世界へと変貌させることを意味している。

このような隠喩は、夢の生成状態が可能にするものだとヴァレリーが繰り返し指摘している。「隠喩は生成状態と深く関わって」(C, IV, 546［2, 54］)いて、「精神の隠喩的深み」においては、あらゆるものが夢のなかでのように結びつく(C, XXVI, 11)。「夢では表現が予告もなく物そのものへと変貌するのだから、夢は(別の視点から見れば)絶対的にすべてが隠喩となる状態 le métaphorisme à l'état absolu である」(C, VI, 775)。知覚する世界が、外部にあるものとしてだけではなく、内部にある何ものかとしても感じられることが「生きた隠喩」の鍵である。そのためには、精神は感覚の対象をみずからのうちでもう一度感じとり、創造しなおさなければならない。その行為には、世界を外的な存在として固定するのではなく、いま構成されつつある世界として見つめるような生成的知覚が必要である。そこには確実に夢の価値がふくまれている。

『失われた時』の語り手は、探究の拠りどころを夢に求めたことが間違いだったと最終巻『見出された時』で述べながら(*RTP*, IV, 491; XII, 379)、次のように付けくわえずにはいられない。「それでも夢は私にとって、つねにきわめて印象的な人生の出来事であり、現実が純粋に精神的なものであると悟ることに大いに役立ったもののひとつだった」(*RTP*, IV, 493; 12, 382)。現実の「純粋に精神的な」性格は、時がその破壊作用を発揮することを前提としている。現実そのものは押しとどめようのない崩壊の過程にあるが、かつてあったものは、回想のなかで、芸術作品のなかで、現在の感覚という強力な支えを得て作り変えられてゆく。覚醒した現実認識を基盤に、新たに過去の現在へと目覚めようとするこの生成状態は、終わりのない夢のようなものと言えるかもしれない。「希望は過ぎ去りしもののうちに(18)」こそあるのだ。

現実が「純粋に精神的な」性格をもっていると理解するには、時間の秩序から解放され、事物の本質のなかにだけその生きる糧を見出す存在が、語り手のなかによみがえることが必要だった。「この存在は、現在時の観察のなかでは衰弱してゆく。現在時の感覚だけの力で事物の本質をもたらすことなどできないからだ。過去の考察においても衰弱してゆく。その過去が知性によってひからびたものにされるからだ」(*RTP*, IV, 451; XII, 312)。時代錯誤、つまりかつてあったことと今が衝突することで生じる「時間の秩序から解放される瞬間」(*RTP*, IV, 451; XII, 313)こそ、プルーストにとって重要なものである。その解放感から拡張してゆく世界の相貌に、夢の形成力が関わっていることは間違いない。目覚めたまま見る夢は、プルーストにとって、実在にいたる確かな道筋だったのである。

第三章

ブルトンにおける期待の詩学

目覚めたまま見る夢は、シュルレアリストにとってどのような意味をもっていたのだろうか。覚醒した眼に映る現実世界と、眠りの中に現れる夢の世界をどうすれば一致させることができるのかという問いは、一見シュルレアリスムという芸術運動の核心にあるようにみえる。アンドレ・ブルトン(一八九六―一九六六年)は『シュルレアリスム宣言』(一九二四年)において、まさしくこの問いに正面から取り組んでいる。「私は、夢と現実という、外見はいかにも相容れない二つの状態が、一種の絶対的現実、こう言ってよければ超現実のうちに、いつか将来、解消されてゆくことを信じている(1)」。「超現実《シュルレアリテ》」という言葉の定義そのものに、夢と現実の通底という主題が書きこまれているのだ。

しかし、この定義はよくよく見ると、夢と現実、眠りと覚醒が、実際には相容れないものであるという認識を前面に押しだしたものである。超現実が実現されるのは「いつか将来」のことであり、目覚めたまま夢見ることはきわめて困難なこととみなされている。だからこそ、夢と現実という「相容れない二つの状態」の対立を解消するために活動することが、大いなる挑発となるのである。問題は、覚醒しているいま、この世界にどうすれば眠りの力を溢れださせることができるか、完全な形ではないにしても、少なくとも部分的にその状態を実現する具体的な手法を編みだすことである。シュルレアリスムの特徴は、夢と現実という鋭く対立する二つの状態を通底させるために、どのような実践を行えばいいのか、その具体的な方法を次々に案出していった点にある。ではブルトンは、眠りと覚醒の対立が解消される「超現実」を、具体的にどのように実現しようとしたのだろうか。

すぐ目に付く点は、ブルトンが、眠りと覚醒の敷居の探究において、これまで見てきたヴァレリーやプルーストとはっきり異なる方向を打ちだしていることである。ヴァレリーとプルーストは、精神の機能や過去の想起という、言ってみれば普遍的な心的活動を探究する過程で、眠りと覚醒の敷居が大きな意味をもつことを見出していった。ヴァレリーは不意に訪れる茫然自失状態から、ひとがどのようにして普段の日常に戻るのかを検討することで、精神の機能への洞察を深めていった。プルーストはかつての思い出が、現在の感覚と奇妙な形で合体し、イメージとしてよみがえる瞬間を捉えようとした。それに対してブルトンは、パリの街中で出会う偶然の出来事を出発点として、眠りと覚醒の敷居を追究しようとした。精神の普遍的な構造を求めるのではなく、日常生活から離れないまま、すぐに古びる、はかない事物のうちに、眠りが押し寄せる瞬間を捉えようとしたのである。シュルレアリストたちは、廃れた商店街、蚤の市、忘れられた街角のうちに、つねに新しい、日々更新される力があることを発見した。時間に左右されない、普遍的な事象のうちにではなく、一時現れては消えてゆく、束の間の現象のうちにこそ「存在の瞬間」が見出されると確信していたのだ。うらぶれた外観のもとに、時を超える象徴的次元が眠っていて、その次元が何かの偶然によってよみがえるとき、夢と眠りが不可解な力を発揮する——この視点を押し進めることで、ブルトンは経験というものの新しい記述の仕方を編みだすことになる。

シュルレアリスム世代と先行世代とのあいだには、歴史上の断絶がある。ヴァレリーとプルーストは一八七一年生まれだが、十九世紀末に相次いで生まれたブルトン、ルイ・アラゴン（一八九七—一九八二年）、ポール・エリュアール（一八九五—一九五二年）、さらにジョルジュ・バタイユ（一八九七—一九六二年)等、初期のシュルレアリスムをになった世代は、十代後半を第一次世界大戦時に過ごした。ヴァレリーは精神の危機、プルーストは時によるあらゆるものの破壊という視点に文学的表現をあたえたが、十九世紀の生活が完全に破壊される以前に自分たちの表現世界を構築する時間的余裕があった。それに対して、ブルトンの世代は、大量殺戮兵器による文明の破壊が起こった後に来た世代であり、廃墟をそのまま自らの象徴世界のなかに組み入れるところから出発するほかなかった。物質的な廃墟だけでなく、ヨーロッパ近代を支えた理性信仰が根底から揺らぐ、精神の崩壊現象も最初から前提としてあった。以前から続いているかにみえる現実生活をそのままの形で受け入れることができないということが、シュルレアリスム世代の共通の時代認識だったのである。

では、シュルレアリスムが標榜する「現実の生への夢の流出[2]」のために、具体的にどのような作業を試みればいいのか。その作業を通して、現実への考え方がどのように変わり、経験の記述がどのように変化したのか。『ナジャ』(一九二八年)、『通底器』(一九三二年)、『狂気の愛』(一九三七年)というブルトンの代表的散文作品を読みすすめると、このシュルレアリストがそれ以前の作家とは違うある語り方を意図的に創りだしていることがわかる。ひと言で言えば、ブルトンは意図的に、その全体が把握できないような経験を記述しようとしているのだ。ここでは眠りと覚醒の敷居という視点から、経験の記述にブルトンがどのような革新をもたらしたのかに焦点を当てて、そのテクストを再読してみたい。

初めにブルトンが眠りと覚醒との関係をどのように考えていたのかを確認し、次にその考えをどのようにして捉えがたい経験の記述に活かそうとしたのかを検討する。その上で、ベンヤミン(一八九二一九四〇年)の「根源」と共通する部分がブルトンの超現実にあることを指摘し、両者に通底する期待の詩学とでも呼ぶべきものに最後に触れることにする。

I　超現実における眠りと覚醒

超現実という理想に到達するため、ブルトンは明晰な思考と、制御できないまま何かが生み出されつつある眠りの闇の双方を突きつめ、その二つがせめぎ合う境界にとどまろうとした。眠りと覚醒の敷居は、ブルトンが編みだす、「超現実的」作品制作のさまざまな手法に直接関わり、その手法によって実現しようとするヴィジョンの背景となっている。シュルレアリスムの活動を理解するためには、目覚めた世界に起こるさまざまな事象以上に、彼らが眠りをどのようなものと位置づけていたのかを知る必要がある。ブルトンは、睡眠という現象をどのように考えていたのだろうか。

超現実の定義からみても、眠りが単独で何かを意味していたとは考えられない。ブルトンにとって、眠りはあくまでも覚醒との関係において成立するものであり、眠りとは相容れないようにみえる覚醒時の現実に、どのような影響をおよぼしているのかという視点から定義されるべきものだろう。『ナジャ』などの散文作品から判断するかぎり、ブルトンは眠りと覚醒した意識の関係を、少なくとも次の三つの視点から捉えている。第一に、眠りによる覚醒時の生活の忘却と破壊、第二に眠りと覚醒が通底する部分をもっているという確信、第三に眠りによる日常生活の再創造である。

眠りは、ブルトンによれば通常の生活を忘却させ、さらには破壊する力をもっている。眠りとは、何より「本来の組織的局面の外で考えられるような生活」(*N*, *Œl*, 651:『ナジャ』二一頁)にほかならない。眠りが覚醒時の生活に浸透してくると、組織化され、破綻がないように思える日常の外観は覆され、その構造の外にいまも広がっているはずの領域に思考が運び去られそうになる。眠りは「最小から最大にまでおよぶさまざまな偶然にゆだねられているというかぎりで考えられるような、また私のいだく生活の通念にさからって、禁じられているといってもいいひとつの世界に私を導くというかぎりで考えられるような生活」(*N*, *Œl*, 651:『ナジャ』二一頁)に思考を導いていく力なのだ。覚醒した意識は「組織的局面の外」に広がる、普段あり得ないように思える出来事が起こり、禁じられているために接近しようと考えることさえできない異界から、つねに強い影響を受けている。どれほどすべてを見ている気になっていても、ひとは実際にはこの見えない力のなすがままになっている。ブルトンは眠りを、眼に見える世界を忘却させ、破壊し、日常の外にある世界に意識を連れだす働きをになうものとみなしていた。

眠りが覚醒時の生活の忘却・破壊の力として働くということは、睡眠と覚醒とのあいだに相互に働きかける通路があることを意味している。夢と現実は相容れない二つの状態なのではなく、実際には日々眠りの働きが、日常生活に浸透している。その働きがあまりに微細であるために、気づかれずにいるだけなのだ。これがブルトンにとっての眠りの第二の特徴である。睡眠と覚醒は通底していて、いずれか一方を掘りさげれば別の一方に出る、相互に浸透しあう構造になっているというのである。その相互浸透を、ブルトンは『通底器』では「毛細組織」と呼んでいる。

精神のもっとも反省を欠いた活動の内容を詳しく検討し、表面に生じるきわめて不安定で異様な泡立ちを無視するなら、ある毛細組織を明るみに出すことが可能であり、この毛細組織を知らないかぎり、精神の流れをどのように思い描こうとしても無駄である。この組織の役割は、(…)思考において外的世界と内的世界との間で行われている恒常的な交換作用を保証することであり、この交換作用は、覚醒時の活動と睡眠時の活動との不断の相互浸透を前提としている。私の野心のすべては、ここでこの毛細組織の構造の概要を提出することだった。(*VC*, *ŒII*, 202;『通底器』一七二―一七三頁)

眠りと覚醒とのあいだに、絶え間ない相互浸透を実現するこの「毛細組織の構造」を明らかにすることで、現在への考え方そのものを刷新できるとブルトンは考えていた。ブルトンにとって書くことは、すでに起こった出来事を回顧したり、すでに存在するものを描写したりすることではない。それはランボーの言葉通り、「人生を変える」ひとつの行為である。日常生活の至るところに夢と眠りの働きが作動していることを明確にすることで、人生を変えることは可能だとブルトンは確信していた。「シュルレアリスムは、あまりに切り離された数々の世界、つまり覚醒と睡眠、外的現実と内的現実、理性と狂気、冷静な認識と愛情、生活のための生活と革命等々に分裂した数々の世界のあいだに一本の導きの糸を投げかける以上のことは何も試みたことはない」(*VC*, *ŒII*, 164;『通底器』一〇七頁)。異なった二つの世界を結ぶ糸を投げかけることで、ブルトンはものの見方を根底から覆そうとしたのである。

なぜ眠りと覚醒を通底させることが、現実の変革につながるのだろうか。ここにブルトンが眠りに認めていた第三の特質がある。ブルトンは眠りのうちに、覚醒時の意識にはない構築の力を認めていたのだ。眠りは日常生活の忘却、破壊であり、覚醒と睡眠に通底する「毛細組織」を通して、覚醒時の生活にその力を及ぼすが、その力には日常とは別のロジックにしたがって、眼前の生活を組みかえ、別の生活に組織しなおす構築の力がふくまれている。この眠りの論理にしたがって、未知の生活の姿を描きだそうとすることが、ブルトンにとって現実変革のひとつの道筋となるだろう。ブルトンは『ナジャ』のなかで、ある種の事物の配置に驚かされた場合にしか描けない、というキリコの言葉を紹介している。ある種の事物の配置に驚かされるということは、ブルトンの言葉で言い直せば、「ある種の事物に対する精神の配置」(*N*, *Œl*, 650;『ナジャ』一七頁)に驚かされるということである。日常生活はこのようなものだという思いこみが崩れ、その外から来るように思える呼びかけに答えようとする「精神の配置」が思考のうちに生まれたとき、初めて書くことが可能になるというのである。「外部からやって来るように思われる絶え間ない呼びかけの的となること、多少とも目新しい性質をそなえた、だがよく考えてみれば私たち自身のうちにその秘密を見出せるような、あの偶然の配列のひとつを前にして、私たちをしばらく立ちすくませてしまうあの呼びかけのひとつを受けいれること」(*N*, *Œl*, 650;『ナジャ』一九頁)――そのような「精神の配置」に驚かされ、忘却、破壊、構築という眠りの力が覚醒した生活のすみずみに行きわたっていることに気づくとき、日常にはさまざまなずれ、亀裂、陥没地帯があることが見透かせるようになる。すると動かしがたいように見えていた現実が、実際には夢の論理にしたがって配置しなおされ、変形されようとしている様が見えてくるというのである。

言い換えれば、ブルトンは、眠りを覚醒時の活動に浸透する二つの力線として捉えなおしたと言えるだろう。目の前の秩序を解体する力、そして解体された残骸を新たに配置しなおそうとする力である。この二つの力線が絶えず働きかけているのに、目覚めている人はその力を十分意識していない。ブルトンは「毛細組織」の構造を明らかにすることで、二つの力線を解き放ち、動かしがたく見える現実を変革する道筋を示そうとした。人生を変えるということは、結局ものの見方を変えるということであり、より正確に言えば、意志の力によってではなく、偶然起こった出来事を通してものの見方が変わるということである。そのためには決まり切ったように見えていた事象の配置を変え、異なった形に配置しなおそうとする力の顫動に注意を凝らさなければならない。ブルトンはこのように、眠りをすでに存在してしまったものを打ち破り、いま存在しようとして生成しつつある力に触れるための道筋と捉えなおした。それはあたえられた秩序を解体するだけでなく、まだ見えないあらたな秩序を構成しようとする力でもある。「毛細組織」を通して、二重の力線は日常生活に働きかけ、事物の配置を変えてしまう力となってあふれでようとしている。

『失われた時を求めて』について見たのと同様、ここにも「現在」という制約を打ち破ろうとする姿勢があることに気づかずにはいられない(3)。ただし、プルーストのように、かつてあったことが現在のことであるかのようによみがえることを、ブルトンは求めているわけではない。ブルトンが追い求めるのは、生成しつつあるのに、存在してしまったものに阻まれてその存在感がいまだ十分に感じとれない力である。プルーストにとっても、ブルトンにとっても、現在という認識の枠組みが、精神をみたすにはあまりに限られた器であることに変わりはない。知覚の確かさ、感覚をみたす歓び、想像力の自由をあたえてくれるように見えるこの現在という時間は、実際には認識に課された制約にすぎない。別の時間、別の場所が流れこむことで現在の生活と思いこんでいたものが解体され、そこに閉じこめられていた精神の力が解き放たれる必要がある。ブルトンはその過程を、プルーストのように過去の記憶のよみがえりによってではなく、これから現実に現れようとする、生成しつつある力の感覚を導入することで記述しようとした。ブルトンはその力をしばしば「欲望」という言葉で語るが、この言葉は実際には、個人の欲望をはるかに超える力、現実に働きかけ、そのあり方をすっかり変えてしまうはかりしれない力を指している。眠りと覚醒の敷居は、現実をそのような、別の世界への生成状態において見つめる力をあたえてくれる場所なのだ。

外部からの呼びかけに誘われ、日常と異なる「精神の配置」に向かおうとする姿勢は、絶えず抑圧されているとブルトンは考える。覚醒状態とは、ブルトンによれば、「干渉現象」(*MS*, *Œl*, 318 ;『宣言』二三頁)に他ならない。「毛細組織」を通して、精神は「あの深い夜からやって来る暗示」に従っているように見えるのに、覚醒状態が介入し、その道を突きすすまないように妨害を仕掛けてくる。「覚醒時に起こることが覚醒時であるのは、ただその続きによってである」(*C*, XII, 822)とヴァレリーも指摘していた。現実と呼ばれるものを解体し、さらには「精神の配置」を構成しなおす眠りの力によって、夢の世界とおなじ展開が目の前に開けようとしても、目覚めているかぎり、驚きは抑制され、思いがけない思考の展開は中断される。この干渉をいかに押しとどめ、目覚めた世界に夢をあふれださせることが可能になるかという点に、シュルレアリスムの成否がかかっている。さまざまな手段を考えださなければ、覚醒した意識の強力な干渉作用によって、夢と眠りの世界はただちに抑えこまれてしまうだろう。その意味で、超現実という目標と、そこに到達するための具体的な作業は、切り離して考えることができない。ブルトンはどのような手法によって、動かしがたく見える日常という表面を変えようとしたのだろうか。

Ⅱ 「取り乱した目撃者」

眠りと覚醒の敷居をめぐるブルトンの考察は、いかにして夢と眠りを現実にあふれださせるのか、その具体的な手法を次々に案出していった点に独自性がある。催眠実験、自動筆記、夢の記述、「優雅な屍体」、コラージュ等々。これらの手法には、長続きしないまま消えてゆくものも多くあった。直接夢に関係するものとしては、一九二四年から二九年まで、一二号が刊行された機関誌『シュルレアリスム革命』に設けられた「夢」Rêvesという欄があり、夢の物語を掲載することが意図されていた。『シュルレアリスム宣言』で、ブルトンは「夢の全能性」を主張、一九二六年にはフロイトの『夢解釈』のフランス語訳の出版、パリ精神分析協会の設立等の出来事があり、夢物語を書く試みは盛りあがっていたかに見える。ブルトン自身もこの欄に三つの夢物語を発表している。ところが、「夢」欄のテクストは、一九二五年が最盛期で、それ以降、ミシェル・レリスとマックス・モリーズという夢物語を語る才能をもった二人を除けば、書き手がほぼ涸渇してしまう(4)。最終号となる一九二九年十二月号に掲載された「シュルレアリスム第二宣言」で、ブルトンは紋切り型におちいった夢物語を批判している。そこには「多少なりとも恣意的なやり方で夢の要素を寄せ集め、その働きを有益にも発見させるというより、風変わりな趣を浮き彫りにすることを目指す」態度しか見られないというのである(*SM, ŒI*, 806;『第二宣言』九一頁)。

この例からもわかる通り、覚醒時のさなかに眠りへと通じている「毛細組織」の働きを探るために、言葉のあり方そのものを変革しなくてはならないとブルトンは考えていた。これは『シュルレアリスム宣言』で展開したレアリスム批判以来、ブルトンのテクストに一貫して見られる問題意識である。「ぼくらの宇宙の凡庸さは、ぼくらの言述する力に依存しているのではないだろうか?[5]」決まりきった表現のなかで暮らしている限り、人生を変えることなどできないというのである。

では、どうすれば「言述する力」を高め、これまでになかった言葉を語ることができるようになるのか。ブルトンの注目すべきアプローチは、この疑問を言語能力そのものの問題と捉えるのではなく、主体が言葉を発するときの姿勢にこそ問題があると、視点を切り替えた点にある。何かが起こり、それまで思いこまされていた現実の枠組みが破壊され、自分の立っている地盤そのものが覆されそうになる状態——そのような経験に巻きこまれたとき、ひとにできるのは証言することだけだ、というのがブルトンの立場である。「取り乱した目撃者」témoin hagard(*N, ŒI*, 652;『ナジャ』二三頁)として、自分の身に起こった出来事を報告すること——これは言葉によって何かを表現する行為というより、言葉を発することで周囲の人間に驚きの波動を伝播させようとする行為である。

ブルトンが「取り乱した目撃者」という言葉によって示唆したのは、以前とは異なる経験の記述の仕方である。ひとつの経験は、一般的な考え方にしたがうなら、その経験が終わらないかぎり語ることはできない。何かを物語るとき、語り手はその経験がどのようにして始まり、どのように進展し、どのように終わったのか、その総体を知っている、少なくとも知っているものと普通はみなされている。そもそも終わりからさかのぼる視点がなければ、ひとつの経験に形をあたえることなどできないだろう。ところがブルトンは、経験というものの概念そのものを変えてしまい、終わることで意味を帯びる通常の経験のあり方そのものを、書くことから遠ざけた。「取り乱した目撃者」は自分の目にしている出来事の意味を把握していない。意味がわからないまま、驚きのために目を見開いているのだ。

ブルトンは確かに、磁気を帯びたようなある特別な状態に自分が巻きこまれた経験を語っている。だが、それを物語の型にしたがって、時間的な経過をひとつの軸とし、その軸にそってその時その時に広がる情景を語るような姿勢を決して取らなかった。覚醒時に夢の働きを作動させるような出来事を、ブルトンは、その全体が把握できない広がりをもった出来事として記述する。終わりから出来事を俯瞰することでそこに形をあたえることなど不可能という姿勢を取ることで、ブルトンは語りのあり方そのものに大きな変革をもたらしたのだ。

自分に関わる何かであることは確かなのだが、それが何を意味しているのかわからない、そんな経験をブルトンはどのように語ったのだろうか。すぐに指摘できるのは、眠りと覚醒に対するブルトン独自の考え方が語り方そのものに深く関わっているということである。考えてみれば、終わりによって意味をもつ経験というものは、書き手も読み手も一定した覚醒状態にいるという想定のもとでしか成立しない。ブルトンのように語ろうとすると、断片的で、前後の脈絡がしばしばわからない、繁茂する藻のような夢の形成力と、何が起こっているのかを冷静に分析する覚醒した意識が共存するような語り方を編みださざるを得ない。実際、ブルトンは、注意力を研ぎ澄ませて語ることと、まるで夢が現実にあふれ出したような一連の出来事を語ることを同時に可能とする、独自の記述の仕方を発明した。この発明は、目覚めたまま見る夢というテーマが、第一次世界大戦後どのような形を取ったのかをもっとも良く示すもののひとつである。

出来事によって生じたずれや亀裂をある定まった語りにしたがって言葉にできるなら、その違和感はすでに存在する語りの型にはまったものにすぎない。起こった出来事を、自分の力で制御しようとするのではなく、どうにもならない現実を前にした戸惑いとしてとにかく証言することから始めること、それがブルトンにとって、言葉のあり方を変革する第一歩だった。自分が何を感じ、何を考えたかを表明するのではなく、どう見ても奇妙で、ひどい場合には認識の枠組みがくつがえされ、次に何が起ころうとしているのかがわからない、そのような状態を証言すること——このようにして言葉を表現のためではなく、伝達のために書くこと——この態度が、ブルトンから始まる大きな変動の基礎となっている。(6)

「ブルトンが選んだ「取り乱した目撃者」という姿勢の独自性を強調するために、フランク・カーモードの説を思い起こしてみよう。彼の物語論の詳細にここで立ち入ることはできないが、ひとつの基本的な見方として、カーモードが指摘するように、物語の時間が、終わりの意識を必要とすることは確実である。カーモードは、過ぎゆく時間を「クロノス」、「終わりとの関係から生じる意味を充塡された、意味に満ちた」時間を「カイロス」と名づけて区別した。たとえば、めぐる季節の時間のように、単に過ぎてゆくだけでなく、一定の時間が経つとひとまとまりのように感じられる時間が「カイロス」である。より強い、宗教的な意味では、時が満ち、旧約聖書で預言されたことが実現する時間を、カーモードは「カイロス」と呼んでいる。物語られる時間は単なる年代の流れではない。「プロットにはすべて、クロノス性からの脱却があり、したがってある程度この「現実」の規範からの逸脱(7)がある。どのような物語であっても、物語の型にしたがって語られる限り、始まりがあり、危機や破局があり、それらが収束する終わりがある。「カイロス」としての時間が、それ以前に起こった出来事すべてを意味で満たすのだ。

ブルトンの言う「取り乱した目撃者」は、まさしくこの終わりによって意味をもつ時間を拒絶する態度を取っている。起こった出来事をクロノスがはらむ偶然性から引き離し、終わりとの関係によって語ることを拒絶する——この姿勢は、出来事を宙吊り状態にとどめることを意味している。確かに何かがそこで起こっているのだが、何が起こっているのかがわからない——ブルトンがそのような語り方に意識的だったことを示す言葉がある。「信号」signal という独特の言葉である。信号とは、ブルトンによれば、自分に向かって何かの合図を送っていると感じられるのだが、何の合図であるのかがわからないような記号を意味する。信号は、どこまでも明晰に見つめることのできる対象だが、それが何を意味しているのかわからないという点で謎であり、夢の萌芽をふくんでいる。「どこから見ても信号の外観を呈しているのに、それがどんな信号であるのか正確に言えない」(*N*, *Œl*, 652;『ナジャ』一二一頁)ような事実を記述すること——それは出来事を終わりによって意味をもつ時間に置きなおしたり、説明可能なものに変えたりしない姿勢を打ちだすことである。報告するひとつひとつのエピソードに結末をつけないこと、エピソードにふくまれる夢の萌芽を解釈するのではなく、そこにふくまれる現実を新たに配置しなおす力を周囲の人間に伝播させること――これこそブルトンが「言語能力」の更新のためにもたらした発明である。

一九六三年『ナジャ』再版に付した「序言」で、ブルトンは、風変わりな世界を提示するのではなく、「医学的、それもとくに神経精神医学的観察記録の語調」(*N*, *ŒI*, 645;『ナジャ』八頁)で語ることを目指したと述べている。ブルトンが錯乱した世界の側に立つのではなく、冷静に観察する「医学的」立場に立っていることに注意しよう。「信号」はまさしく兆候を兆候として語ることを可能にする装置である。ブルトンは、その兆候が何を表しているかという点をめぐって憶測を記さず、物語にも統合しないように気を配っている。だが、読者のほうは、『ナジャ』の最初に語られるさまざまな偶然の出来事と、ナジャに出会ってからの日々との間に連関をつけずにはいられない。「双面劇場」で上演された『気のふれた女たち』という芝居、女優のブランシュ・デルヴァルを、ナジャ登場の前兆と考えずにいることは難しい。しかし、作品において、二つの出来事を結びつけるような言葉はすべて排除されている。起こった出来事の関連性を見出すことではなく、何を意味しているのかわからない信号をひたすら証言すること、終わりによって意味をもつ時間を遠ざけることがエクリチュールの根本的な姿勢になっているのである。

信号を通して「毛細組織」の分布図をあきらかにしようとする態度に、現在という認識の枠組みの転換がふくまれていることを再度強調しておこう。眠りと覚醒という二つの状態がつねに相互に作用しあっているという見方を通して、ブルトンは現在を安定的に組織された認識の土台などではなく、さまざまな偶然によって穴を穿たれ、その全体がどのような広がりをもっているのかわからない心的活動の一部を占めるにすぎないものとみなしている。「私が私の存在の客観的な、しかも多かれ少なかれ確固としたあらわれだと思いこんでいるものは、実際にはその本当の領域について私がまったく知らない活動の一部であり、それがこの生活の枠内にやってきているにすぎない」(*N, ŒI*, 647;『ナジャ』一一頁)。眼に見え、理解できる事柄が中心なのではなく、眼に見えない、未知の領域こそが中心なのであり、そこで起こる一部の出来事がこの生活の枠内にやってきて、意識化されるというのである。覚醒した意識を中心に据える生への理解を逆転させ、それが未知の広大な領域のほんの一部にすぎないと考えることで、ブルトンは経験領域の拡張を目指した。あくまで覚醒した意識を保ったまま、未知の領域から送られてくる信号に目を凝らそうとしているのだから、信号は目覚めたまま見る夢のようなものである。目覚めたまま見る夢を、ブルトンは「信号」として記述しているのである。

この目覚めたまま見る夢の記述について、ブルトンに特徴的なことは、逸話的な、途切れ途切れのものだけでなく、かなりの期間続く長い夢として描かれるものがあるということである。「どこから見ても信号の外観を呈しているのに、それがどんな信号であるのか正確に言えない」、そのような出来事は『ナジャ』の前半に書かれている大小さまざまの断片だけでなく、ナジャとの出会いをめぐって、一定の期間、通常の状態に戻れないまま、その渦巻きに巻きこまれた状態として語られている。ナジャと出会い、パリの至るところで再会し、パリが魔法の館に変貌した時期のことを、一九二六年十月四日から十二日にかけての日記として記録しているのだ。足を滑らせるようなかすかな違和感を引き起こす「横滑り的事実」と区別して、ブルトンはこの期間に起こったことを、「断崖的事実」と呼んでいる。「私たちの理解をはるかにこえており、しかもたいていは自己の保存本能に訴えないかぎり筋道だった活動にもどれなくなるような、ある種の事態の連鎖や一致によっておこる、自分自身との平和な関係の完全な喪失」(*N, Œl*, 652;『ナジャ』二二一—二二三頁)がそこで起こったというのである。かすかな日常からのずれを体験することがあるだけでなく、ある期間、起こることすべてが磁気を帯びたように次々に重なりあって自分を未知の場所に連れていこうとする「断崖的事実」の領域に巻込まれることがある。自分が自分自身にとって「取り乱した目撃者」にしかなれない事実には、強度の違い、時間的長さの多様性があるというのだ。

ある出来事を語るためには、その出来事が終わっていなくてはならない——これがブルトン以前の物語の基本的な姿勢だった。それに対して、ブルトンは終わりようのない出来事、何かがそこで起こっていることは確実だが、何が起こっているのかさえ理解できないような出来事の語りを可能とする姿勢を編みだした。『通底器』では、ブルトンはもはや『ナジャ』のように、「組織的局面の外」からのメッセージをたずさえた何ものかとの出会いさえ必要としていない。ここでは、何ものかとの出会いを願いつつ果たすことができない、ただ待つだけの時間が語られることになる。『ナジャ』は、Xと呼ばれる女性との出会いによって中断される形になっているのだが、『通底器』ではこのXと呼ばれた女性シュザンヌ・ミュザールがブルトンのもとを去ってから生じた空白によって、夢と覚醒の境界に追いやられた一九三一年四月五日から二十四日にかけての、決定的な出会いが訪れないまま起こるさまざまな出来事が記述される。「愛に固有の認識手段が、愛する対象が見失われた後に残存したために、適用の対象を失ったこの認識手段が辛抱しきれず、全力を尽くして再び適用の対象を得よう」としたとき、そのような対象に出会えないまま街が再び磁気を帯びはじめた状態は、『ナジャ』に劣らず異様な様相を呈している。「そうした認識手段が再び適用の対象を求めようとする、突如として男が投げこまれた、ただ思索だけが空回りするこの姿勢はとても維持しきれないものであることが明らかだ。彼は不意に、あらゆることが未決状態にあるこの現実世界と勝負しはじめる」(VC, Œ II, 153–154;『通底器』九一頁)。目の前に現れるものと格闘しながら、出会いにむけて磁気を帯びるこの特別な待機状態において、形をもたない欲望の流れが、知覚と時間の動かしがたい型を備えた外的世界のうちに流通し、日常感覚をすっかり変えてしまうことになる。

「質的に異なったひとつの状態」(8)として生きられるこの時間上の区域を、ジャクリーヌ・シェニウー＝ジャンドロンは「事件地帯」(9)と呼んでいる。その特徴は「発話行為によってあらかじめ言われる事柄のほうが、時間的にも論理的にも」出来事に先行するということである。『狂気の愛』の「ひまわり」の章で、ジャクリーヌ・ランバとの出会いが、かつて意味がわからないまま書いたブルトンの詩を現実において実現しているというのが、その典型的な例である。(10)記号が出来事に先行する――かつて起こったことを物語るのではなく、何を意味するのかわからないまま自分に信号を送っているように見えるものを物語る――するとそこで語られたことが、さまざまな変形を経ながら現実に出来する。シェニウー＝ジャンドロンはここで問題になっていることが、「思考、発話行為あるいはコミュニケーションの行為と、書記 graphe、痕跡 trace、文字 gramme をふくむ広い意味での書かれたものとの関係の問題」であると指摘する。「この関係の観念的な概念からすると、発話行為によってあらかじめ言われる事柄のほうが、時間的にも論理的にも先行することになる」[11]。

経験したうえで、語るのではない。自分のもとにやってきた言葉を語っているうちに、そのうちの何かが現実となって起こる、少なくとも現実となって起こりそうな、磁気を帯びた状態(事件地帯)を生じさせる。これが「客観的偶然」と呼ばれる事態である。それは「時間的に先行する意味をもたない記号」と、「先行する記号と特権的な関係をもち、「偶発的」とされる事件」との二つからなり[12]、その両者のあいだに磁気を帯びた事件地帯が広がっている。降りかかってくる事件は記号に「意味をあたえ」、最初は意味がわからないまま記された信号がどのようなメッセージを発していたのか、そこで初めて明らかになるというのである。

終わりによって意味をもつカイロスの時間を遠ざけても、言葉には何ごとかを招き寄せる力がある。ある時起こり、ある時終わった出来事を語るのではなく、とにかく井戸の中に石を投げいれるようにして紙の上に言葉を書きこんでみる。すると現実からの反響が届き、紙に書かれた言葉が現実のものとなる。ひとが夢の中ですっかり配置が変わった現実と出会うように、現実の中の眠りに侵食された部分では、言葉が事件に先行する。ブルトンは終わりによって意味をもつ時間を遠ざけることで、現実の可塑性、つまり現実には、夢の中でのように変形・歪曲することが可能な領域があることを明らかにしようとした。配置が変わってしまった現実を前にする驚きを伝えることが、ブルトンにとって書くことの意味にほかならない。現実は、確定された事実としてではなく、見たこともない形に配列し直される、可塑性にみちた事象としてそこにある。内的世界と外的世界がショートし、奇妙な形で接続されるその不思議な瞬間こそ、ブルトンがさまざまなテクストを通して捉えようとしたことにほかならない。

「事件地帯」は、われわれの視点から見れば、目覚めたまま見る夢を見事に記述する言葉である。何かを思うこと、語ることが、そのまま現実に起こる出来事に連なる地帯は、目覚めたまま見る夢の世界そのものだ。ただしブルトンがそうした出来事を、覚醒時の世界に浸透する眠りの力を完全な形で実現したものと見なしているわけでないことに注意すべきだろう。ブルトンにとって、現実に姿を現してしまったものはあくまでも一握りの灰にすぎない。これから存在しようとするものの力を感知し、そこにすべてを賭ける態度は最後まで維持される。この点をベンヤミンの「根源」Ursprung という考え方と比較することでさらに検討することにしよう。

Ⅲ　超現実と根源

ブルトンが超現実と呼ぶものは、眠りの破壊力と構成力を現実生活にあふれださせようとする試みであり、それを言葉のあり方そのものを変えることによって実現しようとする姿勢であった。その姿勢には、ベンヤミンが根源と呼ぶ考え方に通じる部分がある。とはいえ、シュルレアリスムは一九二〇年代、第一次世界大戦の廃墟から登場した芸術運動であり、それに対して根源は、ドイツの批評家がドイツ・バロック演劇を分析する過程で練りあげた歴史に対する見方である。アンドレ・ブルトンの唱える芸術運動が、いつの日か夢と現実が統合されることへの願いであるのに対し、ドイツの批評家が打ちだした歴史的カテゴリーは、かつて起こったことのうちに渦巻いている力を現在によみがえらせることを目指すものである。そこにどのような共通点があるというのだろう。

だが、現実を確定された事実として見るのではなく、これから存在しようとする力において見つめようとする姿勢が、ブルトンにもベンヤミンにも共通して見られる。超現実にも、根源にも、存在してしまったもの、いま現在われわれを満たしている感覚を、哀れな灰燼とみなす視点がふくまれている。その灰燼のなかに、これから存在しようとする力が現れようとする感触を捉えることが重要なのだ。その力がかつてあったことに関わっていようと、これから起ころうとすることに関わっていようと、現実の動かしがたい外観を突きくずし、何かが現れようとしている兆候を見抜くことこそが問題である。そして、これから生成しようともがいている何ものかの兆候を見抜こうとする眼差しには、明晰さを保ったまま夢見ようとする姿勢が決定的な役割を果たしている。

超現実と根源の比較は、眠りと覚醒の境界の問題が、なぜモンテーニュ、ルソー、ヴァレリー、プルースト、ブルトンと、時代を超え、スタイルの違いを超えて受け継がれてきたのかを考えるうえで、大きなヒントをあたえてくれる。そこには未解決のまま、繰り返すことによってしか感じとることができない力が渦巻いている。人間を個人というものに還元し、個人の中核にその人の意識があるとみなした途端、見失われてしまう何かがそこにある。その何かを捉えるためには、過去から未来にむけて流れる時間という直線的な時間意識を忘れ、もっと多様な世界のあり方に開かれた時間の観念を創りださなくてはならない。ブルトンの場合、それを超現実と呼び、ベンヤミンはそれを根源と呼ぶのだが、そこに眠りと覚醒の境界がどのように関わっているのかを検討してみよう。始めに、ベンヤミンが根源をどのようなものと捉えていたのか、その要点をごく短く確認することにしよう。

ベンヤミンは過去を、確定された事実の集積として見ることを拒絶していた。まだ未決定の状態にある過去のうちに目覚めることを、ドイツの批評家は目指したのだ。過去をすみずみまで決定された、ひとつの動かしがたい現実としてではなく、現在と同様、まだゆらぎのなかにあり、決定されていない時刻として見つめようとするこの態度は、過去から未来へ流れる時間という考え方では捉えきれない時間感覚に基づいている。それは〈かつてあったもの〉と〈この今〉が衝突する、その衝撃の激しさによって初めて何かが見えてくると考える、断続性、断片性、突然の跳ね上がりを特徴とする時間感覚である。

根源は生成の川のなかに渦としてあり、生起の材料をみずからの律動のなかに巻き込んでしまう。事実的なものの、剝きだしのあからさまな姿のなかに、根源的なものが認識されることは決してない。根源的なものの律動は、ある二重の洞察にのみ開かれている。この律動は、一方では復元・再興として、他方ではほかならぬこの復元・再興における未完成なもの、未完結なものとして、認識されてあることを求めるのである。どの根源的現象においても、ひとつの理念が——その歴史の総体のなかで完成して安らうに至るまで——繰り返し歴史的世界と対決する際にとる、その形姿が決定される。(13)

この難解なテクストの少なくとも一面は、これまで見てきた目覚めたまま見る夢という視点から読み解くことができるだろう。いったん存在してしまったもの、すでに起こった出来事を、確定された動かしがたい現実とみなさない視力を得るためには、眠りと覚醒の敷居にある破壊と復元の力が必要である。見つめるものの眼差しのうちに深い眠りと注意を凝らした覚醒という相容れない状態が共存するとき、通常の過去から未来に向かう時間概念はどこかに消滅し、〈かつてあったもの〉が〈この今〉という未決状態の時間によって生気を吹きこまれることが可能となるだろう。眠りという忘却、覚醒という再生が同時に作動することによって、事実として現れるどのような出来事にもふくまれない、現実を新たに配置しなおしてゆく「根源的なものの律動」に触れることができるだろう……。

言い換えれば、目覚めたまま見る夢とは、すでに存在しているものは何ほどのものでもない、これから存在しようとする生成の川に渦巻く律動の力こそ重要だと感じている状態である。確定された、ゆるぎない秩序のなかに生きているとひとは通常思い込んでいるが、極度の眠りに襲われ、自分がどこにいるのか、自分が何ものであるのかという意識を束の間見失うと、その記憶が戻るまでのあいだ、目覚めたまま夢見る状態に陥ることになる。「毛細組織」の働きが何かのきっかけで前面に押しだされると、見つめられるものは、見つめる眼差しとの相互作用のなかで形成されるかのようだ。おなじ世界を「再び見出す」ことができるまで、われわれは眠りと覚醒の敷居にいて、時計で計測できる時間のうちにはいない。ベンヤミンも、ブルトンのうちにあるこのものの見方と別のことを語っているわけではない。眼を見開いたまま夢見る眼差しをむければ、事実として確定しようとする力ではなく、世界そのものを生成させる「復元・再興」の力、ただしどこまでいっても完成しない力が働いているさまが見えてくるというのだから。かつてあったことが、何かのきっかけでいま起こりつつある現在のことであるように感じられるとき、過去の出来事は意味も結末も確定した事実としてではなく、さまざまな可能性のあいだでためらっている、未確定の、どのように進展するのかわからない、生成の渦巻きとして現れるというのである。

過去のうちに生成しつつある現在、さらに現在のうちに未完結なままつづいている過去を見つめるベンヤミンの眼差しを、ディディ＝ユベルマンはアナクロニズムと名づけた。この言葉は、目覚めたまま見る夢というテーマを掘りさげる貴重な視点を提供してくれる。ディディ＝ユベルマンの見立てによれば、ベンヤミンの見方の根底には、記憶に関する新しい理論がある。

> ベンヤミンにおける歴史の「コペルニクス的転回」は、客観的事実としての過去という視点から、記憶のなかの事実としての過去という視点へと移行することにあったのだろう。記憶のなかの事実というのは、運動状態にある事実、物質的であると同時に心的でもある事実ということである。この考え方――この実践――の根本的な新しさは、理論的幻想にすぎない過去の事実《そのもの》から出発するのではなく、それらの事実を歴史家の現在の知のなかで喚起し構築する運動から出発したことにある。記憶の理論なくして歴史はない。ベンヤミンは当時のあらゆる歴史主義に反して、記憶に関する新しい思考――フロイトやベルクソンの思考だけでなく、プルーストやシュルレアリストの思考――を、歴史の認識論という領域そのものに招きいれることを怖れなかった。[14]

ここで言う記憶とは、「目覚めのはかない瞬間[15]」に思い出すような記憶、外の世界を知覚しながら、そのすみずみにまで内部の想像力が働きかけるような記憶のあり方を指している。いまがどのような時代なのかという点に年代上の錯誤があったとしても、かつてあったことを現在の感覚として捉える感触の確かさそのものに揺るぎはない。現在の知識と知覚を備えたまま、過ぎ去ったことをいま起こりつつあることとして思い出すとき、過去と現在という時の区分を超えてつねに人間に働きかけてくる根源の力が兆候として現れてくるというのである。このアナクロニズムが現実に力をもつためには、細心の注意力を凝らした明晰さだけでなく、意識のうちに夢の形成力が湧き起こる必要がある。眠りと覚醒の敷居で、それまで現実と思っていたことを忘却し、さまざまな断片を新しい現実として配置しなおそうとする力を感じることで、アナクロニズムの実践が可能となるというのである。

この視点から見れば、目覚めたまま見る夢には、記憶をめぐる新たな思考という側面があることがわかる。それは世界をいったん忘却し、ブルトンの言葉を使えば「欲望」にしたがって新たに配置しなおす力を得ることである。より正確に言えば、動かしがたく見えていたさまざまな要素の関係の仕方を忘れ、確かに知覚される現実を、新しい関係にしたがって構成しなおすことができるような幻想を見る力が問題となっている。言うまでもなく、外的世界として知覚される現実に、そのような記憶の理論は適用しようがない。外の世界として、自分とは別個に存在するものと感じられるものに、記憶はどのような力も及ぼしようがない。

だが、世界はつねによそよそしい、人間の眼差しにまったく無縁な顔だけをむけているものだろうか。少なくともイメージと呼ばれるものにおいて、アナクロニズムはつねに実践可能ではないだろうか。ブルトンの言う「信号」を手がかりに、自分に何かを伝えようとしている兆候のうちに夢の力を解き放つことが可能と感じられるとき、目にするものが古びて、忘れられた、廃墟のようなものであることにたじろぐ必要はなくなるだろう。シュルレアリスムが探究したのは、空想としての夢、個人の内側でしか意味をもたない夢ではなく、かすかな違和感を手がかりに、誰もが目にする世界そのものを新しいものに配置しなおしてゆく現実的な力である。ベンヤミンが過去を可能性として、決して現実とはなりえないものの、現実に生起する出来事を活気づける力の渦巻きにおいて見ようとしたように、ブルトンは現在を可能性の状態において、これから生起するかもしれない力が渦巻いている流動的なものとして見つめていたのである。

ベンヤミンに『パサージュ論』の着想をあたえたアラゴンの『パリの農夫』は、古びたものの外観を突きやぶって、見つめる世界を生成させる力そのものが顕現する瞬間を捉えようとした作品である。「明日の神秘は、今日の神秘の廃墟から生まれるだろう。ぼくがいま話しているこのオペラ座パッサージュを散歩し、よく調べていただきたい(16)」。そう語りつつ、アラゴンは杖を売る店で、シャフトとグリップを同時に吟味できるようにさまざまな形で杖を配置したショーウィンドウに目を奪われた日のことを語る。「なにか機械的で単調な音にひかれ、その音が杖の店先から発してくるように思われたので見ると、目の前のショーウィンドウが、緑がかった光線のなかに、海底にもぐったみたいに、光源が見えないまま浸されているのを見たとき、ぼくがどれほど驚いたことか。(…)オペラ座パッサージュのほんものの海に、杖の林がゆるやかに、海草のように揺れている。ぼくはこの魔法にすっかり魅せられていたが、そんなとき何かが泳ぐような形をえがいて、店頭の幾重にも重なった杖の段と段のあいだへ滑りこむのに気づいた(17)」。不可思議な冒険はまだまだ続く。古び、忘れられた商店街の杖専門店が、魔法の世界に様変わりするのである。ベンヤミンは、現実と想像力の戸口に立ちつくすアラゴンの姿を、「通過儀礼」を受けている姿そのものと見ている。取り壊し寸前の商店街に誘われ、眠りの世界に目覚めたまま迷いこんだアラゴンは、「別の世界への敷居を超える経験[18]」に足を踏みいれたのだ。

「〈古びたもの〉のうちに現れる革命的エネルギーに出会ったのは、シュルレアリスムが最初である[19]」とベンヤミンは称賛している。存在してしまったものを廃墟とみなし、そこから存在しようとするものの力を見極めようとする眼差しによって切り開かれる「事件地帯」に注目すれば、現実は驚異の場所となるだろう。重要なのは、信号を発しているものの在りかを見つけることである。ブルトンはそのような場所を数多く発見している。サン＝トゥアンの蚤の市で掘り出し物に出会ったことを述べるエピソードで、詩人はこう語る。

私がよくそこへ行くのは、他のどんな場所にも見つからない物品を探すためである。時代遅れのもの、部分だけ切り離されたもの、使い道のないもの、ほとんどわけのわからないもの、そして最後に、私の考える意味で、私の好む意味で逸脱したもの(…)。(*N, OEI*, 676;『ナジャ』六〇頁)

このようなオブジェの探索へとブルトンを誘うのは、物品そのものを求める気持ちというより、打ち捨てられ、断片化したモノをかつて発揮された信じられないほどのエネルギーの残滓として捉える眼差しの力、注意力を凝らして眠りの世界へ降りてゆくアナクロニズムの魅力に他ならない。ブルトンは、形態としてこの世に現れでてしまったものに拘泥せず、次々に形を変えながら、つねにこれから現れようとしているものの力を信じている。それはベンヤミンの表現によれば、まさしく意識のなかの夢の層に深く沈潜してゆくことである。「夢の中では、知覚の体験のリズムが変化し、すべてのものが —— 一見きわめて当たり障りのないものでさえ —— われわれにふりかかり、われわれを不意打ちする」[20]。ブルトンは、形として現れようとするエネルギーのうちに、記憶と現在、感覚と観念、夢と現実等々の矛盾をすべて解消する途方もない力の存在を認めている。現実に存在するものを、高温で燃えあがったものの残滓とみなすその見方は、欲望のエネルギーというだけではとても説明できないように思われる。

掘り出し物は、芸術的であれ、科学的であれ、哲学的であれ、あるいは望むかぎりつまらない有用なものの発見であれ、私から見れば、そうした掘り出し物ではないその他すべてのものからいっさいの美を奪い取る。欲望の驚異的な沈殿物が認められるのは、ただこの発見のなかだけである。それだけが宇宙を拡大し、それだけが宇宙自身に不透明な部分を再検討させ、それだけが精神の無数の欲求に見合った並はずれた隠匿の力が宇宙にあることをわれわれに発見させる、そんな力をもっている。そのうえ日常生活は、この種の小さな発見に満ちあふれている。そこでは一見、無価値な要素がしばしば優位を占めているが、無価値とみるのは、たぶんわれわれの一時的な理解のなさのためであり、したがってこれらの発見は、無視すべきものではまったくないように思われる。（*AF*, *ŒII*, 682–685；『狂気の愛』二七—二八頁）

ディディ゠ユベルマンのアナクロニズムという考え方に、ブルトンの視点から、これから生成しようとするものの持つ夢の形成力という次元を加えることができそうである。掘り出し物は、現象としては無価値、無意味、忘れられた役に立たないものにすぎない。だが、「欲望の驚異的な沈殿物」を認める眼差しの前で、その事物が様相を一変させる。ブルトンはそこに、覚醒時にも働きつづける夢の力を認めている。「オブジェの発見は、ここでは正確に夢と同じ役割を果たしている。なぜなら、この発見は、個人を、ためらいの感情という麻痺から解き放ち、勇気づけ、自分では乗り越えられないと思いこんでいた障害をも越えられるのだということを、理解させるからである」(*AF*, *ŒII*, 700;『狂気の愛』六九頁)。灰燼と帰した現実のなかから、現実の姿を更新しようとする力が現れるのは、「信号」の波動によって覚醒時のさなかに夢見る力が解放される時である。ベンヤミンも次のように指摘している。「目覚めとは、夢の意識というテーゼと覚醒した意識というアンチテーゼの総合ではなかろうか。もしそうであるならば、目覚めの瞬間とは「この今における認識可能性」と同じではないだろうか。この認識可能性にみちた今において物事はその真の――そのシュルレアリスティックな――表情を示すのだ(21)」。掘り出し物の発見という偶然によって覚醒゠驚歎することは、注意力を凝らしたまま眠りの世界に沈潜することなのである。

結局、超現実も根源も、現実を存在として捉えないという態度において共通していることがわかる。いずれも現実を、確定された事実として見るのではなく、これから存在しようとする力において見つめる眼差しである。『シュルレアリスム第二宣言』の有名な言葉を引用してみよう。「あらゆる点から見て、生と死、現実的なものと想像的なもの、過去と未来、伝達可能なものと伝達不可能なもの、高さと低さが矛盾するものと感じられなくなるような、精神のある一点が存在するように思われる。この一点を突きとめる希望以外の動機をシュルレアリスムの活動に求めても無駄である」(*SM*, *OEI*, 781 ;『第二宣言』五七―五八頁)――そのような地点は、目覚めたまま夢見ることが可能となる地点であり、〈かつてあったもの〉と〈この今〉が同時に生成の渦巻きに巻きこまれる時間である。そのような時間が一瞬で終わるわけではないこと、通常の状態に戻れないまま、その渦巻きに巻きこまれた状態が一定の時間つづきえることを、ブルトンのテクストは示した。そこには完成というものがなく、どこまでも未決の状態が続いていくのであり、信号と、信号が告げていた何ものかとの出会いがどれほど閃光を放つものであったとしても、決定的な成就というものは現実には存在しない。結末をつけることが不可能ということが、ブルトンにおいては現実に対する見方と不可分に結びついているのである。

Ⅳ　期待の詩学――イメージ形成の場としての眠りと覚醒の敷居

ところで、自らを未決状態のうちに置き、〈終わり〉を否定することで、物語の構造そのものが変わることをリクールが指摘している。直接題材にしているのは、エリザベス朝時代の悲劇だが、物語のあり方という点では、ベンヤミンの扱うドイツ哀悼劇、さらにシュルレアリスムが取り組む日常のなかの驚異に通じる部分がある。「『ヨハネ黙示録』からエリザベス朝時代の悲劇に移行することは、現代の文化と文学の一部の状況について知る手がかりをあたえてくれる。そこでは〈危機〉が〈終わり〉にとってかわり、〈危機〉は終わりなき推移になったのである」[22]。〈終わり〉によって意味をもつ時間への言及は、先ほど見たカーモードの論への言及である。結末をつけることが不可能になったという時代状況は、そのまま現代の文学がおちいった状況を示している。〈終わり〉によって意味をもつ物語の時間が崩壊したために、言葉による作品に結末をつけることが困難になった。「終わりなき推移」が前面に押しだされるようになり、どこまでも決定的な結末が訪れない、危機の状態が続いてゆく。現実にどのような意味づけをしても無駄であり、そこにはどんな形もないと確信されることで、秩序ある制作という考え方そのものが破棄されるようになる。シュルレアリスムは驚異のうちに〈痙攣的美〉[23]を求めたが、その美には、実際どのような終わりもないし、間歇的な偶然の出来事がちりばめられた時間がどこまでも続いてゆくだけである。

しかし、その状況が否定的なニュアンスに覆われるわけではないことを、ブルトンは示した。否定的であるどころか、思考のなかで何かが生まれる瞬間は、そのたびに更新される悦びに満ちている。シュルレアリスムの始まりは、ブルトンの証言によれば、眠りに落ちようとするまどろみのなかで聞こえてきた、「窓によってふたつに切られた男がいる」という言葉が、この上なく明瞭なイメージを伴って現れたことである[24]。『ナジャ』、『通底器』、『狂気の愛』が、ブルトンの生活のなかに突如現れ、あるいは突如欠落してしまうことで彼を翻弄しはじめる、出会いの証言であることを最初に見た。ヴァレリーとプルーストにおいては、身体的な眠りと覚醒の敷居として現れるものが、ブルトンにおいては、意識のさなかに起こる覚醒、何らかの思考の目覚めに置き換わっている。その思考が、良きものなのか悪しきものなのか、価値あるものなのかないものなのかということは問題とはならない。思考の中身が問題なのではなく、思考が生まれるという、その状態そのものが問題なのだ。そこには期待の詩学とでも言うべきものがある。何かをまさに発見しつつあるという感触を待ちつづけること、そのような感触が日常的な認識を中断し、世界の見え方そのものを変化させるのを期待しつづけることが、ブルトンのテクストの大きな特徴となっている。『狂気の愛』から、典型的なテクストを引用してみよう。

発見の最先端、つまり最初の航海者たちの目に新しい大地がとらえられた瞬間から彼らが海岸に足を下ろした瞬間まで、学者が未知の現象の証人になったと確信できた瞬間からこの観察の重要性を計りはじめた瞬間まで――そのとき、時間が流れているという感覚はすべて、好機至れりという陶酔のなかに失われている――きわめて細い光の束がその一瞬に人生の意味を明らかにする、あるいは他のどんな光の束もなしえないことだが、その意味を完成させる。シュルレアリスムがつねに渇望してきたのは、精神のこの特別の状態の再創造である。シュルレアリスムは結局のところ、獲物と影とをともにしりぞけ、もはやすでに影=幻ではなく、いまだ獲物=現実ではないものを求めてきたのである。影と獲物とは、ただひとつの閃光のなかで溶けあっている。自己の背後で、欲望の歩む道が、藪によって覆い隠されるままにしないことが重要である。（*AF*, *ŒII*, 697 ;『狂気の愛』六一―六二頁）

ここまで来れば、ヴァレリーとプルーストにとっての「存在の瞬間」と通底する部分が見えてくる。「すでに影＝幻ではなく、いまだ獲物＝現実ではないもの」を求める状態、つまり内的幻想を追いかけるのではなく、期待する何かが外の世界に現れる兆候を追跡している状態は、ブルトンの散文テクストの至るところに浸透している基本的態度である。この何ものかが現れるのをひたすら待っている状態は、ヴァレリーの詩の中心的モチーフでもある。ひとつだけ、『カイエ』の断章を引用してみよう。「時々、私は〔明け方に〕、知的待機状態、全体的な準備状態にいる自分を見出す。最初に来た獲物を追いかけようと身構えている猟師のようだ。その時眠りと明晰さは、たがいのなかに融けこんでいる。そして夢見るために必要なものと、観察し、結びつける（つまり見失わない）ために必要なものがある。しかし、まだ対象はない……。身構えているという甘美な感覚[25]」。日常生活のなかで不意を打たれ、再びもとの平衡状態へと回帰するまでのあいだ、思考はこの目覚め際の幻想を生きなおしている。何かを手にいれること以上に、獲物を求めてまだ見出さない宙吊り状態こそが重要なのであり、それこそが目覚めたまま見る夢の核心にあるものなのだ。

本当に重要なことは、現実に何ものかと出会うことではないのかもしれない。そのような出会いにむけて、存在のすべてが開かれ、張りつめている状態こそが、存在することから期待できる最高のことなのかもしれない。少なくとも、ブルトンは数々の出会いにめぐまれながら、それらの出会いに固着したり、回顧的な物語にひたったりすることはない。絶えず新しい出会いにむけて待機していることこそ、〈痙攣的美〉の本質的な条件なのである。これは事件というものに関する新しい考え方と言えるだろう。何かが起こることではなく、何かが起こり、考える枠組みそのものが転覆される瞬間にむけて自分を組織することが、事件というものの主要な構成要素なのだ。それは現実化した事実のうちに埋もれず、まだ見えない可能性の渦巻きのほうに身を委ねつづけることを意味している。

この期待の詩学は、散文のあり方そのものに変革をもたらしたと言えるだろう。ブルトンの独創性は、内的世界と外的世界の接点で生じる待機状態に、強力な伝達作用がそなわっていることを見出した点にある。生成しつつある感覚は、その内実がどのようなものであれ、周囲の人間に伝播してゆく性質を持っていることをブルトンは明確に意識し、それにシュルレアリスムの名前をあたえた。ブルトンにおいて書くという行為は、すでに見たように、言葉を磨き、巧みな表現を身につけることではまったくない。それは意識そのもののうちに何かが生まれつつあるという感触を追究し、その瞬間に覚えた戸惑いを証言することで、生成状態がはらむ磁気を読者に伝達してゆくという行為である。そのためには、「あらゆる論理的な精神構造をできるかぎり宙吊りにして(「普通に話されている」言語は石化した論理だから)、内面の夜空に、言葉の束が奇跡のような雪の結晶の樹皮模様を果てしなく星のように輝かせるのにまかせればいいのだ[26]」。現実に何に出会うかということ以上に、また想像のなかでどのような幻を視ているかということ以上に、待機状態のうちにあることそのものが重要だというのである。

いまなお私は、自分の自由な状態からしか、あらゆるものと出会おうとしてさまようことへの渇きからしか、何かを期待することはない。これこそが私を、その他の自由な存在との神秘的な交信の状態においてくれる。まるで突如としてわれわれが結集することを運命づけられているかのように。自分の人生の背後には、見張りの歌、期待をまぎらす歌のつぶやき以外のささやきが残らなければ良いと思う。何が起こるのか、何が起こらないのかということとは無関係に、すばらしいのは、期待そのものなのだ。（*AF*, *Œ*II, 697；『狂気の愛』六二頁）

ブルトンは、生まれつつある思考という、一種の目覚めたまま見る夢がとりわけ伝達に適した状態であることを明らかにした。思考の中身が問題なのではなく、思考が生まれるという、その状態そのものが問題なのだ。「ある思考が意識に浮かぶときには、いつでも何かが生まれるときの感動的な性格を多少とも帯びる[27]」からである。思考を中断し、何ものかが生成しつつある気配に注意を凝らすこと、たとえ何ものも現れなかったとしても、現れたものの意味がまったく把握できなかったとしても、待機の状態を精神の力のすべてをこめて守りつづけること――ブルトンの詩学はまさしくこの宙吊り状態にとどまろうとする意志にある。その状態においてこそ、知性を研ぎ澄ませることと同時に、感情を形として解き放つ夢の形成力に身を委ねることが可能となる。内的世界と外的世界の境界に打ち震える波動の広がりは、磁気を帯びた発動エネルギーとでも言うべきもので、それこそがいつまでも更新される力となる。存在してしまったものを顧みず、存在しようとするものが現れようとする兆候に目を凝らすブルトンの姿勢が、どれほど目覚めたまま見る夢に根ざしているのかをここでは見た。

この姿勢の反響を、シュルレアリスムの影響を受けたとは考えられない二人の作家、サルトルとバルトのイメージ論のなかに見出すことができる。眠りと覚醒の敷居は、すぐれたイメージ形成の場である。目覚めていて、注意力を凝らしているのに、制御不可能なまでに強い情動を解き放つイメージは、夢と現実とのあわいで形成される。目覚めたまま見る夢とここまで呼んできたものが、イメージが生成する場としてさらに展開されてゆくことを次に見ることにしよう。

第四章

サルトルにおける崩壊の詩学

サルトルの『想像力の問題』(一九四〇年)をきっかけに、作家によるイメージ論は二十世紀後半、ひとつのジャンルにまで高まってゆく。作家によるイメージ論は、哲学、美術史学、精神分析学、人類学など、さまざまな学問で語られる言葉を援用しながら、そもそも一人の人間にとってイメージが何を意味するのかを、最終的にひとつの物語として語ってゆく。イメージは、二十世紀後半において、物語以上に文学者を引きつけるトポスとなったが、そこに眠りと覚醒の境界がどのように関わっているのか、ここで検討してみよう。

イメージを通して物語が復活してゆくという筋道は、実際には紆余曲折にみちている。サルトルの場合も、『想像力の問題』だけを読んだ場合、そこでイメージが物語として語られているとはとても考えられない。だが、サルトルがイメージの本質をさらに追究し、その成果が『聖ジュネ』を経て、未完のフロベール論『家の馬鹿息子』(一九七一—七二年)に結実するとき、そこでは実証的科学の言葉では本当か嘘か確定できない、物語の説得力にしか根拠が求められないイメージ論が展開されている。[1]

そこに目覚めたまま見る夢が深く関わっていると、サルトル自身が述べているわけではない。『想像力の問題』における夢イメージの扱い方は部分的で、サルトルが夢に対して冷ややかな態度を取っていたことがわかる。『家の馬鹿息子』では、イメージについて語る核心部分で「目覚めたまま見る夢」un songe éveillé という言葉を使っているが、[2] 全体の文脈において「夢」にはごくわずかな役割が認められているにすぎない。ただ、ヴァレリー、プルースト、ブルトンが、眠りと覚醒の境界面をめぐってどのように考えていたか、これまで検討してきたことから考えれば、サルトルのイメージ論に目覚めたまま見る夢の問題が深く関わっていることが浮かびあがってくる。このことは、『想像力の問題』の影響を強く受けたロラン・バルトの写真論『明るい部屋』(一九八〇年)においてさらに顕在化するだろう。実際、『明るい部屋』で写真イメージの本質を語るとき、バルトはプルーストの「心の間歇」に言及せずにはいられなかった。

二十世紀フランス文学で、なぜ目覚めたまま見る夢がこれほどまでに多様な興味の対象となったのかを追ってきた。ここからは、二十世紀前半から後半にいたる流れのなかで、眠りと覚醒の敷居をめぐる思考が作家によるイメージ論という思いがけない形で変奏されることを、サルトルとバルトのイメージ論に即して見ていきたい。この章ではサルトルに焦点を当てる。

I　不在の対象／到達不可能な対象

初めに、サルトルのイメージ論の骨子を復習しておこう。サルトルのイメージ論に、目覚めたまま見る夢がどのように関係するかを捉えるため、ここでは『想像力』、『想像力の問題』から『家の馬鹿息子』にいたる論の展開に的を絞ることとする。イメージと対象の不在を結びつけることで、サルトルはその後のイメージ論に多大な影響をあたえたが、われわれの視点から見れば、その影響には眠りと覚醒の境界への関心が深く関わっている。どのように関わっているのかを見極めるため、まずサルトルのイメージ論の特徴を理解する必要がある。しばらくお付き合いいただきたい。

サルトルの基本的な主張は「イメージとは像ではなく意識のある姿勢なのだ」というものである。「意識のなかに像《イメージ》はないし、像《イメージ》はあり得ないだろう(3)」。イメージを物質的に固定された像ではなく、心的活動として捉えなおそうというのである。通常イメージという場合、何らかの図柄があって、その図柄そのものをイメージと呼ぶように思える。サルトルはその見方に対して、意識のなかに確定された図柄など存在しないことをまず強調する。意識は、絶え間なく変化しつづける運動であり、イメージのように一見眼に見える、固定された像が問題となっているようにみえる場合でも、可視のものに到達しようとする姿勢とその姿勢から始まる運動が重要だというのである。第一のポイントは、外の世界に静止した画像がある場合でも、心的イメージが問題となる場合でも、サルトルはイメージというものを像としてではなく、意識の姿勢として捉えているということである。

では、イメージとはどのような意識の姿勢なのか。イメージの基本的特性を、サルトルは知覚という意識のあり方と対比することで明らかにしている。知覚するとき、ひとは志向する対象物を現実に存在するものとみなしている。知覚は、あくまでも存在するものに向かう行為であり、意識の外にあるものを感覚によって捉えようとする行為である。それに対して、想像するとき、ひとはその場に存在しないものに向かおうとする。向かう対象が不在であることが明白に意識されている。イメージとは、不在のものに到達しようとする意識の姿勢なのである。「いかに生き生きとして、感動的であっても、イメージは自己の対象物を、存在しないものとしてあたえる(4)」。

意識の向かう対象が存在する／不在であるという区別を立てる以上、サルトルが覚醒時の身体の姿勢を問題としている点に、ここでは注目したい。意識の向かう対象が確かに存在するのか、それとも不在であるのかは、つねに自明なわけではない。覚醒時、身体が目覚めていて、認識の参照軸として機能するとき、初めて意識の外の世界に向かう知覚と、不在の世界に向かうイメージが区別できるだろう。ここまで見てきたように、身体は夢の中では液状化し、外と内との区別を立てる力を失っている。夢見る人は、あらわれる像のすべてがそこに存在するものだと信じるしかなくなっている。サルトル自身の言葉によれば、「夢の中で起こるあらゆることを、私は信じる」(*I*, 315)。知覚することが、想像することと違う意識の姿勢としてあるとき、すでに身体は目覚めていて、内的世界と外的世界の対比が存在する。意識は、目にするものを信じていなくとも、知覚を通してそれが存在すると感じられる世界にいるのだ。この時、想像することは、知覚のように現実の存在に向かわず、不在の対象物に到達しようとする意識の姿勢となる。

では、不在の対象物にどうすれば到達できるのだろうか。サルトルは、意識がまったく何もないところから、不在の対象物に到達することなどできないと強調する。イメージは、確かに不在の対象に向かう意識の姿勢である。しかし、その不在に向かう姿勢は、何もないゼロから出発するわけではない。「問題はつねに、ある素材から不在の、あるいは非存在の対象物の表象像を作りだすために、その素材に生気を吹きこむ点にかかっている」(*I*, 100)。想像力は確かに存在する素材から出発して、不在の対象物に向かおうとするのだが、その時意識はどのような操作を行っているのだろうか。サルトルが、一枚の絵を例に具体的に述べている箇所を参照してみよう。

ウフィッツィ美術館所蔵のシャルル八世の肖像画について、絵を観るもののうちにイメージが生成

クリストファノ・デ・ラルティッシモ《フランス王シャルル８世の肖像》(ウフィッツィ美術館所蔵)／写真：ゲッティ イメージズ

する過程をサルトルは次のように記述する。画布と額縁をそれ自体として眺めているかぎり、十五世紀のフランス国王は美的対象として姿をあらわすことはない。画家がふるう画筆のタッチは、それ自体のために与えられるのではなく、「ある非現実的総合的全体」(*I*, 364)、つまりわれわれがシャルル八世と考えるそこにはいない人物との関係において初めて意味をもつようになる。イメージは、実際に眼に見えるものを出発点として、その可視性のうちにある物質的側面を超え、そこにはいない歴史的人物にむかうことによって形成されるというのである。「一挙にして私はその絵画を、それが現実世界の一部分をなすものとして眺めることを止めてしまう。その絵画の上に知覚される対象物がそれを取り囲む環境によって変質されることはもはやあり得ないことになる。(…)私がその絵の上にイメージとしてのシャルル八世を捉えるなら、把握された対象物は、例えば照明の変化に左右されることはもはやなくなる」(*I*, 351-352)。イメージにおいて現前するのは、感覚的に捉え得るものではなく、現実には存在しないが感覚にその意味を吹き込むような何か、この場合にはその場にいないシャルル八世そのものだというのである。

もしその絵が焼けた場合には、焼けるのはイメージとしてのシャルル八世ではなく、単にイメージの対象物があらわれるための類同代理物《アナロゴン》の役目をはたす物質的対象物にすぎない。非現実的対象物は、このように実在物に対し、手のとどかないところに一挙にあらわれる。イメージとしての対象物である《シャルル八世》を生みだすためには、意識はその絵の実在性を否定することができなければならず、そして意識は、総体として把握された世の実在性そのものに対して一歩後退した態度を取らないかぎりこの実在性を否定できないであろうことが、こうして理解される。ひとつのイメージを措定することとは、現実界全体の枠の外に対象物を措定することであり、それゆえそれは現実界から隔たりを置き、それから身を解放し、一言で言えば現実界を否定することである。(*I*, 352)

サルトルのイメージに対する考え方が、いかに独特のものであるのかがこの箇所からうかがえるだろう。イメージの本質は、不在の対象を捉えようとする点にあるが、意識はそのため、現実にあたえられた類同代理物《アナロゴン》を否定するという道筋を通るというのである。現実界は素材、つまりある心像を形成するために必要な類同代理物《アナロゴン》を提供するだけであり、イメージそのものはその素材の現実性を否定することによって成立する。「否定するという行為が、イメージを構成するために必要である」(*I*, 351)。現実に知覚される対象を否定しながら、何らかの像を得ようとする働きを、サルトルは「イメージを抱こうとする態度」l'attitude imageante(*I*, 364)と呼ぶのである。

Ⅱ 否定と綜合――イメージのうちにある形成力

ここでサルトルが、イメージを得るため、「否定するという行為」だけでなく、ある種の綜合作用が必要だと主張している点に注目しよう。イメージは現実を否定するだけでなく、否定された素材を何らかの形で綜合していかなければ成立しない。ピエールを思いえがくとき、私が抱こうとするイメージは、今朝見た類同代理物《アナロゴン》としての部屋着を着ていたピエール、一昨日のシャトレ広場で見かけた青い外套を着ていたピエール、あるいは昨年パリで暮らしていたピエールのいずれとも異なるが、そのいずれにも当てはまるイメージということになる。ということは、「イメージの対象物は必ずしも同一性の原理にしたがうものとしてはあらわれない」(*I*, 180)。イメージは、抽象的な概念でもなく、知覚できる事物でもなく、その中間にあって、不在のものを見ようとする態度だが、知覚される対象のように固定可能なただひとつの姿をしているわけではない。「人がイメージのなかに見出そうとするものは、ある人物の特定の外観ではなく、それらの外観すべてを綜合したものとしての、その人物そのものなのである」(*I*, 181-182)。ある人物そのものと言える像は、「同一性の原理」にしたがわず、ただひとつに決定できる姿をしていないというのである。

それだけではない。サルトルはこの不在のものの核心に向かおうとするイメージは、個別的なものとしてあらわれることさえないと言う。「イメージの対象物は個別化の原理にしたがわない」(*I*, 177)

――「心的イメージが明らかにするピエールとは、自らのうちである持続、しばしば矛盾しあう諸相さえ結びつけているひとつの心的綜合なのだ」(I, 178)。眼に見える外観だけがその人物を規定しているわけではなく、その人物に対してわれわれが知っていること、その人物に対してわれわれが抱く感情など、可視的とは言えない知識や感情のすべてが一個のイメージに結びつくとき、それは「個別化の原理」にしたがうひとつの像ではなくなってしまうというのである。イメージは、この視点から見れば、ダイナミックに変貌し、矛盾するさまざまな側面をはらんだ一個の世界と呼ぶことさえできるかもしれない。

サルトルの言うイメージは、このように眼に見える、固定された、いつ見ても変わらない像ではなく、一人の人間そのもの、ひとつの世界そのもののように絶え間なく変化するもの、そこに不在でありながら変化を本質とする存在である。それは不在のものの実在であり、言ってみれば非現実のうちにある完全な実在である。サルトルによれば、これはそのまま読書に熱中するときのわれわれの態度でもある。

読書に際しては演劇を見るときと同様、私たちはひとつの世界を前にしている。私たちはこの世界に、演劇の世界に対してとまったく同じだけ実在性を負わせている、つまり非現実のなかでの完全な実在性を負わせているのである。(I, 127)

記号を出発点として、想像力を原動力とするイメージの世界が立ちあがるとき、そこにあらわれるのは非現実の世界、現実には存在しないものと措定された世界にすぎない。しかしそれがひとつの世界であることに変わりはない。形象は特定できる性質をもたず、不安定に揺れうごき、その全体が非現実の世界なのだが、だからといって現実より実在感が劣っているわけではない。それどころか、本当に読書に集中しているときには、非現実の世界は読者の全身を覆いつくす世界となる。「読者はひとつの世界に直面している」(*I*, 127)とさえサルトルは主張する。「読むとは、記号にもとづいて非現実世界との接触を実現することである」(*I*, 128)。個別のものとして確定できず、あらわれる像には同一性もない、この類同代理物《アナロゴン》の解体の果てにあらわれる非在の世界には、「非現実のなかでの完全な実在性」があるというのである。

サルトルのイメージをめぐるこの一連の考察のうちに、本書で見てきた目覚めたまま見る夢の特性をそっくりそのまま見出すことができる。絵や本を前にして、われわれは確かに目覚め、注意力を凝らしている。しかしその先に広がる光景には、夢の形成力が深く関わっている。イメージを抱こうとする態度は、現実から得た素材を否定し、乗り越え、綜合してゆきながら、非現実世界にある対象を打ち建てようとする態度であり、現実を否定するところに覚醒した意識の特性があらわれているが、非現実のうちにある実在を構築しようとするところには夢の特性があらわれている。目覚めたまま見る夢は、ヴァレリー、プルースト、ブルトンのいずれの作家においても、主体のあり方を根源的に変容させるものだった。初めは見ていたはずの者が、見られる世界の変容によって自身も変化してゆく者となり、見られる世界との深い相互浸透を生きることになる。主体と物の体系との特別な依存関係がそこでは問題となっていた。サルトルがイメージについて考察を重ねながら行き当たる問題は、まさしくこの目覚めたまま見る夢がもたらす主体の変容である。このことは『想像力の問題』では十分に論じられていないが、フロベールを論じながらイメージのあり方への考察を深めてゆく『家の馬鹿息子』では、イメージは主体に根源的な変化をもたらす身振りとみなされるようになる。

『想像力の問題』では、サルトルは現実を否定するという身振りに、人間にあたえられた自由の根源的な表れをみていた。イメージは不在のものを現前させると言うとき、そこで賭けられているものは、あたえられた状況を乗りこえ、不在のものを自在に構成してゆく人間精神の自由である。「想像力とは意識に後から付け加えられた経験的な能力ではない。それは自らの自由を実現するかぎりにおける、意識全体のことである。この世界における意識の具体的で現実的な一切の状況は、意識がつねに現実界を超越するものとしてあらわれるかぎり、つねに想像的なものの性格を帯びているのである」(*I*, 358)。可視のものを否定して、不在の世界に到達しようとする姿勢は、精神がもつ主体的自由の表現だとサルトルは考えていた。

ところが『家の馬鹿息子』では、現実を解体し、そこから別の世界が立ちあがるのを見ようとする姿勢は、より受動的な所作とみなされることになる。現実を解体する点で、それは確かにひとつの行為なのだが、主体が能動的に実現する身振りではなく、むしろ意識にあらわれる世界のなすがままに、受動的に世界の構築に立ち会おうとする振る舞いとして捉えなおされる。イメージによって引き起こされるこの主体の変容を、サルトルは「受動的活動性」activité passive[(5)] と名づけることになる。覚醒した意識を研ぎ澄ませることと、自分の置かれた状況において目の前に形成される世界をただ見つめることしかできない受動性に身を委ねることが、イメージを抱こうとする姿勢のなかで結びあわされるというのである。
フロベール論にいたる以前、『聖ジュネ』においても、注意力を凝らして見つめる世界を否定し、そこからもうひとつの世界が立ちあがるのを見ようとする姿勢がどれほど主体のあり方に影響をおよぼさずにはいられないかを、サルトルは強調していた。この哲学者によれば、ジュネにとっての問題は、勝手に作りあげた空想の世界に遊ぶことではなく、目の前の現実を否定することで「非物質化」し、そこからひとつの世界を構築することである。想像力はこの場合、現実から遊離して空想の世界をさまようことではなく、現実を深く見つめることでそこに現れるものを腐蝕させ、それを素材に非現実的な組み合わせとしてもうひとつの世界を立ちあげる行為を意味する。問題は、身体が目覚めているかぎり、そのような形で現実を否定することはきわめて困難だということである。不在の世界が立ちあがるまで現実を否定するためには、現実には不可能な行為を想像力で実現することに駆りたてる何らかの情念、作家に不可能を求めさせる詩魂のようなものが必要だというのである。

彼〔＝ジュネ〕の活動は、詩的行為の範疇に、明らかに位置づけられる。つまり、不可能なものの体系的な追求である。(…)彼は絶対に夢想しない。彼はこの世から顔をそむけてよりよい世界を発明しようとはしない。彼はイメージや夢に夢中にはならない。彼の想像力は、現実に対して作用する、腐蝕する働きなのだ。現実を逃れることが問題なのではなく、現実を乗りこえることが問題であり、すでに指摘したように、現実を非物質化することが問題なのだ。(6)

イメージは、現実に深く沈潜し、それを否定する形で働くのであり、現実にむかう点で意識は限りなく覚醒している必要がある。同時に、「非物質化」するまでに現実を分解する働きを成就するためには、そのような行為をどこまでも遂行させるような何らかの傷が必要だとサルトルは考えている。「現実を非物質化」するまでに腐敗させ、解体することは、「不可能なものの体系的な追求」なのであり、そのような目的を追求させる原動力には、尋常ではない現実との決裂が必要というのだ。ジュネについては、その態度の根底に、「おまえは泥棒だ」と十歳の時に言われた経験があるとサルトルは指摘する。現実に拒まれ、否定される経験を通して、ジュネは現実をばらばらに解きほぐす眼差しを自らのうちに作りだしてゆく。ジュネ自身、「美には傷以外の起源はない[7]」と述べている。現実を否定し、その果てにもうひとつの世界を見ようとする者は、癒しようのない傷を負っているというのである。

『家の馬鹿息子』における「受動的活動性」という言葉は、イメージにおける自由のあらわれとしての能動的否定と、現実から受けた傷によって駆りたてられる受動的態度という二つのベクトルの交点に位置づけることができる。イメージは、人間精神の自由の発現としてだけでなく、現実を非物質化してゆく作業が、その作業をおこなう者に必然的に生じさせる主体の変容という点からも捉えなおさなければならない。シャルル八世の絵を前にして、実際に存在したシャルル八世を思いえがくとき、それほどの反動は生じないかもしれない。イメージが主体におよぼす激しい腐蝕作用が問題となるのは、ジュネやフロベールのように、イメージを作りだすことをひとつの業のように引き受けた作家の場合である。この時、サルトルが指摘するイメージ産出の反作用には、ヴァレリーやプルーストの夢に関する考察を参照しなければ理解できないような激しさがこめられている。サルトルのイメージが、目覚めたまま見る夢としての側面をはっきり示す『家の馬鹿息子』を次に検討してみよう。

III　愚かさ、あるいは自らをイメージに変えること

サルトルから始まり、二十世紀後半に隆盛をむかえるイメージ論の展開のなかで、目覚めたまま見る夢がどのような位置を占めているのか。このことが本格的に問題となるのは未完の大作『家の馬鹿息子』、とりわけ第二巻最終章、フロベールがどのようにしてわれわれの知るフロベールとなったのかを記述している箇所である。サルトルは当初、イメージを自由の発現として、あたかも想像力を発揮することが任意に選択可能な行為であるかのように捉えていた。ところが『聖ジュネ』、そして『家の馬鹿息子』では、イメージを抱こうとする態度は、きわめて複雑な過程を経て、ほとんど宿命的に決定されたこととして描かれている。というのも、覚醒した意識によってできることには限界があり、その限界を超えてゆくためには、意志の力だけでは制御できない、別の力が働かなくてはならないからである。

ヴァレリーやプルーストは、その力を夢の形成力のうちに認めていた。眠りのなかで見る夢ではなく、覚醒した意識を生成状態の世界に立ち会わせる、覚醒時のさなかに現れる夢のもつ形成力である。それは知的に理解された世界を解体し、注意力をこめて見つめているのに深い麻痺状態に陥ってゆく

ような、矛盾した状態に見つめる者を導いてゆく。ヴァレリーの「奇妙な眼差し」、プルーストの「無意志的記憶」、ブルトンの「客観的偶然」には、日常世界の境界にあり、空間と時間の認識を崩壊させるような状態にどうすれば移行できるのかという問題意識が共通してあった。夢の働きが完全に解放されるためには眠りに落ちることが必要なのだから、目覚めたまま見る夢の世界に接近するためには、眠りと同じほど意志の力ではどうにもならない、何らかの強い力が働かなくてはならない。注意力に張りつめた眼差しが、そのまま眠りの霧に包みこまれるということが、どうすれば可能となるのか。覚醒した意識の明晰さと、眠りに落ちた意識の構成力を同時に解放する異界への扉は、いったいどうすれば開くのか。この異界への道筋をどのように思いえがくかという点に、それぞれの作家の個性が発揮されることになる。

サルトルもまた、イメージを抱こうとする態度のうちに、否定と解体に向かう方向性だけでなく、構築に向かう方向性がすでにふくまれていると考えていた。問題は、そのような態度を全般化し、想像力を働かせる状態に恒常的にとどまるために、注意力を世界から不在のものに転換する、どのような出来事が必要とサルトルが考えていたのかという点にある。実際、フロベール論の焦点のひとつは、フロベールが実在の世界から非現実の世界へと注意力を転換するようになった出来事の分析にある。その出来事には、現実世界ではなく、非現実のうちにある実在のなかで生きようと人間に決意させる爆発力が秘められている。西行が世を捨てようとしてすぐには果たせなかったように、この世の人として生きるのをやめ、不在の世界で生きようという容易ではない決断を下させる出来事とはいったいどのようなものだったのか。

フロベールはその人生の初めから「受動的活動性」(*IF*, I, 44 ; I, 44) のうちに生きたとサルトルは主張する。主体的に言葉に働きかけ、それを自分のものとして語る力を徹底的に奪われた人間として、サルトルはフロベールを描いているのだ。

ギュスターヴは、初めから麻痺していて、自分のものではない言葉たちに身をまかせなければならず、言葉たちは知り尽くして諳んじるテクストとして彼に宿り、彼がそれらの言葉に――服従と無感動とによって――あたえる受動的同意は、それ自体では信仰を乗りこえる手段をもたない。彼の体験的現実とは、歳月の植物的でおもむろな推移である。(*IF*, I, 169 ; I, 180)

茫然自失のうちに、聞きとった言葉をそのまま他者に送り返すことしかできないこの受動的行為者が、どのようにして自己の想像世界を創りだすようになったのか。受動的に紋切り型の言葉を受け取ることしかできない人間が、どうすれば不在のイメージを立ちあげる力を自らのものにできるというのか。『家の馬鹿息子』第二巻後半、サルトルが記述と分析に専念する「ポン゠レヴェック事件」は、そのような出来事にあたえられた名前である。「ポン゠レヴェック事件」とは、一八四四年一月上旬、ドーヴィルからの帰路、馬車でポン゠レヴェックを通過後、ギュスターヴが馭者席で卒倒、人事不省に陥った出来事を指している。(8) 一八二一年生まれのフロベールは、当時パリで法学を学ぶ学生だったが、この卒倒事件以降、発作を繰り返す息子を見て、医者である父親も息子への期待を諦め、ルーアン近郊への隠居を認めるようになる。前途にみちた一人の青年が、突如として一人の隠居老人となったのである。それはフロベールにとって、一人の人間として死ぬことを意味している。われわれは生きている以上、自分のためにひとつの現実を切り開き、そのなかで恋愛、金銭、自立などを求めてもがきながら生きていると信じている。ところが、サルトルによれば、フロベールはこの時点で自分の現実を生きることを止めてしまい、現実をひとつのイメージへと変換する「受動的活動性」のうちに閉じ籠もった。そうすることでフロベールは作家になっていったというのである。

一人の人間がその関心のすべてを世界から芸術に転換する、この急激な転身はどのようにして可能になったのかという問いに、サルトルは「受動的行為者」となることを受け容れることによってだ、と答えているのである。受動という言葉は、ここでは重い意味をもっている。それは社会的に一人の死んだ人間になるということだ。サルトルによれば、卒倒事件をきっかけに、フロベールはこれ以降、自分の身には決して何ひとつ出来事と呼べるものは起こらないだろうと自覚するようになった。さまざまな感情にみたされた、自分だけの生を生きているという感触をもつことができたのは発作以前の人生であり、そこから先の人生はいまや死に絶えた。その後に来るのは、もはや自分を一個の死者とみなし、ひたすら自己という劇場をよぎる想念を書きとめる、受動的活動性に身をゆだねる時間だけである。

> 彼には決して何も起きないだろう。なぜなら、彼は何ひとつ——「死」を除けば——自分の身に起こりえないように自分を作ったからだ。言い換えれば、発作によって、情熱、希望、激怒、恐怖に満ちた生を、ひとつの以前として構成し、この生を凝視するように委任された生き残りであ

る他者が、この生の以後となるより他に時間的規定を持たないようにしなくてはならない。(9)(IF, II, 1978; IV, 116)

眠りと覚醒という視点からここまで検討してきた目覚めたまま見る夢は、サルトルが解釈するフロベールにおいては、ある決定的出来事の以前と以後との対比から考察されることになる。以前において、フロベールは一人の人間として、この世で何ができるのかを期待しながら、未来にむかって自己を投企していく存在である。以後は、そのような自分の人生を生きようとする人間を一個の死者とみなし、何かを実行しようとする積極性を一切放棄した人間となる。死の側から生を見る視点をそのようにして得た象徴として、サルトルは「ポン＝レヴェック事件」を記述する。フロベールの人生について、サルトルの解釈がどこまで歴史的に妥当なものか、ここでは検討することができない。サルトルがイメージに対する考え方を展開することで、眠りと覚醒の境界に関する新たな視点を提供していることとだけに注目することにしよう。それは目覚めたまま見る夢が、ひとつの世界に立ち会っているという感覚だけでなく、この世を去ろうとする者の眼に映る光景を目のあたりにしているという感覚でもあるという視点である。これまではもっぱら何かひとつの世界、リズム、秩序の生成に巻きこむ力として、覚醒時のさなかに現れる夢の働きを見てきたが、そのような視力を得た者は、同時に一人の人間として生きるのを止め、もっぱらこの世を離れようとする者の眼差しを自分のものとしている。なぜサルトルは、言ってみれば「死の衝動」に駆られた眼差しが想像世界の形成の大きな原動力となり得ると考えたのだろうか。

この「死」を通して、フロベールは「内面における全体化」(*IF*, II, 1979; IV, 218)を経験した、という主張が重要である。[10]「ポン＝レヴェック事件」は、フロベールに一個の人生の全体を示した。ひとつの人生を最後まで生き抜き、仮の死を経ることで、その生が一個の全体として見られるようになったというのである。すると個別の人生の細部の隅々にまで、その終わりまで生きられた生の〈全体〉が遍在していることにフロベールは気づく。どのような出来事ももはや彼の役に立たず、同時に不利益を蒙らせることもなくなる。そのように死の側に立って見つめれば、それらの出来事を外から把握することができるようになる、というのである。

> 自分自身の人生を、身に蒙った悲劇的な〈宇宙〉の暴露として最後まで生き抜いた男は、いまやその代償に、内面における全体化の経験を獲得したのである。それを繰り返す必要は少しもない。この世界のどんなものであってもその経験の代わりをしてくれるからだ。自分の環境を規定する個別のものひとつひとつのなかに——もっとも意味のない、もっともはかないもののなかにも——彼は自身が体験したものを再び見出すだろう。それは〈全体〉の遍在性であり、つまり〈全体〉の諸々の部分にはその隅々にまで〈全体〉が絶えず行きわたり、同時にそれらの横糸ともなれば、それらの展開の厳格な秩序ともなっているのだ。(*IF*, II, 1979; IV, 218–219)

自分の人生がここで終わる——そのような死の経験をした後では、この世界で起こるあらゆることを追憶の光のもとで、自己とは無関係に展開されるものとして眺めることが可能になるというのである。つまり世界で起こるどのようなささやかな出来事の細部にも、かつて一人の若者だった人間の生きた細部が見出される。それが別の物事と組み合わされ、別の形で展開されようと、あらゆる細部に遍在する〈全体〉という視点から見れば、すでに起こった事柄に厳格にしたがう形で起こることになる。世界のあらゆる細部が、回想の光のもとにあらわれるイメージとなった——そのようなヴィジョンにフロベールは達したというのである。この考え方は、可視のものを否定する行為のうちに、人間の自由そのものを認めていた『想像力の問題』の議論をさらに深めている。見つめる人間は、自己を死んだ人間とみなすことによって、目にするあらゆるものを回想の対象として見ることになる。不在の対象を現出させようとする眼差しと、かつてあった事柄を現出させようとする思い出の眼差しには共通した部分があると、サルトルは指摘する。

記憶の構造は、イメージの構造である。つまりある意図が類、同、代、理、物を通して不在の対象、あるいは消え去った対象を、われわれの感覚にあたえられたままの姿で狙うのである。ギュスターヴは思い出の両義性を利用し、それを非現実化することによって思い出を白熱状態にまでもっていく。(*IF*, II, 1953–1954 ; IV, 193)

この思い出として世界を構築しようとするフロベールの姿勢のうちに、サルトルは「目覚めたまま見る夢」を見出している。「四四年のフロベールは、プルーストと異なり、自分の記憶をよみがえらせようとするのではなく、ひとつの目覚めたまま見る夢 un songe éveillé としてそれを生き、もうひとつの別の夢をふくらませるためにそれを使うことを選んだ。つまり彼が一瞬一瞬、死に至るまで続けることになる方向づけられた夢 rêve dirigé であり、彼はそれを自分の日常生活によって育むのである」(*IF*, II, 1954 ; IV, 193)。より極端に、サルトルはフロベールが目指したものを「知覚を想像的なものにすること」(*IF*, II, 1954 ; IV, 194) と公式化している。

> 両眼、両耳を開き、触れようと両手を伸ばすこと、そしてものが自分を取り囲み、それがあまりに近いために自分のなかに入りこんでくるように見える瞬間、ものを生のまま、まるごと脱現実化して自分の夢のなかに飲みこむこと。これは疑いもなく、もっとも困難な作業であり――大部分の人には不可能である。(*IF*, II, 1954 ; IV, 194)

サルトルが知覚することと想像することを、根本的に異質な意識の二つの態度として区別していたことを思い出そう。その区別は、ここでも維持されているものの、サルトルはフロベールのうちに、通常は相容れない二つの姿勢を同時に実現する力を見出している。なぜ、フロベールにそれが可能だったのか。それはフロベールが自らの人生を生きることをやめ、すべてを受動的に見つめることを受け入れたからだ。可視のものを否定して、不在の対象を志向するイメージは、見つめる者に深い受動性を要求し、究極においては、見つめる者自身を非現実の存在にしてしまう魔力を発揮する――『家の馬鹿息子』を視野に収めれば、サルトルのイメージ論は、主体の空無化という問題につながっている。端的に言えば、「本質的なこと、それは彼自身がイメージとなったということだ」(*IF*, II, 2010 ; IV,

251)。

言い換えれば、フロベールは「非人間の観点に立って」(*IF*, II, 1960; IV, 199)人間を眺めていた。起こることはすべて、かつて起こったことであり、三世紀のテーベ山頂で修行にはげむ修道僧の世界も、紀元前三世紀のカルタゴでの戦乱の世界も、十九世紀フランスの田舎の生活も、知覚されることすべてが想像によって形成されたものとみなすことで、同じ資格で非現実化された実在の世界である。自分がただ一人の証人として見つめ、その証言においてのみそれらの世界が存在するという意味で、フロベールはそれらの世界に限りない彫琢の努力を注ぎこんだ。

> ギュスターヴは、自分を過去において繰り広げられつつあった儀式のいまここでの証人として、ただ一人の立会人として捉えることを、楽しんでいないわけではない。これは現実態の見事な非現実化であり、現実的なものが知覚であると同時に想起となり、また実効性のある予測できない出来事であると同時に、反省的な凝視にとってあまりに知り尽くされた無力な純粋対象ともなる。
> (*IF*, II, 1960; IV, 199)

〈死〉を体験することによって、生の時間の遠近感が変化したのは、先に触れたように、それが「内面における全体化の経験」(*IF*, II, 1979; IV, 218)だったからだ。あらゆることは結末の無にまで到達したのであり、自分の環境を規定するどのような細部も注意力を凝らした眼差しによって、現在の感覚としてよみがえりはするものの、かつて生きた、すでに不在のこととして見えてくるというのである。

不在のものを志向する、イメージという意識の姿勢が、『家の馬鹿息子』で描かれたフロベールにおいては、この世で起こるあらゆる出来事に適用されるのだ。

サルトルはこのように、これまでもっぱらひとつの世界が開けてゆく感覚と捉えられていた目覚めたまま見る夢に、終わりの感覚を導入した。「内面における全体化」という考え方を作りだすことで、サルトルは目覚めたまま見る夢のもつ新しい次元を明らかにし、それを通してイメージ論の飛躍的な発展を準備することになる。「内面における全体化」とは、この世で生きていても新しいことは何も起きないという異様な感覚である。一日が始まり、これから世界が始まろうとするとき、その世界で起こることすべてはすでに知られたことであり、何ひとつ新しいことは起こらないと感じること。もちろん、出来事の水準では、新たな人物と出会い、新たな事柄が起き、それまで知らなかった何かの存在に気づくことになるだろう。ただ、その一日が、総体として、ひとつの空虚として終わることは確実だ――サルトルはフロベールが、そのような認識に到達したと主張するのである。ポン＝レヴェックの事件は、彼がこれからどれほどの間この世で生きたとしても、この「壮麗な空虚」以外の何ごとも起こらないことを啓示した。彼の人生はその意味で終わっている。興味深いのは、それがイメージという非現実の世界においては、新たな世界構築の終わることのない始まりになるということである。サルトルが描くフロベールは、自分自身の人生を最後まで生きぬいたと感じ、この世で起こる事柄を死の観点から見つめるようになる。このようにしてフロベールは、とにかく個別の何らかの対象が必要であるものの、その対象は壮麗な空虚という全体を映しだす鏡であり、それ自身には意味がないというヴィジョンをもって、細心の注意をこめて細部を見つめる作家となった。

文学において、ギュスターヴが思索のこの時点で決意したことは、大宇宙《マクロコスモス》が受肉するためにはひとつの対象が必要であること、同時にその対象は重要ではないということである。文学でそれが意味することは、〈神〉なき宇宙の悲劇的にして壮麗な空虚以外に語るべきものはないということ、しかしそれを語るためには、個別的な、つまり場所と時間が確定された冒険を介さなければならないということである。(*IF*, II, 1979; IV, 219)

一人の死者としてこの世を見つめ、新しいことは何ひとつ起こらないという観点からあらゆる出来事を空虚なものとして眺めることと、そこに個別の、場所、時間、環境、名前等々が特定された存在が生き生きとした生活を繰り広げるさまを見ることは矛盾しない。覚醒した注意力のすべてを込めて、この無に捧げられる個別の生をひとつの夢として見つめること、この世を去ろうとする者の回想の眼差しによってそこで起こるあらゆることを見つめること——これがサルトルによって、イメージの新たな次元として言語化された世界の基本的な構図である。どのような細部にも空虚な生という〈全体〉が浸透している。どのような細部も全体とは無関係ではなく、その全体は壮麗な一個の空虚ということになる。人生の全体は、一個の空虚である。それを抽象的な世界観としてではなく、一見ささやかな、ありふれた細部——実際には全体との関係において〈小宇宙《ミクロコスモス》〉となった細部——を通して語ることができると確信した地点から、フロベールは小説家になってゆく。〈大宇宙《マクロコスモス》〉の無意味さは、不貞を働く田舎医師の妻の生活の細部によっても、砂漠で修行しながら悪魔に苦しめられる聖人の幻想の細部によっても語ることができる。ポン゠レヴェックでの卒倒事件を通して、フロベールは「〈神〉なき宇宙の悲劇的にして壮麗な空虚」しか語るべきことがないこと、そのためには個別の生の冒険を語らなくてはならないことを理解した。

注意を凝らして見つめるものがサルトルの言う意味でのイメージであるとき、ひとは日常的判断が宙吊りにされた世界に入ってゆくだけではない。ジュネのように現実を腐蝕させる眼差しをもつとき、またフロベールのように現実の細部そのものを想像されたものに変換する眼差しをもつとき、その眼差しは見つめる者自身に影響をおよぼさずにはいられない。個別の、輝きを放つ細部には、そのすべてが失われ、見つめる人間も空虚のなかに失われてゆくというヴィジョンが込められている。個別性が輝けば輝くほど、宇宙の空虚が明らかになるのであり、そこには自分の生きた経験を語る余地などまるで残されていない。サルトルが描く、フロベールの小説世界の華麗さは、「〈自我〉の消失」(*IF*, II, 2015; IV, 256)を代償として得られたものなのである。

Ⅳ　マロニエの樹の根、そして眠りと覚醒

「内面における全体化」が、作家フロベールの誕生をどこまで描ききっているのかについては、フロベールという作家に寄り添ったより詳細な検討が必要だろう。それに対して、この考え方が、サルトル自身の小説に解明の光をあたえてくれることは確実である。「存在の瞬間」という問題意識から、

われわれが興味を寄せるのは、サルトルが『嘔吐』(一九三八年)で描いたマロニエの樹の根の場面である。後の作品によって初期の作品を判断することはアナクロニズムだが、敢えてその立場を取ることで、『嘔吐』には書かれていないことがあるのではないか、完全な形で現れることのできなかったものがあるのではないかという、可能態においてしか考えようのない疑問を検討できるようになる。というのも、マロニエの樹の根の場面は、眠りと覚醒の境界で繰り広げられる「存在の瞬間」の系譜に連なる場面として読むことができるものの、この場面には、モンテーニュ、ルソーから断続的に、さまざまな形に変奏されながら受け継がれてきた書き方とは明らかに異なっている部分があるからである。つまり『嘔吐』には、了解可能だった世界の解体だけが描かれていて、その瞬間そのもののうちに新たな関係構築がおこなわれる契機が決定的に欠けている。最後にこの点について検討してみたい。

『嘔吐』で描かれる日常世界の解体は徹底したものであり、どうすればそのような崩壊感覚から現実に戻ることができるのか、その筋道がはっきりとは示されていない。結末でロカンタンは小説を書く決意を固めるが、世界の崩壊からどのようにして書こうという決意が生まれるのか、公園の場面からは読みとることができない。その瞬間のうちには、ひたすら崩壊へむかう方向だけが強調されていて、目にするものが新しく配置しなおされる、もうひとつの世界生成の方向が書き込まれていないのだ。はたしてひとは、これほどまでに完全な世界の崩壊に耐えられるものだろうか。

『家の馬鹿息子』でサルトルが示した考えには、この素朴な読みに答えてくれる部分がある。「内面における全体化」という考え方から照射すれば、マロニエの樹の根を見つめる場面は、書くことを完全に否定するものではなく、その解体の果てに事態が肯定に転じる契機があることになる。『想像力の問題』から『家の馬鹿息子』へと展開されてきたサルトルのイメージ論には、『嘔吐』から続いていた、ものを見分けることができなくなる「存在の瞬間」を、いかにして書くことの契機に反転することができるのかという問題が持続していたのではないかというのがわれわれの仮説である。この視点から『嘔吐』を短く読み直してみることにしよう。

ここで重要なのは、『嘔吐』が物語的時間の否定を大きな主題としていることである。なぜ物語を語ることができないのか、自分の出会ったことをひとつの経験として語ることができないのかと、ロカンタンは執拗に問いかけている。この人物は、冒険を経験したことがないという。揉め事、さまざまな事件、いざこざなどは自分の身にも起こったが、それでは冒険を経験したことにはならない。ロカンタンは「ある瞬間、自分の人生が稀有で貴重な性質をもつかもしれない、と思いこんでいた[11]」のだが、そのような瞬間は書物にあるだけで、自分の身には決して起こったことがないというのだ。ロカンタンにとって冒険とは、質的に異なった時間のなかにいると感じられる状態のことである。語りはじめれば、どんなに平凡な出来事でも冒険になるかもしれない。「もっとも平凡な出来事がひとつの出来事となるためには、それを〈語り〉はじめることが必要であり、それだけで十分である」(N, 64 ; 65)。しかしそれでは、特別な瞬間があったかのようにひとを騙すことにしかならないとロカンタンは感じている。

ひとは発端から話しだすように見えるが、実際には結末からはじめているのである。(…)結末が存在していて、すべてを変化させるのだ。(…)物語は反対の方向に進む。各瞬間は行き当たりばったりにたがいに積み重なることをやめ、各瞬間を引きよせる物語の結末に摑まえられる。そして今度は各瞬間が、それに先立つ瞬間を引きよせるのだ。(N, 65 ; 67)

ロカンタンはこのように、終わりによって意味をもつ物語の持続をひとつの詐術とみなしている。カーモードの指摘する、終わりによって意味を充塡された「カイロス」という時間のあり方を、ロカンタンは自分のものとすることができない。そのため、ド・ロルボン侯爵に関する歴史研究という、自らの取り組んでいる仕事もいつまでも終えることができずにいる。ロカンタンは、「経験の貧困」の時代の申し子なのだ。

日記体で、断章的に綴られるこの文章に、質的に異なる時間が導入されるきっかけは、海で拾った小石である。水切り遊びをしている子供たちにならって、ロカンタンも海へ小石を投げようとするが、違和感を感じて投げることができない。その違和感の正体が語られるのが、『嘔吐』終結部に近い箇所での、公園のベンチの下に張りだしたマロニエの樹の根を見つめる場面なのだが、この小石がヴァレリーへの言及となっている点に注意しよう。サルトルが直接言及しているのは、ヴァレリーの対話編『エウパリノス』(一九二一年)で、ソクラテスがかつて海辺で拾った小石の思い出を語っている場面である。(12) ソクラテスは海辺に打ち上げられた、白く、なめらかで、固い物体がいったい何であるのかわからないことに当惑する。「この奇妙な物体は生命の所産なのか、それとも芸術作品なのか、あるいは時の所産なのか自然の戯れなのか、わたしには見極めることができなかった……そこで、わたしはいきなりそれを海に投げ戻した」(13)。手にしているものが、何のために、どのように作られたのかわからない——このささやかな出来事が、『エウパリノス』では、自然が作りだすものと人間が制作するものとの区別をどのようにつけることができるのかという議論に発展する。日常世界で手に触れるものが、どこからやって来たのかわからないことがほつれ目となって、生活そのものの解体につながりそうな感触を増大させてゆく。サルトルは『嘔吐』で、このほつれ目が、やがて自分がどのような世界にいるのかまるで判らなくなる、嘔吐の感覚にまで拡張されるさまを描いた。マロニエの樹の根を見つめる場面に、ヴァレリーの「奇妙な眼差し」が関わっていることは、注目に値するだろう。

公園で腰掛けていたベンチの真下に、マロニエの樹の根が突き刺さっているのを見つめるロカンタンは、小石を海に投げようとして投げられなかった時の違和感が拡張され、いまや確かにそこにあるはずのものが、言葉によって分類し、位置づけ、記述できるものではなくなる過程に立ち会うことになる。ここでは冒険は、ラッパの合図音を響かせ、日々の倦怠を打ち破る何かが始まるようにしてではなく、自分の慣れ親しんでいた世界が、実際には自分には無縁の、不気味で、理解できない顔をしていることに気づく、認識の反転として描かれている。終わりに向けて展開される一連の出来事としてではなく、日常のどの瞬間にも自分を襲うかもしれない「存在の瞬間」として描かれるのだ。言葉を換えれば、冒険とは自分の身に何かが起こることではなく、安定した構図に収まっていた世界が、夢の中でのようにゆがんだ、見知らぬ、その中であがかなければならない状況へと変貌することである。日常を支えていた覚醒した意識が、いつの間にか眠りによる忘却に浸され、自分がなぜここにいるのかわからないという茫然自失と、身のまわりを極度の注意力を込めて見つめる明晰さが共存する状態におちいってゆく。

マロニエの樹の根に魅入られる瞬間を、通常は意識することさえせずに人間が備えている能力のいくつかが脱落してゆく過程としてサルトルは描いている。それはまず「言語脱落」(14)の過程である。「それが根であることを、私はもはや思い出せなかった。言葉は消え去り、言葉とともにものの意味も、その使い方も、その表面に人間が記したか細い符合もみな消え去った」(*N*, 181 : 208)。根を黒いと思っても、黒い、という言葉が「収縮し、驚くべき早さでその意味を失ってゆく」(*N*, 185 : 213)のをロカンタンは感じる。言葉で把握できなくなってゆく世界、それは事物が多様性を失い、分節できない塊となる世界である。「根、公園の鉄柵、ベンチ、芝生のまばらな芝草、そうしたものがすべて消え失せた。事物の多様性、その個性は単なる見かけ、単なるニスにすぎなかった。そのニスが溶け、怪物じみた、柔らかくて無秩序な塊が――剝きだしで、怖ろしいみだらな裸形の塊だけが残った」(*N*, 182 : 209)。小石を手にした時に感じた違和感には、現実から言葉が次々に剝落してゆく「言語脱落」の萌芽がふくまれていたのである。

この場面は時間感覚の脱落としても描かれている。ロカンタンは「あの魅入られていた状態はどれほど続いたのか」と自問し、「時の流れは止まっていた」(*N*, 187 : 215)と考える。ヴァレリーがロンドン橋の上で、「限界はあるが尺度はない」時間のあいだ、「物のうえにもはや略号はなく、ほとんど名前もない」状態にとどまっていたように、ロカンタンは事物から名前が脱落する瞬間に不意を襲われてから、あたりの光景が元のままに見える状態に戻るまで、時の感覚を失っている。テクストのどこにも夢や眠りという言葉は書かれていない。しかし、次の一節は、ロカンタンが注意力を凝らしながら、夢の形成力に身を委ねる状態にあることをはっきりと示している。「私はマロニエの樹の根だった。より正確に言えば、私の全体が樹の根の実存という意識になっていた。とはいえ、その意識から解放されてはいたが――なぜなら私はそのことを意識していたから――それでも樹の根であるという意識のなかに埋没し、それ以外の何ものでもなくなっていた」(*N*, 187; 215)。樹の根に変身しかかっている意識と、全体の状況に対する意識がこのように混在する以上、ロカンタンはここで、目覚めたまま夢見る状態におちいっている。それは計測できる時間としてはどれほど短いものだったとしても、再び日常感覚が戻ってくるまでは、どこまでも引き伸ばされてゆく時間である。

　最後に、存在理由の喪失がある。目の前にある、分節不可能となった実存の塊に、ロカンタンはどのような必然性も見出すことができない。自分もふくめ、その場にある理由などないのだ。「本質的なこと、それは偶然性である。つまり定義上、実存は必然性ではない。実存するとは、ただ単にそこにあるということである。実存するものは出現し、偶然の出会いに身を委ねるが、それらのものが実存すると結論づけることは決してできない」(*N*, 187; 215)。ヴァレリー、プルースト、ブルトンもまた、「存在の瞬間」における偶然という要因を重要視していたが、日常的な認識の崩壊のなかから、別の秩序にしたがって事象が配置しなおされる、生成する感覚がそこにはあった。サルトルは、名前によって分類され、安定した構図に収まった世界が解体されてゆく動きだけをひたすら追跡する。「存在の瞬間」をあくまでその場にあることの無償性、偶然性、意味の欠如を深く感じる状態として捉え、何かが現れつつあるという生成感覚と結びつけることがないのだ。「存在の瞬間」のもつ解体のベクトルが、生成の感覚と結びつかないとき、眠りと覚醒の敷居はひとを疎外する恐るべき異界への入口となることを、サルトルほど徹底して示した作家はいないだろう。

ロカンタンが出会った「存在の瞬間」、彼が「不条理」と呼ぶ瞬間の記述のうちに、別の秩序にむけて事象が配置しなおされる萌芽がまったく欠けているわけではない。だが、マロニエの樹の根の変容は、ことごとく中座し、偶然性の空虚というブラックホールにのみこまれてしまう。「私は言葉がないまま、事物について、事物とともに考えていた。不条理、それは私の頭のなかの一個の概念でも、声のなかのひとつの呼気でもなかった。それは私の足下にあった、死んだ長い蛇、あの木の蛇だった」(*N*, 184; 211)。バシュラールが指摘するように、サルトルは根とともに生成する感覚を語らない(15)。長い蛇となった樹の根とともにうねりながら大地の奥に入っていこうとはしない。ヴァレリーの「樹についての対話」のように、話し手が空に枝の手を伸ばし、幾千もの緑色の唇を開き、空に伸びて行けば行くほど、地面の泥のなかに根を深く広げてゆく、一本の樹そのものとなってゆくような変身の感覚を(16)、終わりから逆算して作られる物語とおなじほど唾棄すべきものと考えているかのようだ。「「これは樹の根だ」と繰り返しても無駄だった。その手はもはや効かなかった。私は吸い上げポンプに似た根の機能から、あれに、アザラシのように硬くて目の詰まった皮膚に、油ぎって、胼胝《たこ》のできた頑固なあの姿に移行することは不可能だということがよくわかった」(*N*, 185; 212)。サルトルの「存在の瞬間」は、解体を前面に押しだして、世界全体が分節不可能な、不気味な塊となる方向を強調していて、言葉の端々に事物とともに変容する感覚があらわれかけているものの、その動きはことごとく否定されることになる。

ロカンタンが、世界の新たな配置を見出していくのは、「存在の瞬間」そのもののうちにおいてではなく、その崩壊感覚から全力で逃れ去ろうとする努力においてである。それを象徴するのが、「サム・オブ・ジーズ・デイズ」というジャズの曲である。

私には、見かけは無秩序な自分の生活の根底にあるものがはっきりわかる。関連がないように思われたすべての試みの根底に私が見出すのは、自分の外に実存を追いだしたいという同じ欲望である。瞬間から実存のべとべとした感じをきれいになくし、瞬間をねじりあげ、水気を取り除きたいという欲望。自分を純化し、硬化し、最後にサクソフォーンの調べの澄んで正確な音を出したいという欲望。(N, 246 ; 286)

存在するものは、終わりも始まりもない時間のなかで、「過去も、未来ももたないまま、現在から他の現在へと落ちて」いき、レコードの音でさえ、擦りきれ、日ごとに変質していく。しかし「メロディーは若々しく確固としたまま、情け容赦ない証人のように、同じままでありつづける」(N, 247 ; 287)。どの瞬間においても、ものの見分けがつかなくなる「実存」に落ちこむ可能性はあるが、時間のなかで摩耗しないジャズのメロディーのような何かを作ろうと試みることはできるだろう。サルトルはここで、言葉、時間、必然性が脱落してゆくことで関係が解体されてゆく瞬間と、その瞬間の脅威につねにさらされながら、それでもその瞬間にのみこまれまいとする二つのベクトルが、日々の生活の根底にあることを明らかにしているかに見える。

しかし、そのやり方では、次に恐るべき「存在の瞬間」にのみこまれたとき、日常に戻ってこられる保証はまるでないということにもなるだろう。これまで見てきた作家たちのように、「存在の瞬間」

そのもののうちに、生成する感覚を感じ取ることができなければ、やがて恐ろしい実存の塊に打ちのめされる日が来るのではないか。マロニエの樹の根を見つめる場面そのもののうちに、別の形に配置された世界形成の契機がなければ、どのような試みも嘔吐の瞬間に虚しくなるということにならないだろうか。こうして『家の馬鹿息子』における「内面における全体化」という考え方は、世界の空虚さが解体だけでなく、イメージという形で新しい関係構築の契機をはらんでいることを打ちだしている点で、『嘔吐』とは異なった世界観を語っていることが理解される。

フロベールが細密画のような描写に没頭できたのは、この作家が「壮麗な空虚」と化した世界そのもののうちに生きることを選び、自分の人生を終わらせることで「全体化」を得ることができたからだ、というのがサルトルの主張だった。この反転は、「受動的活動性」という、自分のものではない言葉たちに身をまかせ、それが決して自分のものとはならないという麻痺状態の果てに現れる。人格が崩壊するぎりぎりの縁まで追いつめられることで、新たな何かが生成する契機を見出してゆくのだ。その麻痺状態を単純にマロニエの樹の根に魅入られた状態と重ねることはできないだろう。しかし、「内面における全体化」は、世界の解体そのもののうちに、新しい秩序構成の契機があるとみなす点で、サルトルが『嘔吐』とは違う境地に達していることを示している。

『嘔吐』から『家の馬鹿息子』に至る過程で、サルトルは日常の崩壊してゆくプロセスをどこまでも追究し、それ以上解体されることがない地点から、どのような反転が起こるのかを突きとめようとしたのではないだろうか。その歩みそのものが、『嘔吐』の示す徹底的な破壊の脅威を示しているのではないか。解体の果てに、どのような態度で世界に立ちむかうことを決意するのか、その決意をサルトルは『存在と無』では「根源的選択」と呼んでいる。「この根源的な選択は、世界に面しておこなわれるものであり、世界のなかにおける身構えの選択であるから、コンプレックスと同様、全体的である」[17]。精神分析でいうコンプレックス同様、論理以前にあらゆる事態への対処の仕方を決定してしまうこの「根源的選択」を、サルトルは、『家の馬鹿息子』だけでなく、ボードレール論、ジュネ論、自伝である『言葉』でも追究している。解体の過程の記述が大きな位置を占めているものの、それらは崩壊のプロセスの果てにどこで反転が起こるのかを見極めようとする探究である。「根源的選択」も、「内面における全体化」も、「存在の瞬間」の破壊的側面のいったいどこから、新たな関係性構築の契機が生じるのか、サルトルが懸命に探していることを示しているように思われる。

『嘔吐』が示すように、サルトルは解体される瞬間に魅入られていた。しかし、崩壊の過程を重視しようと、生成の過程を重視しようと、事実として動かしがたく見える世界が解体され、そこから何かが萌してくるという二つの力線が「存在の瞬間」を構成していることは間違いない。サルトルがそのイメージ論で、現実の腐蝕を、可視のもののうちに存在しないものを見るために不可欠の過程とみなしていたことを思い出そう。サルトルは、解体と生成という二つの方向を、同時に考えることに抵抗があったのかもしれない。だからこそ、「存在の瞬間」にふくまれる終わりの感覚をここまで鮮やかに剔出できたのかもしれない。

第五章

ロラン・バルトの〈中性〉の詩学

二十世紀後半に活躍した批評家ロラン・バルトほど、夢の価値を否定しつづけた作家もめずらしい。バルトは常々、夢見ること、さらには夢を物語ることから、明確な距離を取ろうとした。『彼自身によるロラン・バルト』には、次のように記している。「夢見ることは(良い夢でも悪い夢でも)味気ない(夢の話ほど退屈なものがあるだろうか!)[1]」——夢のように、すっかり心奪われる没頭状態から身を引き離し、冷静な距離を取って眺めることがバルトの基本的な姿勢なのである。

その一方で、とりわけ『テクストの快楽』以降、バルトは幻想《ファンタスム》の重要性を前面に押しだすようになる。幻想とは、バルトによれば、夢の性質をおびた〈幻覚〉という側面はあるものの、夢のような没入は求めず、覚醒した意識と共存できる点に特徴がある。「幻想が私の気に入っているのは、それが現実(私が現にいる場所という現実)の意識と同時に生起しつづけるからだ」(*RR*, *Œ*IV, 665)。それでいて幻想には、空想とは異なり、「さまざまな力、差異」を生みだし、「ペンも紙もなしに、エクリチュールの始まり」(*RR*, *Œ*IV, 665)を編みだす力が備わっている。

要するに、覚醒した意識に根源的な変化をもたらし、生きることから書くことへ、知覚することから形成することへ注意力を転換する力が幻想にはあると、この批評家は考えていた。バルトが夢に興味を示したとすれば、それは夢の思い出や物語をいかにして語るかという視点からではなく、覚醒しているいま、この幻想という夢にどこまで身をゆだねることができるかという視点からである。本書がここまでたどってきた、注意力を凝らしたまま眠りの忘却に沈んでゆく状態に、ロラン・バルトもその意味では魅入られ、目覚めたまま見る夢をさまざまな角度から探究した。この問題がバルトにとっていかに重要だったかは、一九七六年からのコレージュ・ド・フランス講義冒頭で、毎年講義での探究をひとつの幻想を基盤として行うと宣言している点に端的にあらわれている(C, 34)。最初の講義『いかにしてともに生きるか』で、バルトは幻想のうちに「教養の起源」(C, 34)となる力を認めている。バルトの言う「教養」には、積みあげてゆくことで豊かになってゆく知識という意味はまったくない。むしろそれは「方法」に対立するものであり、論理的、合理的な思考のあり方の対極にある精神の営みである。端的に言えば、「教養」とは「思考が被った暴力」(C, 33)にほかならない。それは思いがけない展開に茫然とすることであり、その自失状態のなかで何が起こっているのかを必死に摑もうとする思考のあり方である。幻想は「考える人のあらゆる無意識を活動させる一つの訓練」であるために、「教養の起源」となる、というのである(C, 33-34)(2)。

バルトが晩年にコレージュ・ド・フランスで行った講義は、このように目覚めたまま見る夢の主題を前面に押しだしている。意識が覚醒すればするほど、それだけ深く眠りに落ちてゆくような矛盾にみちた場所がどこにあるのかを、バルトは追究した。「ともに生きること」、「〈中性〉」、「小説の準備(小説を実際に書くことではなく)」――一九七六年からバルトが亡くなる一九八〇年まで、実際の講義で取りあげられたこれらの幻想をめぐって、バルトは多彩な変奏を奏でてみせる。そのなかでも〈中性〉講義は、バルトの言う幻想が、どれほど覚醒した意識と夢の働きに身を委ねた意識を同時に作動させるかを分析している点で、コレージュ・ド・フランス講義の中でも独自の位置を占めている。

バルトは〈中性〉講義で、夢を見ているわけでも目覚めているわけでもない半覚半醒のまどろみにどれほど多様な顔があるのか、この批評家以前には考えられることさえなかったさまざまな主題（バルトの言葉では「フィギュール」——思考の取るさまざまな姿勢）と結びつけてみせる。疲労、沈黙、繊細さ、形容詞、怒り、応答、儀式、闘争、眺望《パノラマ》、適切《カイロス》……。注意力を張りつめたまま、眠りの忘却に浸されてゆく思考のあり方が、これほど多彩な角度から扱われたことはないだろう。それだけでなく、〈中性〉講義は、遺作となった写真論『明るい部屋』に、独特の照明をあたえてくれる本でもある。写真というイメージは、それが胸を突く何かをもっているとき、隅々にまで注意力を凝らしているのに、そのまま夢の形成力が解放される場に変容する——〈中性〉講義からはこのような『明るい部屋』の読み方が見えてくる。『明るい部屋』は、サルトルの『想像力の問題』に捧げられていて、前章で見たこの哲学者のイメージ論をさらに展開した作品という側面ももっている。

　ここではバルトの〈中性〉が、どのような点で目覚めたまま見る夢の探究と関わっているのかを考え、そこで提示される「過剰に働く自然なもの」という考え方が、『明るい部屋』のイメージ論と結びついていることを検討し、この批評家のあまりにも有名な写真論において、目覚めたまま見る夢が大きな役割を果たしていることを見ていきたい。

I　「白い目覚め」

まだ記憶が戻らない目覚めの瞬間に、ロラン・バルトは魅了されていた。それはヴァレリーやプルーストが繰り返し描いた瞬間でもあり、実際〈中性〉講義にはこの二人への言及が数多く見出される。バルトがいかにまどろみの状態に惹かれていたかは、〈中性〉講義の最初に引用されるテクストに典型的にあらわれている。

この講義冒頭、バルトは〈中性〉講義全体への題辞として三つのテクストを何の注釈もせずに読みあげているが、そこに目覚めたまま見る夢が、バルトの言う〈中性〉を読み解くための重要な鍵として描かれている。(3) とりわけトルストイの『戦争と平和』で、アウステルリッツの戦いの最中、アンドレイ公爵がフランス軍の攻撃によって負傷し、気絶する場面、さらに本書の序章でも引用したジャン゠ジャック・ルソー『孤独な散歩者の夢想』「第二の散歩」で語られる、大型犬に激突され、気を失ってから目覚めるまでの場面に、そのことがはっきりあらわれている。この二つに共通しているのは、激しい衝突の後、自分がどこにいるのかわからなくなること、いま初めて自分を取りまいている世界のうちに生まれつつあるような感覚があることとである。ロラン・バルトによるトルストイの引用を見てみよう。

「どうしたんだろう？　ぼくは倒れるのだろうか？　足がふらついている」と彼は考え、それからあおむけに倒れてしまった。彼は、フランス軍と砲兵たちとの争いがどうなったのかを見たいと願い、赤毛の砲兵は殺されたのかどうか、砲台は奪取されたのかどうかを知りたくてうずうずして、目を開けた。しかし、もはや何も見えなかった。彼の上には空——曇っているが、とても高く、はかりしれないほど高く、そのおもてを灰色の雲がゆっくりと漂っている空しかなかった。

「なんて静かで、安らかで、荘厳なんだろう！」と彼は思った。「(…)そう、この無限の空以外はすべては空《くう》だ、すべてが偽りだ。この空以外にはなんにもないのだ、絶対になにもない……。おそらくそれさえ幻かもしれない、おそらく何もないのだ、沈黙と休息をのぞけば。ありがたいことだ！……」(N, 29)

これまで読んできたさまざまなテクストを考えれば、アンドレイ公爵の目を通して描かれる世界に、夢の形成力が働いていることは明らかだろう。深い傷を負って気を失いつつあるアンドレイ公爵の眼に映る世界は、「静かで、安らかで、荘厳な」世界である。それは戦場の叫びと響きから遠く離れたある穏やかな世界を見つめようとする意志と、その眼差しの前にあらわれる世界とのあいだの相互作用のうちに生みだされる世界だ。アンドレイ公爵自身は覚醒しているつもりだが、砲弾の行き交う現実からは遠い、夢の働きがつくりだす幻想のうちにいる。体の痛みも感じていない。眼差しの強度が、見つめられる世界のあり方を組みかえ、アウステルリッツの戦いという固有名詞で呼ばれるものとは別の形に配置された世界の、安らかな、荘厳な姿を捉えているのである。これは夢そのものではない。だが、見つめようとする意志と、見つめられる世界が深く浸透し合う夢幻的イメージが確かにそこに認められる。この世の一切がむなしく感じられるほど、高く静かな空があるだけだ。激しい衝撃によって気を失う寸前、アンドレイ公爵の眼差しの前に現出したそんなアウラ的知覚の萌芽を、バルトは〈中性〉のひとつの現れとみなしている。

この「白い目覚め(4)、中性の目覚め」(N, 67)において、ひとが完全に夢にのみこまれているわけではないことをバルト自身が強調している。むしろ意識は深く覚醒していて、目に映るものが外部世界であることをすみずみまで感じとっている。覚醒時のさなか、事物が夢想の距離のうちにあらわれながら、夢の中でのような没入を求めない――これこそバルトが〈中性〉講義で追究している主題である。

II 〈中性〉

バルトはそもそも〈中性〉をどのように定義しているのだろうか。「私は〈中性〉を、範列《パラディグム》の裏をかくものと定義する」(*N*, 31)。これだけではあまりに抽象的なので、バルトの意図を読み解いてみよう。

範列とは、バルトによれば、主体を二者択一の罠にかけるもので、そのいずれかを選択することで、意味のある言説を語っていると主体に錯覚させる装置である。「範列とは何か? それは潜在的な二項対立であり、私は話すために、意味を産みだすために、そのうち一方を現働化する」(*N*, 31)。分節化されていない、混沌とした状態のうちに対立する二つの系列を見出し、そのいずれかを強調することで意味は作りだされるというのである。『エクリチュールのゼロ度』という最初の本の題名が端的に示しているように、バルトが批評という行為において重視したのは、この意味発生の装置からいかにして距離を取ることができるかという問題だった。対立する二項のいずれでもない「ゼロ度」に、ひとは容易に到達できないだろう。言葉は基本的に何かを意味していて、そこに意味がある以上、二項対立のいずれかに加担するという選択がすでになされているからである。

いったいどうすれば善と悪、真実と虚偽、覚醒と睡眠のような、暗黙のうちに選択を迫る範列の裏をかくことができるのか。バルトは、潜在的な二項対立のいずれにも加担しないのではなく、むしろいずれにも積極的に加担することで、日常生活では考えられない矛盾した状態を実現しようとする。両者に同時に深く関わることで、いずれか一方を選択するという態度そのものを無効にするというのがバルトの選んだ戦略である。二項対立のいずれかを選ぶことで、バルトの表現によれば、ひとは「傲慢」にも一個の主体となる。それに対して、バルトの言う〈中性〉は、範列のいずれでもあるような曖昧な境位に積極的に身をさらすことで、主体が解体されることを選ぶ姿勢を意味している。

しかし、眠りと覚醒のように、根本的に相容れない状態に同時に深く関わることがどのようにして可能となるのか。バルトによれば、これは問いの立て方が間違っているのであり、共存不可能にみえるものが同時に可能となる場所を見出すことが問題なのだ。「幻想《ファンタスム》」と彼の呼ぶものが、まさしくその場所である。つまり〈中性〉は、現実にはありえない、二者択一のない世界を思いえがく想像力の強度によって初めて出現するものである。想像力と言っても、主観性の外部と接点を欠いているわけではない。それどころか、バルトの幻想は、積極的に他者と共有されることを求めている。サルトルが指摘した、フロベールの「受動的活動性」のように、幻想は思考が解体される暴力に身をさらす態度を基本としている。解体を受け入れ、人称性を一時失うことは、主観性の外に広がる世界に積極的に向かおうとする姿勢である。その果てに、新たに世界を配置しなおそうとする力が渦巻いているとバルトは考えている。サルトルの言葉を使えば、死者としてこの世界を見つめ、あらゆる出来事を空虚なものとして眺めることと、そこに新たに現れようとしている世界が、その細部にいたるまで壮麗な空虚さを輝かせているのを見ることとは、「幻想」においては矛盾しない。

通常は共存可能と考えられないものが同時に存在する〈中性〉は、バルトが批評活動の始めから「エクリチュール」と呼んできたある特別な経験の中核に位置している。とりわけ七〇年代に入ってから、バルトは繰り返し、エクリチュールが倒錯した行為、すでに存在する言説に身を置くことで、主体が自らの解体を経験する行為だと述べている。自分のものではない言葉に身をまかせ、麻痺したようにそれを自分のものとできないまま服従する態度は、「受動的活動性」そのものである。バルトはそこに、言語活動を転覆する爆発的な力を認めていた。自分自身の言語活動を、主体の表現に結びつけず、言語活動の無限そのものの中に置くことは、「秩序転覆的な文学」、バルトによれば「エクリチュール」の本質的な身振りである。それは「つねにある種の倒錯、つまりページ上でじかに主体を揺るがし、主体を溶解させ、主体を分散させることをめざす実践である」(5)。エクリチュールは、主体の一貫性を侵害する行為であり、終わりのない言語活動の中に自己を解体しようとする倒錯した行為だというのである。

それゆえ〈中性〉の実践は、消極的・受動的なものでなく、自己の解体を積極的に受け入れる激しい経験であり得る。「私にとって〈中性〉は、灰色のくすみ、「生彩の欠如」、冷淡さの「印象」とは関係ない。〈中性〉というもの——私にとっての〈中性〉——は、強烈で、激しく、途方もない諸状態と関係することもある」(N, 32)。アンドレイ公爵が気絶する直前の場面でも、ルソーが大型犬との衝突から目覚める場面でも、肉体は大きな打撃を受けているはずなのに、痛みを感じず、ひたすら静けさ、安らぎ、世界との深い一体感を感じている——これが〈中性〉という幻想のうちにバルトが見出したものである。これを批評のアレゴリーとして読むなら、それまで一定方向に意味づけられ、強要されていることとすら忘れて従っていたシステムの網目の中に落ちこんで、言語活動の無限のうちに自己が溶解し、どこに運ばれてゆくのかわからない流れの中に拡散するのを受け入れる行為こそ、批評の営みということになる。その時ひとは、それがページ上の出来事に過ぎないことを意識している点で覚醒しているが、そこに生起する出来事のなすがままに主体が解体され、変容することを受け入れている点で夢を見ている。バルトの幻想をこの意味で、目覚めたまま見る夢と呼ぶことができるだろう。

バルトは〈中性〉を、二つの身体のあいだの移行という視点からも記述している。覚醒した意識のうちに、幻想へとむかう意識がめばえるとき、日常生活を生きる「心配事にみちた身体(《人生》(…)を気遣う身体)」から、「不滅の身体(あるいは死に近い身体)」にむかう「一種の手探りのようなもの」が生じる(N, 67)というのである。「不滅の身体」は、バルトによれば、たとえそれが幻想に過ぎなかったとしても、エクリチュールのなかで、日常とは異なる生を生きるために不可欠な身体のあり方である。偶然に左右される日常生活から、時間を超越した世界に移行するためには、肉体的な条件そのものが変化する必要があるのだ。それは主体の一貫性をもはや持たない「死に近い身体」かもしれない。しかし「不滅の身体」という幻想を通して、初めて物質的条件によって規定される生活から、その拘束を免れた別の世界の安らぎ、静けさに達する可能性が見えてくる。

ここで驚くべきことは、バルトがこの二つの身体のあいだに根源的な断絶を認めていないことである。覚醒した意識そのものが解体される限界体験は、バルトから見れば、何か別の存在になるような、日常と切り離された体験なのではなく、日常の感覚を限りなく増幅した、自然にみえるものの過剰さから生じるというのである。ここにバルトの記述する目覚めたまま見る夢の最大の特徴があるように思われる。

III 「陶酔の記述」——「過剰に働く自然なもの」

自然に思えるものをどこまでも増大させてゆくと、「心配事にみちた身体」から「不滅の身体」への移行が可能となる——〈中性〉講義でバルトはこのような主張を展開するのだが、これは驚くべき主張ではないだろうか。通常、日常を超越した世界に接近する限界体験を記述しようとすれば、日常感覚からの断絶が問題となり、言葉の無力さ、意識の中断などが語られることが予想されるのではないか。ところがバルトは、ありふれたものが過剰に働くことによって、限界体験への移行を果たすことができるというのである。バルトはこの考えを、「過剰に働く自然なもの」(6) le naturel excessif という視点から「陶酔を記述」(*N*, 133)したボードレールから得ている。バルトによるボードレール『人工楽園』の読解を短くたどってみよう。

ボードレールは陶酔を記述するため、まず日常生活に「ありふれた日常生活の重い暗闇」と「精神と感覚との例外的な状態」という二つの次元を区別する(*PA*, 401)。稀なものであり、束の間のものでもある後者の例外的状態において、ひとは特別な朝、「白い目覚め」を経験する。「ひとが若く生命力あふれる天才をもって目覚める日々がある。瞼《まぶた》がそれを封印していた眠りから解き放たれるやいなや、外の世界は力強い立体感、輪郭の明瞭さ、感嘆すべき色彩の豊かさをもって、彼の前に立ち現れる」(*PA*, 401)。ところがこの驚異的な朝は、意識によって思うがままに発生させることができない。ひとたびその状態に陥ったひとは、深い覚醒状態に取り憑かれたようになるものの、再びその状態とめぐりあうためにどうすれば良いのかがわからないことに途方に暮れる。「それは幽霊と同じように、思いがけず現れる」(*PA*, 402)だけなのだ。ボードレールはそのため人工的手段に手を染めて、「無限への感覚の堕落」に突きすすむ人間がいることを指摘する(*PA*, 403)。『人工楽園』は、全体としてみれば、麻薬がどれほど人間を苦しめるか、意志の力で手に入らないものを人工的に再現しようとする試みがどれほど人間を堕落させるかを強調する本となっている。しかし、「無限への感覚」に無関心でいられるひとがいるだろうか。必然的に「堕落」をもたらし、精神を荒廃させる運命はあくまでもページ上の出来事としつつ、人工的な陶酔状態がどのようなものなのか、一瞬垣間見たいと願わないひとがいるだろうか。

実際、われわれは考えずにはいられない、と詩人は記す。「何を感じるのだろうか。何が見えるのか。さだめし驚異的なものなのだろうね。常ならぬ光景なのでは。ずいぶん美しいのだろうか。ずいぶん怖ろしいのでは。――こうしたところが、不安のまざった好奇心をもって、無知な人々がこの道に通じた人々に差しむける普通の質問である」(*PA*, 408)。ここでボードレールの驚くべき知見としてバルトが注目するのが、人工的な陶酔がその人を何ひとつ変えないという観察なのである。陶酔の向こうにあるものは、未知の驚異的な世界ではなく、普段からよく知っているはずの自己の精神と感覚が無限に増大したものにほかならない。

バルトが『人工楽園』のうちに読みとったのは、自然に思えるものを過剰なまでに押し進めたものが、陶酔状態の核心をなしているという考え方である。「無限への感覚の堕落」の手前、意識が眠りの闇にのみこまれたり、夢への没入に変質したりせず、明晰さを保ちながら、それでも自然さが過剰になるとき、普段とは異なった状態に接近することが可能になるというのである。感覚が研ぎ澄まされた果てにあらわれる幻覚に、想像不可能な超自然のものなど何もない。酔いは確かに、「それが持続するあいだじゅう、色彩の強烈さと発想の迅速さのおかげで、一個の果てしない夢にほかならないだろう」。しかし「その酔いは、当の個人に特有の調性をつねにおびているだろう」(*PA*, 409)。そこには生の超自然的側面を表象する「象形文字的」夢(*PA*, 408)に似たところなどまるでないだろう、と詩人は述べる。

「増大」majoration(*N*, 136)こそ、陶酔の特性である——バルトはこの考え方から〈中性〉、さらには目覚めたまま見る夢について、独自の視点を展開している。「H(ハシッシュ)に関するボードレールの重要な考えは、それが個人(意識)を変えず、別人にせず、(通説とは反対に)人を変えずに、それを増幅させ、誇張し、過剰に進展させるというものである」(*N*, 136)。超自然ではなく、「過剰に働く自然なもの」(*PA*, 409)。この視点は、意識が覚醒したまま夢見る状態に接近するとき、何が起こるのかという疑問に解明の光をあたえてくれる。「精神と感覚との例外的な状態」としての陶酔は、その人を別人にするような、未知の世界との接触ではなく、ただその人固有の性質を限りなく増大させたものにほかならない。夢の働きによって、見つめる対象と混じり合い、その対象となりかわるような錯覚を抱いたとしても、そこで起こるのは超自然の出来事ではなく、「過剰に働く自然なもの」なのだ。

時には人格が消滅し、汎神論的な詩人たちに固有の客観性があなたのうちにひどく発展するのだが、その発展があまりに異常であるため、外部の物象《オブジェ》たちを凝視しているうちに、あなたは自分自身が実存することを忘れ、やがてそれらのものと混じりあってしまうほどである。あなたの眼が、風によってたわめられた、調和ある形の樹木のうえに停止したとしよう。数秒後には、詩人の脳髄のなかでは一個のごく自然な比喩に過ぎないようなものが、あなたの脳髄のなかで一個の現実となるだろう。あなたは樹木にまずあなたの情念、あなたの欲望もしくはあなたの憂愁を貸し与える。樹木の呻きや揺れ動きがあなたのものとなり、やがてあなたが樹木となる。(PA, 419–420)

〈中性〉は、覚醒した意識を夢への没入に変えはしない。だが、すみずみまで明晰さをたもっていると錯覚しているその意識に、自分が見つめている対象との相互関係のなかで変身する力をあたえるかもしれない。ここで言う意識は「自分自身を知っている心理的単位としての自我の、輝かしい、知的専有物」(N, 133)ではなく、それとは対極の「それ自体ひとつの麻薬」であるような意識、制御できなくなった情動性、感受性を上演しはじめる「過剰な意識」hyperconscience に変質した意識である。(7) 意識にとって自然なものを限りなく過剰にしてゆくことで、能動性と受動性、見つめることと見つめられることの対立関係が相互に置き換え可能となるような、ある特別な関係が主体と世界とのあいだに結ばれる状態に到達可能である——このようなバルトの読みを、一個の幻想の記述として読むことも可能である。ただし、バルトにとって幻想は、エクリチュールの核心にある、主体を転覆する力であることを思い出そう。「自分がそうであるこの同一の者を、どこまでも深めていくこと」、すると自己は一個の他者となり、考えられないものになりかわることがある。「あまりに深く自分自身であるために、他者になること」(*N*, 138)。どこまでも同一のものであるように見える意識の裏をかき、他者の眼差しを自分のものとすること――つまりバルトは、意識をどこまでも覚醒させていけば、やがて覚醒とは反対の夢幻的性質がそこにあらわれると指摘するのだ。問題は、そのような過剰な増大がどうすれば可能となるのかということだろう。

ここで、ボードレールが陶酔の記述のなかで、調和と静けさの印象ばかりでなく、憂愁と呻き声についても語っていることが注意を引く。陶酔は、苦痛と相関する何ものかなのである。「時おり身を噛むような思い出がこの幸福をよぎって、それを損ないもする」(*PA*, 435)。『人工楽園』のもととなったド・クインシーの『阿片常用者の告白』によれば、麻薬に頼ったのは歯の激痛を鎮めるためであった。ド・クインシーが陶酔を求めたのは、激痛から逃れようとしたためである。個人を変えないまま、思考のあり方をすっかり変化させる「過剰に働く自然なもの」は、苦痛に深く根ざしている。バルトはこの点をめぐって、「想像界とは、突発的に、鞭打ちによって衝撃をあたえるあの表象のエネルギー」(*N*, 143)であり、苦痛の発作と深い相関関係にあると指摘している。ド・クインシーからボードレールを経てバルトにまで受け継がれる「陶酔の記述」の背景には、手に負えない苦痛の力に対する意識がある。苦痛は、モンテーニュとルソーにおいては、偶然の事故によって生じたものだが、「経験の貧困」へとむかってゆく流れのなかでは、より根源的な、存在することと切り離しがたいものと捉えなおされている。
この視点から見れば、バルトの〈中性〉講義で語られる、一見消極的・受動的にみえる項目――「沈黙」、「疲労」、「眠り」、「隠遁」等――は、実際には激越な感情をはらんでいる。〈中性〉講義を始める一九七八年二月の直前、七七年十月二十五日にバルトは母親を亡くしている。バルトはその前に〈中性〉講義の準備を終えていたが、それでも母親の死と「陶酔の記述」をめぐる独特の分析を切り離して考えることはできない。アンドレイ公爵の見上げる空、ルソーの見る夜空にみちていた安らぎも、その場では語られない苦痛と深く結びついているように思える。個別の人間として感じる癒しようのない苦痛と、眠りと覚醒の境界に広がる生成感覚を結びつけて描く書法は、多様なヴァリエーションを生みだす文学のひとつの型にまで高まっているのだ。幻想のもたらす鎮静効果を、バルトは講義のなかで「アルキュオネの静けさ」(*N*, 210)と呼んでいる。アルキュオネは海に住むという伝説の鳥であり、海上に作る巣で卵を抱く冬至の頃、海上の波風がしずまるといわれている。ド・クインシーが、リヴァプールと海のあいだのエジャートンの丘で、阿片の影響下で見た幻覚をバルトは次の形で引用している。

リヴァプールの街は、さまざまな悲しみをいだき、最後方に遠のいた墓がある大地を描きだしていたが、とにかくそれはつねに見える範囲にあり、記憶の限界のなかにあった。大洋は、永遠に、やさしく揺れつづけ、その上に静か(ヽ)な(ヽ)ア(ヽ)ル(ヽ)キ(ヽ)ュ(ヽ)オ(ヽ)ネ(ヽ)が飛んでいたが、それはかなり正確に知性というものを、さらにはその時の海自体のしずかな揺れ方を表していたのかもしれない。実際、自分が初めて人生の騒がしいうなり声から切り離されて、遠く離れ、興奮、戦闘、喧噪が中断され、休戦状態が心に、それが密かに抱えた重荷を緩和することを保証しているように、私には思われた。それは休息の祭り《サバト》であり、人間的な疲労の軽減だった。(N, 209)

都会と海を一望のもとに見渡すこの「パノラマ」的眼差しを、バルトは〈中性〉のひとつのあり方として挙げている。「あらゆる苦痛のうえにあるあのアルキュオネの静けさ」(N, 209)は、ここでは全体を見ようとせず、細部に沈潜してゆく分析的知性とは対極的な「パノラマ的知性」(N, 209)の象徴となっている。パノラマ的知性は、「細部/全体という矛盾を解消し、消滅させる」(N, 209)。細部に深く入り込んでゆくことと、全体を見渡すことがそこでは矛盾しない。苦痛を鎮めるアルキュオネの静けさは、「無気力の結果のように見えるどころか、激しい敵対関係の効果、限界のない活力、限界のない休息のように思われた」(N, 209)。このアルキュオネの静けさは、サルトルの語る受動的活動性にも通じているが、より直接的には、『明るい部屋』の読解に重要なヒントをあたえてくれる。このあまりに有名な写真論で、バルトは写真のなかにあって自分を惹きつけるものをプンクトゥムと呼び、それを最初眼に見える細部のうちに探し求める。やがて細部ではなく、写真というものそのものの特性、かつて存在した時間の痕跡そのものであるという特性が、自分をこれほどまでに魅了するのだということに気づいてゆく。

苦痛と安らぎ、細部と全体、激しい対立関係と限界のない休息、そして何より夢と覚醒が交換可能となる〈中性〉という状態は、バルトのイメージ論の核心にあるのではないだろうか。最後にこの点に触れてみたい。

Ⅳ 「雰囲気」と目覚めたまま見る夢

サルトルにとって、イメージとは不在のものを志向するひとつの意識の姿勢だった。その姿勢が、シャルル八世の絵のように可視のものを通して追究されるとき、それは知覚された現実を否定し、その場にないものに向かうという姿勢となった。注意力を凝らして見つめながら、眼に映るもののなかにはない非現実の世界を形成しようとする、明晰な意識と夢の形成力の入り混じった状態となるのだ。サルトル自身は『想像力の問題』において、このイメージ形成の過程に夢の働きを認めなかったが、非在の境に向かう姿勢に「目覚めたまま見る夢」というモチーフがあることは『家の馬鹿息子』で顕在化した。この事実は、その後のイメージ論の展開を考えるうえで示唆的である。イメージを不在との関係で定義する姿勢は大きな影響をあたえたが、そこに覚醒と眠りの共存というテーマがふくまれていることが、百花繚乱のイメージ論を読み解くひとつの鍵をあたえてくれるのだ。

そのことをもっとも典型的に示しているのが、ロラン・バルトの『明るい部屋』である。無関心にしか見ることができなかったものが、ある時情念の渦巻きを引き起こすという体験――これは『明るい部屋』における「温室の写真」の体験でもあった。『明るい部屋』では、〈中性〉という言葉自体は、〈中性〉講義でのように有意味な、アクセントをつけた言葉として用いられていない。しかし、遺品を片づけていて、母親の五歳時の写真を見た際に、大きな変化が起こったと語るとき、バルトが『人工楽園』について語ったときと同じ語彙が頻出することは注目に値する。ここで注目したいのは、「雰囲気」air という『明るい部屋』で独特の意味を帯びている言葉である。この言葉には、バルトが〈中性〉講義で論じていることのすべて、彼が「アルキュオネの静けさ」と呼ぶ苦痛と安らぎの奇妙な結びつきに通じるものがある。注意力を凝らして見つめることが、夢の働きを招きよせてしまうのだ。

『明るい部屋』で、バルトは写真を対象の存在を明示するイメージと定義している。被写体がどのようなものであれ、それが写されたとき、そこに写されたものは確かにカメラのレンズの前にいた。だが同時に、写真は被写体が不在であることも強烈に示すイメージである。被写体がレンズの前にいたのは、必然的に過去のどこかの時点である。写真に写されたものがどれほど生き生きとした現在を伝えてこようと、そこに写されたものは今では不在となり、どこにも存在しないとさえバルトは主張する。一枚の写真のもつ、かつてあった過去と、もはやない現在との交錯というこの特性を、バルトは《それは＝かつて＝あった》と名づけた。ここで問題となるのは、《それは＝かつて＝あった》という写真イメージ固有の特性が、眠りと覚醒の境界という視点にどのように関係してくるかという疑問である。

写真の本質は被写体が確かに存在したと示すこと、ただし過去のこととして示すことにある――この結論に至る過程で、バルトは写真の《プンクトゥム》とは何かを、五歳の時の母親が写された「温室の写真」を通して発見してゆく。プンクトゥムとは、気になる写真があるとき、その写真から矢のように目に飛びこんできて見る者を刺しつらぬく、写真イメージの独特の魅力を指している。バルトはもうひとつ、写真の魅力のあり方として、《ストゥディウム》という力を指摘している。これは何が写されているのかという、イメージの読解から生じる写真の魅力である。同時代の現実、それも報道の力を借りなければとても目にすることなどできない戦乱、貧民街の少年、奴隷制のような歴史の爪痕等、ストゥディウム(教養)への渇きを癒し、世界の姿を伝えてくれるところに写真の魅力の一端があることは間違いない。しかしバルトは、写真はそうした読解可能な図像としての魅力だけでなく、なぜかは説明できないものの、見る者を刺しつらぬく力を備えていると主張する。「ある写真のプンクトゥムとは、その写真のうちにあって、私を突き刺す(ばかりか、私にあざをつけ、私の胸を締めつける)偶然なのである」(CC, ŒV, 809)。

『明るい部屋』第一部で、バルトはプンクトゥムが眼に見える細部から来るのではないかという仮説を立て、公表された写真のなかを遍歴し、「写真」というものの本性を明らかにしようとする。だが、結局それは書き手に快楽をあたえるイメージというものに過ぎず、写真の本質を明らかにする視点ではないという結論に至る。第二部で、バルトは、母親を亡くしたとき、遺品を整理しながらその面影をもっともよく思い出させる写真を探した経験を語りはじめる。そこで見つけたものが、「温室の写真」である。この写真を通して、バルトは自分の胸を締めつけるプンクトゥムが細部にあるのではなく、写真というイメージのあり方そのものから来ていること、それが取り戻しようのない過去を、まるで現在であるかのように捉えているという事実から来ていることに気づく。

> いまや私は《細部》とは別のプンクトゥム（別の《傷痕》）が存在することを知った。もはや形式ではなく、強度という範疇に属するこの新しいプンクトゥムとは、〈時間〉である。「写真」のノエマ（《それは＝かつて＝あった》）の悲痛な強調であり、その純粋な表象である。
>
> 一八六五年、若いルイス・ペインは、アメリカの国務長官W・H・シューアードの暗殺を企てた。アレクサンダー・ガードナーが独房のなかの彼を撮影した。彼は絞首刑になろうとしている。この写真は美しい。この青年もまた美しい。ストゥディウムはそこにある。しかしプンクトゥムはと言えば、それは彼が死のうとしている、ということである。私はこの写真から、それはそうなるだろうという未来と、それはかつてあったという過去を同時に読み取る。（…）私の心を突き刺すのは、この過去と未来の等価関係の発見である。少女だった母の写真を見て、私はこう思う。母はこれから死のうとしている、と。私はウィニコットの精神病者のように、すでに起こってしまっている破局に戦慄する。被写体がすでに死んでいてもいなくても、写真はすべてそうした破局を示すものなのである。（*CC*, *ŒV*, 865–867）

写真の青年は南北戦争で敗北した南軍の兵士であり、一八六五年四月十四日、リンカーン大統領が暗殺者に狙撃されたのと同時刻に実行された国務長官襲撃事件の犯人であり、同年七月七日、他の共謀者三名とともに絞首刑に処されている。戦争写真家アレクサンダー・ガードナーの写真のなかで、この青年は生き生きとしているが、見る者は青年に死が差し迫っていることを知っている。「温室の写真」がなぜ自分をあれほど戦慄させたのかという理由も同じだとバルトは考える。そこに写された母親が生きていて、生きているあいだ示しつづけた純真無垢な姿を現しつづけている、だがもはやこの世にはいないことを同時に告げている――こうしたことがバルトの心を突き刺すのだ。その写真は母親が亡くなったという「すでに起こってしまっている破局」を、まるでそれがたった今起こったかのように、胸を突く強度で知らせるのだという。そこからバルトは、写真に写されたものが、確かにそこに息づいているのにもはやこの世にいないことを同時に告げている《それは＝かつて＝あった》――このことが写真のうちにあって見る者を傷つけるものの核心にあると結論づける。「被写体がすでに死んでいてもいなくても、写真はすべてそうした破局を示す」というのだ。

サルトルにとって、イメージとは、眼に見えるものを否定し、眼に見えない、ある生き生きとした現実に到達しようとする覚醒した意識の行為と、夢の形成力が同時に作動する場所だった。バルトはそこに、不可逆的な時間の流れを重ねあわせた。イメージの構造は、記憶の構造そのものであり、その場にないものを、もはや存在しないものを志向し、ありありとよみがえらせようとする。そのようにして形成される対象がこの場にはなく、非現実であることが明らかであるために、回想のなかで思い出される人のように、ますます生き生きとした姿でよみがえることになる。写真はある人物の姿を現在のものとして示すことで、かえってその人物がもはやこの世にいないことを際立たせるというのである。目の前にあるものは、もはや存在しない、知覚できない非現実の世界に立ち去った。しかし、写真を眺めれば眺めるほど、そこには不在であるはずの対象がひとつの現実として存在するように感じられる。

この分析のどこに眠りと覚醒が関わっているのか。それはバルトに母親の死を告げる写真が、なぜバルト自身がその眼で見たことのない、幼い時の写真でなければならないのか、という点に関わっている。数ある写真のなかで、どうして幼かった母親の写真だけがバルトを傷つけたのか。それはこの写真がバルトにとって、時間を超えて存在しつづける幻想的性質をもっているためだとしか考えられない。バルトが写真のうちに見出そうとしたのは、現実に生きた母親であると同時に、時間という制約に束縛されない、ひとつの幻覚と呼んだほうがふさわしいような何かである。それは「似ている」ことが問題とはならない、ある人の存在そのものに関わる何かである。

すでに『明るい部屋』の最初のほうで、バルトは写真が芸術に近づくのは〈絵画〉を通してではなく、「〈演劇〉を通して」(*CC*, *ŒV*, 813)だと述べていた。固定された図像ではなく、被写体が示す演劇的身振りを通してこそ、時間を超えるある本質があらわれるというのである。そして可視のものを通して、感情と深く結びついたある人物の存在へと想像力がむかうとき、そこには情念を誘発する過剰なものが必要である。その過剰なものとは、『明るい部屋』のバルトによれば「雰囲気」air である。「ある顔がもつ雰囲気は、分解できない」(*CC*, *ŒV*, 875)。それは、「肉体から魂へと(…)人を導く、常軌を逸したものである」(*CC*, *ŒV*, 876)。

> 雰囲気というもの(私は真実の表現をやむをえずこのように呼ぶ)は、自己同一性の、言ってみれば手に負えない代理物である。それはあらゆる《自負心》が消えたとき無心に示されるものだ。雰囲気は、自負しないかぎりでの主体を表す。私が次々に見てきた母の写真は、どれも幾分仮面のようであったが、最後のこの写真にいたって、突然仮面は消え失せ、年齢をもたない、しかし時

間の外にあるわけではない、ひとつの魂があとに残った。時間の外にあるわけではない、というのも、この雰囲気は、母の長い生涯のあいだ、私が毎日眺めてきた母の顔の雰囲気と不可分のものだったからである。(*CC*, *ŒV*, 876)

雰囲気が「自己同一性の、手に負えない代理物」であるというのはどういうことなのだろう。バルトが写真に求めているものは、明らかに誰かに似ているようなイメージではない。写真のうちに母親の姿を再認することが問題となっているわけではない。毎日眺めてきた母の顔と、まったく同質の雰囲気がそこにある——これは似ていることを手がかりにオリジナルへ向かおうとする運動ではない。この箇所から読み取れるのは、可視のものを通して、かつて確かに存在したはずのものに到達しようとする意志である。この場合、可視のものは、類同代理物《アナロゴン》ではなく、その人の核心(魂)へと導いていく土台となるものであり、バルトはそれを「雰囲気」と名づけている。ある人と切り離せない、その人がもっていた雰囲気を通して、その人物の存在そのものに到達しようとすることを可能にするもの——この「過剰に働く自然なもの」を、バルトはさらに「思考を欠いた思考」、「知覚のない注意力」などの撞着語法を多用することで表現しようとする。

まるで写真は注意力を知覚から切り離し、知覚をともなわない注意力はありえないというのに、ただ注意力だけを取りだすかのようである。それは常軌を逸した異常なことではあるが、ノエマのないノエシス、思考内容のない思考作用、標的のない照準である。それでいて、雰囲気がもつ

きわめて稀な特質を生みだすのは、このありえない視線の動きである。(CC, ŒV, 878–880)

注意力を凝らしながら、対象を知覚しているわけではない状態、これは明晰さを保ったまま、不眠の眼にうつる夢の光景以外の何ものでもないだろう。写真は不在と存在が交錯する幻想空間として感じられるとき、目覚めたまま見る夢そのものとなる。プルーストが「心の間歇」で描いた場面でも、ありありとよみがえった祖母の姿は、現実のどこにも存在しないイメージだった。不在のものを、注意力の枠を凝らして見つめる姿に、バルトは「狂気」にまで増幅された幻覚を認める。「〈写真〉は私にとって、ある奇妙な媒体となり、新しい形の幻覚となる。それは知覚の水準では虚偽であるが、時間の水準では真実である。写真は、言ってみれば、穏やかな、つつましい、分裂した幻覚である(一方では、《そこにはいない》が、他方では《それは確かにそこにあった》)。写真は現実をこすりつけた、狂気のイメージなのだ」(CC, ŒV, 882)。ここでは一枚の写真イメージが問題になっているというより、眼差しが覚醒したまま、深い眠りに襲われたかのように、忘却と新たに再構成された現実に出会う道筋を探しもとめる探究が問題となっているのだ。

ある顔がもつ雰囲気は、分解できない(もし分解できるなら、私はただちに証明したり、異議を唱えたりするようになり、要するに疑うことになるので、完全に明白なものであるはずの「写真」から離れてしまうことになる。明白なものとは、分解されることを受けつけないものである)。雰囲気というのは、輪郭とは異なり、図式的、知的な所与ではない。それはまた《似ている》場合とは違って――どれほど酷似していようと――単なる類似の問題ではない。いや、雰囲気とは、肉体から魂へと――ある人にあっては善良な、またある人にとっては性悪な、個人の小さな魂 *animula* へと人を導く、常軌を逸したものである。私はそのようにして母の写真を次々にたどり、秘儀伝授の過程にしたがって、一切の言語活動が終わりを告げるあの叫びに達したのであった。《これだ！》と。まず、母の、もっとも粗雑な、戸籍上の自己同一性しか示してくれない何枚かの無価値な写真。次に、母の《個人的な表情》が読み取れる、大多数の写真(類似的な、《似ている》写真)。最後に、母を再認する(この言葉はあまりに大雑把だが)というより、それをはるかに上回って私が母を見出したあの「温室の写真」。それは《似ていること》とは無関係な、突然の目覚め、言葉を欠いた悟りであり、《そのとおり、そう、そのとおり、まさにそのとおり》という境位の、稀に見る、おそらくは唯一の明証であった。(*CC*, *ŒV*, 875–876)

すでにサルトルが、イメージの対象物は同一性の原理にも、個別化の原理にもしたがわないと指摘していた。数かぎりない表情を見せた一人の人間を、どうしてひとつの固定した像のうちに閉じこめることができるだろうか。ある人物そのものと呼べるイメージとは、時には矛盾しあう諸相を綜合したひとつの像であり、漠然とした形でしか個別化できず(それは分解できない「雰囲気」にすぎない)、同一性の原理にさえしたがわないような像である。「《似ていること》とは無関係な、突然の目覚め」――これは〈中性〉講義で「白い目覚め」、「中性の目覚め」とバルトが呼んでいたものに通じている。「雰囲気」は、時を超える「不滅の身体」と、「粗雑な、戸籍上の自己同一性」のうちにある「心配事にみちた身体」が交錯するところに位置している。現実には見たことのない、少女時代の母親の写真から、母親がその後一生示すことになる存在の核のようなもの——時間を超えて、その個体をはるかに超えて、どこまでも続いてゆくもの——それを引きだすことを可能にしたのは、覚醒のただなかで起こる覚醒、「言葉を欠いた悟り」にほかならない。

「温室の写真」は、このように幻想の性質を帯びたものとして記述されている。バルトがその写真を本に掲載しないのは、当人を知らない読者にはこの魔法が働かないと判断したためである。では、幻想とは何か。幻想の核心にあるものを、バルトが「過剰に働く自然なもの」と呼んでいることを先に見た。幻想とは、未知の驚異的な世界ではなく、普段からよく知っているはずのものが、自己の精神と感覚に無限の増大をもたらす状態にほかならない。意識が眠りの闇にのみ込まれたり、夢への没入に変質したりせず、明晰に見つめているはずなのに、自然さが過剰になるとき、普段とは異なった状態に接近することが可能になる——それがバルトの考え方である。日常的なものが通常の範囲を超えて「増大」するとき、目覚めたまま見る夢の性質があらわれることになる。写真は、ある瞬間をあり得ないまでに拡大することで、幻想の性質を帯びることがあるというのである。

写真の感じさせる現実性が、究極においては、同一性の原理にも個別化の原理にもしたがわないことを、バルトは本の最後で別の角度から例証している。知覚から切り離された注意力——われわれの視点から言い換えれば、目覚めたまま見る夢——に、どれほど幻想を喚起する力があるのかを、バルトはフェリーニの映画に触れながら述べている。「温室の写真」で出会った母親の姿に、バルトは思いがけず、フェリーニの『カサノヴァ』で再会することになる。映画は退屈だった。「しかし、カサノヴァが若い自動人形の女と踊りはじめると、突如として奇妙な麻薬の効果を感じたかのように、私の眼は残忍で甘美な激しさのようなものに揺さぶられた。細部という細部が私にははっきりと見え、こう言ってよければ、私はそれを骨の髄まで味わいつくして気が動転した」(CC, ŒV, 882)。その細部を列挙しながら、バルトは自動人形の女に、「温室の写真」に見出したものと多くの共通点を見出してゆく。

帽子の羽根飾りのやや滑稽な(しかし私の心をうつ)様子。厚化粧をしているが、個性的で純粋無垢なその顔。要するに、どうしようもなく無力だが、しかし天使のような《善意》の気持ちから発する、従順さ、献身、情の深さといったものがある。そこで私はどうしても「写真」のことを考えずにはいられなかった。私の心に触れた何枚かの写真(私が、方法上、「写真」そのものであるとした写真)についても、これとまったく同じことが言えたからである。

「写真」と「狂気」、それに名前がよくわからない何ものかとのあいだに、ある種のつながり(結びつき)がある、ということを私は理解したと思った。(CC, ŒV, 882)

この場合「狂気」は、物の腑分けができなくなり、まったく違うものに同一性を見出してしまう、認識の障害を意味するのだろう。写真と狂気に結びつく「何もの」かを、バルトは『明るい部屋』では「憐れみ」(CC, ŒV, 883)と名づけるのだが、自動人形の女を前にして感じた「残忍で甘美な激しさのようなもの」を名づけるには不十分ではないだろうか。それは「過剰に働く自然なもの」、目にするありふれたものが、明晰な意識と夢の働きが同時に作動することで変貌する時の感触に通じる何かである。知覚のない注意力をこめて見つめるイメージは、ありふれた事物を増大させ、細部に普遍的な感触をあふれさせる。それは失われたはずのものがそこにあるという、あり得ない出来事なのだ。「温室の写真」において、バルトの母親は存在するが、身体そのものはこの世から消え去っている。フェリーニの映画において、自動人形の女は無邪気な雰囲気のうちに確かに存在するが、人間としては存在しない。存在しながら不在であるもの、不在でありながら存在するものが交叉する覚醒と夢との境界には、さらに多くのヴァリエーションがあり得るだろう。母親の顔がもっていた「年齢をもたない、しかし時間の外にあるわけではない」雰囲気に到達するために、バルトの眼差しには「過剰に働く自然なもの」が必要だった。それは明晰さの果てにある夢、注意力をこめて見つめる世界の生成する姿である。ここではもはや物語ることの不可能性など問題ではなくなっているが、そのためにどれほどの代償を支払う必要があるのかということが心を打たずにはいられない。

振りむけば終わるものが夢である。いま見たものは夢だったのではないかと意識できる時点から、覚醒は始まっている。しかし、サルトルの描くフロベールのように、またバルトの語る「温室の写真」のように、どこまでも終わらない幻想、明晰に見つめる姿勢に支えられているために、振りむくことで中断されない過剰な幻想が、さまざまな形で語られていることを見てきた。その道筋をバルトの『明るい部屋』までたどることで見えてくるのは、もはや「経験の貧困」が問題とはならない、現実に深く根を下ろした物語の萌芽がここにあるということである。

バルトの語る写真、時の刻印を押され、見る者の胸を締めつけるプンクトゥムをもった写真とは、生成しつつあるひとつの世界に他ならない。生成しつつある世界とは、意味にみたされた時間と空間のことである。ベンヤミンが指摘した、紋切り型に堕してもはや現実の経験と対応しなくなった物語が、ここではむしろ積極的に召喚されていることに注意しよう。失った母親を、イメージのなかで、生きたときのままの姿で再び見出すこと、ただし再び見出したとき、母親がもはや決定的に失われてしまったことを改めて強く認識せずにはいられなかったこと――バルトはそれを一枚の写真をめぐる物語として語った。これは妻を失った後、地獄に探しに行き、地上に連れ戻そうとするオルフェウスの神話を明らかに語りなおした物語である(8)。数えきれないヴァリエーションのある神話を、バルトは深い悲哀を感じさせる物語として語っているのだ。

『明るい部屋』には「平板な死」と題された章がある。現代においては、もはや死が平板なものとなってしまい、そこにかつての文学が語ったような悲劇的なものがなくなったことを指摘する文章である。しかし、物語がそのたびごとに新しい認識をもたらしてくれることを、バルトは写真の本質を探す過程で証明してみせた。何かが現れようとしている感覚を語る言葉には、つねにひとを引きつける魅力がある。イメージが、目覚めたまま見る夢、バルトの言葉では「幻想」の強度をもつとき、一種の爆発のようなものとなり、不在と存在、苦痛と鎮静が交差する「白い目覚め」へと見る者を運びさる。よく知られた物語のうちにこそ、ありふれた日常から異界との境にひとを連れだし、時代を超えて持続してきた眠りと覚醒の境界に導いてゆく力が秘められていることを、それは示しているのかもしれない。

覚醒という相と、睡眠という相の境では、ある世界の生成に立ちあうという魔術がいまも繰り広げられている。意識は覚醒しているだけでは無力であり、何かを作りだすためには、そこに夢の形成力を帯びた力が必要なことを、さまざまな作家の考察を通してうかがうことができる。その物語はいまだに語り尽くされていない。

跋

物語を語るためには、それがどのようにして終わるのかを知らなければならない。サルトルが『嘔吐』で、カーモードが「カイロス」という言葉で指摘していたように、とりとめなく現れては消えてゆくようにみえる出来事が、実際にはその細部にいたるまで終わりによって意味を充塡されていることで、物語世界は成立する。では、終わりによって意味をもつ物語の時間が崩壊し、終わりなき危機がどこまでも続いてゆくような状況において、どのような語りがなお可能なのだろうか。

目覚めたまま見る夢を描いたテクストを読んでゆくと、終わりを必要としないさまざまな語りの技法が編みだされていることがわかる。ここで問題となるのは敷居の感覚であり、日常の外へ誘い出され、何が起こっているのかが了解される日常へふたたび戻ってくる、わずかな間しか続かない時間である。そこには少なくとも二つの力が働いていて、両者が絡み合いながら世界との距離を変え、存在のあり方をダイナミックに変貌させてゆく。ひとつは眠りによって日常的な事象が忘却、解体され、別の形に配置し直されてゆく側面。その解体をどこまでも押し進めれば、言葉によって分節できなくなった存在の奇妙さに直面する『嘔吐』の世界に近づくだろう。もうひとつは、自明さを失った世界が、それを感じとる〈私〉の知覚とともに生成しつつあるという、夢の形成力が前面に押しだされる側面。ヴァレリー、プルースト、ブルトンは、それを世界とともに生成する知覚として語った。何を描くかということ以上に、世界がどのようなものとして現れるのか、その現れ方そのものには錯綜した道筋がいくつもある。バルトが示したように、「存在の瞬間」は不在と切り離せない形で現れるのであり、いつまでも捉えがたい何かがそこにある。人格を解体し、闇の中に沈めようとする力と、見つめようとする意志によって新たな世界を形成しようとする力がせめぎ合う眠りと覚醒の境界は、二十世紀文学の探究に通底するひとつのトポスを形成していることをここで見た。

最後に、覚醒したまま夢見る状態に見事な表現をあたえたジュリアン・グラック(一九一〇—二〇〇七年)を短く取りあげることで、この考察をいったん閉じることにしよう。グラックは、フランスでは「奇妙な戦争」と呼ばれる第二次世界大戦に参戦した若い兵士を描く『森のバルコニー』で、戦争体験そのものを語ることに成功している。第一次世界大戦後、帰還した兵隊が言葉を失った、その状況そのものは変わらないどころか、第二次世界大戦においてはさらに悪化している。個人を押しつぶす巨大すぎる力の体験は、正面から言語化しようとしてもきわめて難しい。グラックが描こうとしたのは、その巨大な力が押し寄せようとする直前の状態である。前哨地帯で警備につく青年グランジュは、アルデンヌの森からいつ敵軍が姿を現し、自分をのみこんでしまうのかを恐れながら、眼前に広がる光景から目を逸らすことができずにいる。真夜中、崖の下に広がる広大なアルデンヌの森のどこかから、敵が現れる兆候がないかどうか、青年は注意力を凝らしながら見つめている。それは出現した瞬間、見張っている者たちをのみこむ、制御不可能な力であるはずだ。しかし、闇の中に広がるアルデンヌの森にみなぎっているはずの危険は、まだはっきりとした形を取っていない。そのどこから自分たちを完全に破壊する力が姿を現すのかを、グランジュは魅入られたように見つめている。

あたりの静寂は、何か魔術的な様相を帯びつつあった。人里離れた森の下草のなかで、彼が煙草に火をつけるたびに、ある奇妙な感情が心に忍びこんでくるのだった。まるで束縛の綱を次々にほどき捨ててゆくような気持ちだった。人間の気配を洗い落として清められた世界、むきだしの大洋が盛りあがるように大きく盛りあがって星空に張りついてしまった世界、そういう世界に入ってゆくのだ。「この世界には、ぼくしかいない」――歓喜に我を忘れながら、彼はそう思った。(…)グランジュは、注意を引かれ、奇妙な宙吊り状態を感じながら、顔を上げて見つめていた。この地方の教会の鐘があちこちで十二時を告げてからずいぶん経ってから、ここにこうして立っていることには、離れがたい魅力があった。靄《もや》が森から精霊のように立ちのぼるいま、霧の池にとっぷり浸った、いずことも知れぬこの不毛の沼地は、混濁した夢の汗にすっかり濡れていた。(…)見渡す限り、この果てしない森の上には、微細な青い蒸気が漂っていたが、それは朦朧とした眠りの煙ではなく、むしろ明晰で刺激的な発散物であり、それが脳を自由に活動させ、あらゆる種類の不眠への道を彼の眼前に踊らせていた。よく響く、無愛想な夜の闇は、両眼を大きく見開いたまま眠っていた。大地はひそかに危険を察知して緊張しているのだろう。騎士たちが樫の木の枝に楯を吊した時代と同じように、再び何ごとかの予兆に満ちていた。(Julien Gracq, *Un balcon en forêt* (1958), *Œuvres complètes*, t. II, Gallimard, coll. «Bibliothèque de la Pléiade», 1995, p. 51-53; ジュリアン・グラック『森のバルコニー』安斎千秋訳、現代出版社、一九六九年、九四―九六頁)

グランジュは確かに目覚めたまま、明晰に現実を見つめているはずなのに、その眼差しは、時代の感覚を失い、場所の知覚を失って、夢の世界に近づいてゆく。ここで言う夢は、闇の中で空想に耽ることを意味していない。そうではなく、月明かりに照らされたアルデンヌの森の、どこから敵が現れるのかを凝視する、その眼差しに映るさまざまな細部から立ち上がってくるものである。注意力を凝らして見つめることが、夢の形象が躍りあがる前提となっている。深夜、眼下の谷間に広がる闇の森を見わたしながら、夜警に立ったグランジュは、眠りの靄と明晰さの発散する気配が同時に森から立ちのぼることに目を奪われているのだ。

何ごとかが出現しようとしている予兆は魔法のように青年の眼差しを引きつけるが、眼前に広がる魔法の世界から現れる何かは彼の命を奪ってしまうだろう。しかしここには、茫然として言葉を失う状態とは異なる語りの世界が広がっている。その語りは始まり、終わってゆく出来事を必要としない。宙吊りの時間の緊張感のうちに、死への境界に接しながら、新しい世界が生成する感覚にみちあふれた驚異の世界が開かれてゆく感覚を伝えてゆく。戦争にまきこまれた一人の青年の眼に映るこの世界の姿は、動かしがたい、かけがえのない存在の姿をさらけだしているが、それでいて魔法をかけられ、いまとは違う別の時代の空間に変わりかけている。夜の闇が「両眼を大きく見開いたまま眠」るとき、そこには張りつめた明晰さと、夢の中でしか実現しない世界の配置が混然一体となった空間が広がっているのだ。現在という時間は輪郭を失い、現代の青年を中世の騎士物語の世界に引きいれるまでに、滅び去った時間がふたたびめぐってこようとしている。現在は、孤立した、ただ一回しか存在しない時間なのではない。かつてあった時間もおそらくはそうだったし、今後もそうであるかもしれない、解体と生成の渦巻きが形をなさないまま流れてゆく、何度でも繰り返される時間がそこに流れている。

張りつめたまま、闇から何が飛びだしてくるのかを待ち構えている状態は、そこから実際に飛びだしてくる出来事にかかわりなく、つねに語られるべき経験の核心に位置するものなのだ。眼前に広がる闇の森は、国境の外、時間の外、日常の外の力によって生気を吹きこまれ、麻痺したような沈黙のうちに緊張感をみなぎらせている。そこには、たとえ〈私〉がどれほど取るに足らない存在であったとしても、〈私〉を通してしか経験できない、かけがえのない存在の感触があるのではないだろうか。

＊

本書は、『思想』に不定期に連載した「放心の幾何学――二〇世紀フランス文学における眠りと夢」を出発点とし、連載原稿に大幅な加筆・訂正を施すことで現在の形になった。書籍化にあたっては、他に発表した二篇の文章も取りいれている。初出は次の通りである。

- 「放心の幾何学――二〇世紀フランス文学における眠りと夢(一)　序・ヴァレリーと〈放心の幾何学〉」、『思想』二〇一六年八月号(第一一〇八号)、七八―九六頁。
- 「放心の幾何学――二〇世紀フランス文学における眠りと夢(二)　ヴァレリーと〈放心の幾何学〉Ⅱ」、『思想』二〇一六年一二月号(第一一一二号)、一一〇―一三二頁。
- 「放心の幾何学――二〇世紀フランス文学における眠りと夢(三)　プルーストにおける眠りの詩学」、『思想』二〇一七年三月号(第一一一五号)、九三―一一四頁。

●「放心の幾何学──二〇世紀フランス文学における眠りと夢(四) ブルトンにおける眠りの詩学──超現実と根源」、『思想』二〇一七年九月号(第一一二一号)、八三─一〇五頁。
●「放心の幾何学──二〇世紀フランス文学における眠りと夢(五) イメージにおける眠りと覚醒──サルトルとバルトをめぐって」、『思想』二〇一八年六月号(第一一三〇号)、一一六─一三七頁。
●「モンテーニュ再読」、『思想』二〇一六年二月号(第一一〇二号)、二─六頁。
●「ロラン・バルトにおける眠りと覚醒──〈中性〉をめぐって」、『日本フランス語フランス文学会関東支部論集』第二六号(二〇一七年一二月)、六一─七六頁。

編集部の西澤昭方氏、吉川哲士氏の励ましのお言葉、連載時の緻密な作業、単行本化にあたってのきめ細やかなご配慮がなければ、この本は存在しなかった。両氏に心から感謝の言葉を捧げたい。また、シャルル八世の肖像画について貴重な情報をご教示下さった澤田直氏に深くお礼申し上げる。

二〇一八年一二月一七日

塚本昌則

註

序章　存在の瞬間——二十世紀フランス文学における眠りと覚醒

（1）西郷信綱『古代人と夢』平凡社ライブラリー、一九九三年、ならびに藤原克己「源氏物語を織りなす夢」、『東京大学公開講座　夢』所収、東京大学出版会、二〇〇〇年、一一五—一四〇頁を参照。

（2）ミシェル・レリス（一九〇一—九〇年）はシュルレアリスムの機関誌『シュルレアリスム革命』（一九二四—二九年）に四度（二号、四号、五号、七号）自らの夢を発表する等、早い時期から夢の記述に特別な才能を見せていた。後に『夜なき夜、昼なき昼』（一九六一年）という夢の物語だけを集めた本を出版している。『成熟の年齢』、『遊びの規則』という代表作にも、夢の記述がちりばめられている。

（3）André Breton, *Manifeste du surréalisme*(1924), *Œuvres complètes*, t. I, Gallimard, coll. «Bibliothèque de la Pléiade», 1988, p. 328; アンドレ・ブルトン『シュルレアリスム宣言』、『シュルレアリスム宣言・溶ける魚』所収、巖谷國士訳、岩波文庫、一九九二年、四六頁。

（4）Roger Caillois, *L'incertitude qui vient des rêves*, Gallimard, 1956, p. 121–122; ロジェ・カイヨワ『夢からくる不確かさ』（邦題『夢の現象学』）、金井裕訳、思潮社、一九八六年、一一三頁。

（5）C, XI, 726［2, 131］. ヴァレリーの『カイエ』からの引用は、ファクシミリ版（Paul Valéry, *Cahiers*, fac-similé intégral, C. N. R. S., 29 vols., 1957–1961）を使用し、Cという略号の後に巻数、頁数を示す。プレイヤード版（*Cahiers*, édition établie, présentée et annotée par Judith Robinson, Gallimard, coll. «Bibliothèque de la Pléiade»,

2 vols., 1973 et 1974)にも収録されている場合には、ファクシミリ版のレフェランスの後に［　］を用いて巻数、頁数を示す(C, XI, 726［2, 131］と記した場合は、ファクシミリ版の第XI巻、七二六頁と、プレイヤード版第二巻、一三一頁にその断章が収録されていることを示している)。

(6) ヴィンフリート・メニングハウス『敷居学——ベンヤミンの神話のパサージュ』(伊藤秀一訳、現代思潮新社、二〇〇〇年)を参照している。「ベンヤミンが求めているのは夢と現実のあいだにある敷居を取り壊すことではなく、「白日の側から」「夢の彼方へ向けて」夢の形象を手に入れることなのである。それは一方では目覚め、他方では入眠という、夢と白日のあいだの敷居行為が、いわば儀式のような厳格さで執り行われる場合にのみ成功するとベンヤミンは見ている」(同書、六七頁)。

(7) アウエルバッハ『ミメーシス』を参照のこと。「モンテーニュにおいてはじめて、人間の生活、任意の一つである自分の生活の全体が、近代的な意味で問題をはらむものとなった。(…)キリスト教的中世は悲劇を知らなかったとよく言われる。がもっと正確にいうならば、中世ではすべての悲劇が、キリストの悲劇のなかに吸収されていたというべきであろう。しかし今や、悲劇は個々の人間のもっとも個人的な事柄としてその姿をあらわす」(エーリヒ・アウエルバッハ『ミメーシス——ヨーロッパ文学における現実描写』下、篠田一士・川村二郎訳、筑摩叢書76、一九六七年、五八頁)。以下の本も参照のこと。Hugo Friedrich, *Montaigne*, Traduit de l'allemand par Robert Rovini, Gallimard, coll. «Tel», 1968, p. 220.

(8) Montaigne, *Les Essais*, Gallimard, coll. «Bibliothèque de la Pléiade», 2007, p. 614-615［II, XII］;『エセー』4、二五一—二五二頁。

　モンテーニュからの引用は上記のプレイヤード版を底本とした。邦訳については、原二郎訳(『モンテーニュ』I・II、『筑摩世界文學大系』一三・一四、筑摩書房、一九七三年)、宮下志朗訳(『エセー』1—7、白水社、二〇〇五—一六年)を参照しながら訳出した。参考までに、宮下志朗訳の巻数と頁数をプレイヤード版の後に示すこととする。

（9） Pascal, *Pensées*, Textes édités par Gérard Ferreyrolles et Philippe Sellier, Le Livre de Poche/Classiques Garnier, coll. «La Pochothèque», 2004, p. 868；パスカル『パンセ』上、塩川徹也訳、岩波文庫、二〇一五年、八二頁。

（10） Paul Valéry, *Mauvaises pensées et autres*（1942）, *Œuvres*, t. II, édition intégrale établie et annotée par Jean Hytier, Gallimard, coll. «Bibliothèque de la Pléiade», 1960, réédition 1977, p. 867；ポール・ヴァレリー『邪念その他』清水徹・佐々木明訳、『増補版 ヴァレリー全集』第四巻、筑摩書房、一九七七年、三三四頁。

（11） Montaigne, *Les Essais, op. cit.*, p. 395［II, VI］；『エセー』3、九八—九九頁。

（12） *Ibid.*, p. 392；同書、九四頁。

（13） *Ibid.*, p. 395-396；同書、九九頁。

（14） *Ibid.*, p. 389；同書、八九頁。

（15） Jean-Jacques Rousseau, *Les Rêveries du promeneur solitaire* (livre écrit en 1776-78, publié en 1782), *Œuvres complètes*, t. I, Gallimard, coll. «Bibliothèque de la Pléiade», 1959, p. 1004-1005；ジャン＝ジャック・ルソー『孤独な散歩者の夢想』青柳瑞穂訳、新潮文庫、一九五一年、二四—二五頁。ちなみに、ロラン・バルトがコレージュ・ド・フランスでの〈中性〉講義冒頭でこのテクストを引用している。これについては、本書第五章を参照のこと。

（16） Virginia Woolf, *Moments of being: unpublished autobiographical writings*, Chatto and Windus for Sussex University Press, 1976；ヴァージニア・ウルフ『存在の瞬間——回想記』出淵敬子他訳、みすず書房、一九八三年。

（17） Milan Kundera, *L'immortalité*（1990）, Gallimard, coll. «Folio», 1993, p. 381；ミラン・クンデラ『不滅』菅野昭正訳、集英社、一九九二年、三九二—三九三頁。

（18） Laurent Jenny, *L'expérience de la chute: De Montaigne à Michaux*, PUF, 1997, p. 61. ジョルジョ・アガンベンも

またモンテーニュの落馬とルソーの事故の記述を比較して、そこに共通して見られる「無意識的な経験は主観的な経験ではない。〈自我〉の経験ではないのである」と述べている(ジョルジョ・アガンベン『幼児期と歴史――経験の破壊と歴史の起源』上村忠男訳、岩波書店、二〇〇七年、七〇頁)。古代から現代に至る落馬体験を断章形式で綴るパスカル・キニャール『落馬する人々〈最後の王国7〉』(小川美登里訳、水声社、二〇一八年)も参照のこと。

(19) Paul Valéry, *C*, XV, 645.

(20) Paul Valéry, *C*, XXVIII, 625[2, 198].

(21) Paul Valéry, *C*, II, 137[1, 26].

(22) Paul Ricœur, *Temps et récit: 3. Le temps raconté*, Seuil, coll. «Points/Essais», 1985, p. 442–443; ポール・リクール『時間と物語 III 物語られる時間』久米博訳、新曜社、一九九〇年、四四八頁。

(23) Walter Benjamin, *Das Passagen-Werk, Gesammelte Schriften*, Band V-1, Suhrkamp Taschenbuch Wissenschaft, 1991, S. 616; ヴァルター・ベンヤミン『パサージュ論 III 都市の遊歩者』今村仁司・三島憲一他訳、岩波書店、一九九四年、一六四頁[O2a, 1]。

(24) Paul Valéry, *L'idée fixe*(1932), *Œuvres*, t. II, *op. cit.*, p. 215; ポール・ヴァレリー『固定観念』恒川邦夫訳、『ヴァレリー集成』第六巻、筑摩書房、二〇一二年、一二二頁。

第一章　ヴァレリーにおける中断の詩学

(1) *C*, VIII, 107[2, 103]. ヴァレリー『カイエ』の引用については、序章の註(5)を参照のこと。以下、レフェランスを本文内に直接示した。

（2） Paul Valéry, *Analecta*（1926）, *ŒII*, 728；ポール・ヴァレリー『残肴集（アナレクタ）』寺田透訳、『全集』第九巻、四六七頁。Cf. C, V, 351［2, 75］.

ヴァレリーの作品集からの引用については、プレイヤード版（Paul Valéry, *Œuvres*, édition intégrale établie et annotée par Jean Hytier, Gallimard, coll. «Bibliothèque de la Pléiade», 2 vols., 1957 et 1960, réédition 1980 et 1977）を用い、レフェランスを略号（*ŒI*, *ŒII*）と頁数で示す。

邦訳については、次に記す全集、集成から引用し、略号、巻数、頁数で示す。

- 『増補版 ヴァレリー全集』全一二巻・補巻二巻、筑摩書房、一九七七―七九年（略号『全集』）。
- 『ヴァレリー集成』全六巻、筑摩書房、二〇一一―一二年（略号『集成』）。

（3） Michel Crouzet, «La rhétorique du rêve dans *Aurélia*», *Nerval: Une poétique du rêve*, Librairie Honoré Champion, 1989, p. 184.

（4） ヴァレリーの夢研究については、論者が編訳を担当した『集成』第二巻（二〇一一年）での解説でも詳述した（五八九―六二三頁）。その記述と重なる部分が出てくることは避けられないが、ここではあくまでも、目覚めたまま見る夢がなぜ二十世紀フランス文学で問題となるのかという視点から論じ、この視点に関わる部分を中心にヴァレリーの考察を取りあげることにする。

（5） Article «Rêve», Ch. Blondel, *La Grande Encyclopédie: inventaire raisonné des sciences, des lettres et des arts*, t. XXVIII, Paris, H. Lamirault, 1885–1902, p. 526（それぞれの巻に出版年の記載がなく、正確な刊行年は不明である）。Cf. http://gallica. bnf. fr/ark:/12148/bpt6k24663w/f534. image

（6）「目が覚めた後、われわれに（自分はどこそこにいた、などと）ある出来事を語る人びとがいる。そこでわれわれは、出来事を語る前に、「私は夢を見た」という表現を付けくわえるよう、彼らに教える。私はそれから何度か「昨晩あなたは何か夢を見たのか」と尋ね、肯定的な返事あるいは否定的な返事をもらい、時には彼らからその夢の話を聞いたり、聞き出せなかったりする。これは言語ゲームなのだ」(Ludwig Wittgenstein, *Philosophische Untersuchungen*, Suhrkamp, 1980, S. 292；ウィトゲンシュタイン『哲学探究』II・VII、『ウィトゲンシュタイン全集』第八巻、藤本隆志訳、大修館書店、一九七六年、三六五頁)。黒崎宏「ウィトゲンシュタインと夢」、木村尚三郎編『東京大学教養講座 14 夢と人間』東京大学出版会、一九八六年、七七―九八頁も参照。

(7) ピエール・パスワン「眠りと夢」(J・ロビンソン＝ヴァレリー編『科学者たちのポール・ヴァレリー』菅野昭正他訳、紀伊国屋書店、一九九六年、一三三―一六八頁)を参照のこと。

(8) Paul Valéry, «Poésie et pensée abstraite» (1939), *ŒI*, 1316；ポール・ヴァレリー「詩と抽象的思考」田上竜也・森本淳生訳、『集成』第三巻、四〇三頁。

(9) Sigmund Freud, *Die Traumdeutung*, *Gesammelte Werke*, II/III, S. Fischer, 1942, S. 518-519；フロイト『夢判断』下、高橋義孝訳、新潮文庫、一九六九年、二六四頁。

(10) Paul Valéry, «Svedenborg» (1936), *ŒI*, 881；ポール・ヴァレリー「スヴェーデンボリ」山田広昭訳、『集成』第四巻、一七三頁。

(11) Michel Foucault, *Dits et écrits: 1954-1988*, t. I, Gallimard, 1994, p. 100；ミシェル・フーコー「ビンスワンガー『夢と実存』への序論」(一九五四年)、石田英敬訳、『ミシェル・フーコー思考集成 I 狂気／精神分析／精神医学』蓮實重彥・渡辺守章監修、筑摩書房、一九九八年、一二三―一二四頁。

(12) Paul Valéry, «Svedenborg», *ŒI*, 881；ポール・ヴァレリー、前掲「スヴェーデンボリ」、『集成』第四巻、一七三頁。

(13) Paul Valéry, *Analecta* (1926), *ŒII*, 719；ポール・ヴァレリー、前掲『残肴集(アナレクタ)』、『全集』第九巻、四五三頁。

(14) Cf. Paul Valéry, «Fin de Monsieur Teste»(1946), *ŒII, 74*; ポール・ヴァレリー「テスト氏の最後」恒川邦夫訳、『集成』第一巻、一〇六頁。次の断章も参照のこと。「私のなかには、一切の人間らしい事柄に無縁で、自分の見るものを何ひとつ理解するまいと身構えている者がいる、あらゆるものを特殊なもの、興味を引くもの、局所的で恣意的な形成物とみなそうと身構えている者がいるのだ。自分の国が問題であろうと、私の国語、私の人生、私の思考、私の身体、私の経歴が問題であろうと、偶然で、断片的であり、無限の可能性から――まるで一個の見本のように――抜きだされたものと、一日に百度も思わないようなものは何もない――」(C, XXIII, 572[1, 187])。

(15) その一部を次の版で読むことができる。Paul Valéry, «Poèmes et PPA», C, II, 1243-1306(ポール・ヴァレリー「詩篇及びPPA」寺田透訳、『ヴァレリー全集カイエ篇』第八巻、筑摩書房、一九八二年、五二一―六三四頁); Paul Valéry, *Poésie perdue: Les poèmes en prose des Cahiers*, Édition de Michel Jarrety, Gallimard, coll. «Poésie», 2000.

(16) Paul Valéry, *Choses tues*(1930), *ŒII*, 513; ポール・ヴァレリー『言わざりしこと』井沢義雄訳、『全集』第五巻、三五九―三六〇頁。

(17) *Ibid.*, *ŒII*, 513; 同書、三六〇頁。

(18) *Ibid.*, *ŒII*, 513; 同書、三六〇―三六一頁。

(19) *Ibid.*, *ŒII*, 514; 同書、三六一―三六二頁。

(20) C, XII, 427. ヴァレリーは一九二七年十月十二日から二十二日までロンドンに講演旅行にでかけ、オックスフォードとケンブリッジで講演会を行っている(Cf. Michel Jarrety, *Paul Valéry*, Fayard, 2008, p. 691-692)。

(21) Paul Valéry, *Analecta*, *ŒII*, 721; ポール・ヴァレリー、前掲『残肴集(アナレクタ)』、『全集』第九巻、四五五頁。

（22） Henri Michaux, *Misérable miracle*, *Œuvres complètes*, t. II, Gallimard, coll. «Bibliothèque de la Pléiade», 2001, p. 624; アンリ・ミショー『みじめな奇蹟』小海永二訳、国文社、一九六九年、一九—二〇頁。

（23）「唯一の認識とは、内的深淵への沈潜の認識であり、宇宙のリズムとわれわれのもっとも個人的なリズムとの一致の認識である。つまり、外的事象ではない実在《レエル》についての類比的認識である」(Albert Béguin, *L'Âme romantique et le rêve*, Le Livre de poche, 1991, p. 9; アルベール・ベガン『ロマン的魂と夢——ドイツ・ロマン主義とフランス詩についての試論』小浜俊郎・後藤信幸訳、国文社、一九七二年、四三頁)。

（24） Charles Baudelaire, *Les paradis artificiels*, *Œuvres complètes*, t. I, Gallimard, coll. «Bibliothèque de la Pléiade», 1975, p. 430; シャルル・ボードレール『人工天国』、『ボードレール全集 V』阿部良雄訳、筑摩書房、一九八九年、六七頁。吉村和明「シャルル・ボードレール——〈生の深さ〉の詩学」、『國學院雑誌』第一〇〇巻第四号、一九九九年、一—一六頁、同第五号、五四—七〇頁も参照。

（25） *Ibid.*, p. 401; 同書、三四頁。

（26） バシュラールが、夢ではなく覚醒時における夢想の広がりに、一冊の本を捧げている。Gaston Bachelard, *La poétique de la rêverie*, PUF, 1960; ガストン・バシュラール『夢想の詩学』及川馥訳、ちくま学芸文庫、二〇〇四年を参照のこと。

（27） Descartes, *Méditations métaphysiques*, GF-Flammarion, 1979, p. 69–71; デカルト『省察』、『省察・情念論』所収、井上庄七・森啓・野田又夫訳、中公クラシックス、二〇〇二年、二六頁。

（28） Walter Benjamin, «Über einige Motive bei Baudelaire», *Gesammelte Schriften*, Band I-2, Suhrkamp Taschenbuch Wissenschaft, 1991, S. 646–647; ヴァルター・ベンヤミン「ボードレールにおけるいくつかのモティーフについて」、『ベンヤミン・コレクション 1 近代の意味』浅井健二郎編訳・久保哲司訳、ちくま学芸文庫、一九九五年、四七〇頁。

(29) *Ibid.*, S. 647; 同書、四七〇—四七一頁。ヴァレリーの引用は、*Analecta*, *ŒII*, 729; 前掲『残肴集(アナレクタ)』、『全集』第九巻、四六九頁。

(30) Paul Valéry, «La politique de l'esprit»(1933), *ŒI*, 1024; ポール・ヴァレリー「精神の政治学」吉田健一訳、『全集』第一一巻、九五頁。

第二章　プルーストにおけるイメージの詩学

(1) *RTP*, II, 220; 4, 481. プルースト『失われた時を求めて』からの引用はプレイヤード版(Marcel Proust, *À la recherche du temps perdu*, Gallimard, coll. «Bibliothèque de la Pléiade», 4 vols., 1987–1989)を使用し、*RTP* という略号の後に巻数と頁数を本文中に示すこととする。

邦訳は、鈴木道彦訳(集英社、全一三巻、一九九六—二〇〇一年)、吉川一義訳(岩波文庫、一—一二巻(全一四巻予定)、二〇一〇—一八年)を参照し、岩波文庫版の巻数と頁数をプレイヤード版のレフェランスの後に記す(*RTP*, II, 220; 4, 481 と記した場合は、プレイヤード版の第II巻、二二〇頁と、岩波文庫版第四巻、四八一頁を示している)。ただし、『見出された時』については執筆時現在、岩波文庫版が完結していないため、集英社版の巻数(XII, XIII)と頁数を示すこととする(たとえば、本書八一頁の XII, 316 は集英社版第一二巻『見出された時 I』の三一六頁を、本書八二頁の 12, 499 は岩波文庫版第一二巻『消え去ったアルベルチーヌ』の四九九頁を示している。その旨ご留意いただきたい)。

(2) Marcel Proust, *La Fugitive, Albertine disparue*, Présentation par Jean Milly, GF-Flammarion, 1986, p. 279. 邦訳は岩波文庫版第一二巻、四五一頁。『消え去ったアルベルチーヌ』の出版事情は複雑で、いまだにテクストが確定されておらず、ここで引用した箇所はプレイヤード版には収録されていない。こうした事情に関しては、岩波文庫版第一二巻の「訳者あとがき」(六六一―六七二頁)を参照のこと。

(3) Walter Benjamin, «Zum Bilde Prousts», *Gesammelte Schriften*, Band II-1, Suhrkamp Taschenbuch Wissenschaft, 1977, S. 314; ヴァルター・ベンヤミン「プルーストのイメージについて」、『ベンヤミン・コレクション 2 エッセイの思想』浅井健二郎編訳、ちくま学芸文庫、一九九六年、四一二頁。

(4) Cf. Gilles Deleuze, *Proust et les signes*, PUF, 1964, p. 140-157.

(5) Henri Bergson, *L'Évolution créatrice*, *Œuvres*, *Édition du Centenaire*, PUF, 1959, p. 753; アンリ・ベルクソン『新訳ベルクソン全集 4 創造的進化』竹内信夫訳、白水社、二〇一三年、三五五―三五六頁。

(6) この点については、次の研究を参照のこと。Georges Poulet, «Proust», *Études sur le temps humain*, t. I, Rocher, coll. «Agora», 1952, p. 400-438; ジョルジュ・プーレ「プルースト」、『人間的時間の研究』所収、井上究一郎訳、筑摩叢書、一九六九年、四〇〇―四三九頁。

(7) Gaston Bachelard, *La poétique de la rêverie*, PUF, 1960, p. 95; ガストン・バシュラール『夢想の詩学』及川馥訳、ちくま学芸文庫、二〇〇四年、一八五頁。

(8) Charles Baudelaire, «Le Flacon», *Les Fleurs du mal*, *Œuvres complètes*, t. I, Gallimard, coll. «Bibliothèque de la Pléiade», 1975, p. 48; シャルル・ボードレール『悪の華』安藤元雄訳、『集英社版 世界文学全集 42』、一九八一年、八七―八八頁。

(9) Paul Valéry, *Mauvaises pensées et autres*, *ŒII*, 860; ポール・ヴァレリー『邪念その他』清水徹・佐々木明訳、『増補版 ヴァレリー全集』第四巻、筑摩書房、一九七七年、三三二頁。

(10) Walter Benjamin, *Das Passagen-Werk*, *Gesammelte Schriften*, Band V-1, Suhrkamp Taschenbuch Wissenshaft, 1982, S. 576-577[N2a, 3]; *Paris, Capitale du XIXe siècle*, Traduit de l'allemand par Jean Lacoste, CERF, 2000, p. 478-479; ヴァルター・ベンヤミン『パサージュ論 IV 方法としてのユートピア』今村仁司・三島憲一他

訳、岩波書店、一九九三年、一六—一七頁。

（11）「思考は、考えることを強いる何か、思考を強制する何かがなければ何ものでもない。(…)『見出された時』のライトモティーフは、強いるという言葉である。われわれに見つめるように強いるさまざまな印象、われわれに解釈するように強いる数々の出会い、われわれに考えるように強いるいろいろな出会い」(Gilles Deleuze, *op. cit.*, p. 116–117)。

（12）Walter Benjamin, «Zum Bilde Prousts», *op. cit.*, S. 314-315；ヴァルター・ベンヤミン、前掲「プルーストのイメージについて」、『ベンヤミン・コレクション 2』四二三頁。

（13）Paul Valéry, «Le problème du musée» (1923), *Œ II*, 1292.

（14）Theodor W. Adorno, *Prismen : Kulturkritik und Gesellschaft*, Suhrkamp Taschenbuch Wissenschaft, 1955, S. 225；テオドール・W・アドルノ「ヴァレリー　プルースト　美術館」、『プリズメン——文化批判と社会』所収、渡辺祐邦・三原弟平訳、ちくま学芸文庫、一九九六年、二七八—二七九頁。

（15）*Ibid.*, S. 225；同書、二七九頁。

（16）より詳細には、保苅瑞穂『プルースト　印象と隠喩』ちくま学芸文庫、一九九七年を参照のこと。

（17）Paul Ricœur, *La Métaphore vive*, Seuil, coll. «Points/Essais», 1975, p. 391；ポール・リクール『生きた隠喩』久米博訳、岩波書店、一九九八年、四〇四頁。

（18）ペーター・ションディ「希望は過ぎ去りしもののうちに——ヴァルター・ベンヤミンと〈失われたとき〉」初見基訳、『みすず』一九八九年四月号、一四—二〇頁を参照のこと。

第三章　ブルトンにおける期待の詩学

（1）André Breton, *MS*, *ŒI*, 319;『宣言』二六頁。

ブルトンのテクストからの引用はプレイヤード版(André Breton, *Œuvres complètes*, Gallimard, coll. «Bibliothèque de la Pléiade», 4 vols., 1988–2008)を使用し、*ŒI*, *ŒII*... という略号の後に頁数を示すこととする。個別の作品については以下の略号を用い、本文中に「原書；邦訳」の順でレフェランスをそのまま記す。

MS: *Manifeste du surréalisme*(1924), *ŒI*, 309–346;『シュルレアリスム宣言・溶ける魚』巖谷國士訳、岩波文庫、一九九二年(略号『宣言』)。

SM: *Second manifeste du surréalisme*(1930, 1962), *ŒI*, 775–833;『シュルレアリスム第二宣言』生田耕作訳、『アンドレ・ブルトン集成』第五巻、人文書院、一九七〇年(略号『第二宣言』)。

N: *Nadja*(1928, 1963), *ŒI*, 643–753;『ナジャ』巖谷國士訳、岩波文庫、二〇〇三年。

VC: *Les Vases communicants*(1932), *ŒII*, 101–215;『通底器』足立和浩訳、現代思潮社、一九七八年。

AF: *L'amour fou*(1937), *ŒII*, 673–785;『狂気の愛』海老坂武訳、光文社古典新訳文庫、二〇〇八年。

（2）Gérard de Nerval, *Aurélia*(1855), *Œuvres complètes*, t. III, Gallimard, coll. «Bibliothèque de la Pléiade», 1993, p. 699; ジェラール・ド・ネルヴァル『オーレリア』田村毅訳、『ネルヴァル全集 VI』筑摩書房、二〇〇三年、五一頁。

（3）マクシム・アボルガスミが、プルーストの「無意志的記憶」とブルトンの「客観的偶然」を、いずれも意志の力ではどうにもならない出来事に取り組んでいるという視点から比較している。ただし、プルーストが偶然の間歇性を超え、一貫した流れを捉えようとしているのに対し、ブルトンは日々起こる突発事のなすがままになることを選んでいる点が異なっているとする。Maxime Abolgassemi, «Hasard objectif et mémoire involontaire: Solutions d'un même problème», *Poétique*, n° 159, septembre 2009, p. 299–310.

（4）第四号（一九二五年七月十五日号）以降、レリスとモリーズ以外で、「夢」欄に物語を発表したのは、ミシェル・ノル（第七号、一九二六年六月十五日）、アラゴンとピエール・ナヴィル（第九・一〇合併号、一九二七年十月一日）の三名のみ。第六号、第八号、第一二号には夢物語はまったく掲載されていない。

（5）André Breton, «Introduction au discours sur le peu de la réalité» (1924), *Point du Jour* (1934), *Œil*, 276; アンドレ・ブルトン「現実僅少論序説」、『黎明』生田耕作・田村俶訳、『アンドレ・ブルトン集成』第六巻、人文書院、一九七四年、二一五頁。

（6）鈴木雅雄の分析を参照のこと。「事件に立ち会ってしまったものが戸惑いながらその痕跡を記録していくというこのあり方は、ブルトンのテクストにとって常に本質的な性格であろう」（『シュルレアリスム、あるいは痙攣する複数性』平凡社、二〇〇七年、一九六―一九七頁）。

（7）フランク・カーモード『終りの意識――虚構理論の研究』岡本靖正訳、国文社、一九九一年、六五―六六頁。

（8）ジャクリーヌ・シェニウー゠ジャンドロン『シュルレアリスム、あるいは作動するエニグマ』齋藤哲也編、鈴木雅雄他訳、水声社、二〇一五年、四六頁。

（9）Jacqueline Chénieux-Gendron, *Le Surréalisme*, PUF, coll. «Littératures modernes», 1984, p. 118; ジャクリーヌ・シェニウー゠ジャンドロン『シュルレアリスム』星埜守之・鈴木雅雄訳、人文書院、一九九七年、一四三頁。

（10）鈴木雅雄「ひまわりは誰の花」（『ユリイカ』一九九一年一二月号、五〇―七一頁）を参照のこと。

（11）Jacqueline Chénieux-Gendron, *op. cit.*, p. 117; ジャクリーヌ・シェニウー゠ジャンドロン、前掲『シュルレアリスム』一四二頁。

（12）*Ibid.*, p. 114; 同書、一三九頁。

(13) Walter Benjamin, *Ursprung des deutschen Trauerspiels*, *Gesammelte Schriften*, Band I-1, Suhrkamp Taschenbuch Wissenschaft, 1991, S. 226；ヴァルター・ベンヤミン『ドイツ悲劇の根源』上、浅井健二郎訳、ちくま学芸文庫、一九九九年、六〇―六一頁。

(14) Georges Didi-Huberman, *Devant le temps: Histoire de l'art et anachronisme des images*, Minuit, 2000, p. 103；ジョルジュ・ディディ＝ユベルマン『時間の前で――美術史とイメージのアナクロニズム』小野康男・三小田祥久訳、法政大学出版局、二〇一二年、九七頁。

(15) *Ibid*., p. 242；同書、二四五頁。

(16) Louis Aragon, *Le Paysan de Paris*(1926), Gallimard, coll. «Folio», 1953, p. 22；ルイ・アラゴン『パリの農夫』佐藤朔訳、思潮社、一九八八年、二一頁。

(17) *Ibid*., p. 30-31；同書、二七―二八頁。

(18) Walter Benjamin, *Das Passagen-Werk*, *Gesammelte Schriften*, Band V-1, Suhrkamp Taschenbuch Wissenschaft, 1991, S. 616；ヴァルター・ベンヤミン『パサージュ論 III 都市の遊歩者』今村仁司・三島憲一他訳、岩波書店、一九九四年、一六四頁[O2a, 1]。

(19) Walter Benjamin, «Der Sürrealismus», *Gesammelte Schriften*, Band II-1, Suhrkamp Taschenbuch Wissenschaft, 1977, S. 299；ヴァルター・ベンヤミン「シュルレアリスム」、『ベンヤミン・コレクション 1 近代の意味』浅井健二郎編訳、ちくま学芸文庫、一九九五年、五〇〇頁。

(20) Walter Benjamin, *Das Passagen-Werk*, *op. cit*., S. 272；ヴァルター・ベンヤミン『パサージュ論 V ブルジョワジーの夢』今村仁司・三島憲一他訳、岩波書店、一九九五年、一二五頁[H1a, 5]。

(21) Walter Benjamin, *Das Passagen-Werk*, *op. cit*., S. 579；ヴァルター・ベンヤミン『パサージュ論 IV 方法としてのユートピア』今村仁司・三島憲一他訳、岩波書店、一九九三年、二一頁[N3a, 3]。

(22) Paul Ricœur, *Temps et récit: 2. La configuration dans le récit de fiction*, Seuil, coll. «Points/Essais», 1984, p. 49; ポール・リクール『時間と物語 II フィクション物語における時間の統合形象化』久米博訳、新曜社、一九八八年、三五頁。
(23)「美は痙攣的なものだろう、さもなくば存在しないだろう」(*N*, *ŒI*, 753;『ナジャ』一九一頁)。
(24) Cf. André Breton, *MS*, *ŒI*, 324-325;『宣言』三七―三八頁。
(25) Paul Valéry, *ŒII*, 1524;『全集』第二巻、三〇六頁(全集版註に収録された『カイエ』断章からの引用)。
(26) Julien Gracq, *André Breton: Quelques aspects de l'écrivain*, *Œuvres complètes*, t. I, Gallimard, coll. «Bibliothèque de la Pléiade», 1989, p. 477; ジュリアン・グラック『アンドレ・ブルトン――作家の諸相』永井敦子訳、人文書院、一九九七年、一二九頁。
(27) *Ibid.*, p. 475; 同書、一二六頁。

第四章 サルトルにおける崩壊の詩学

(1) サルトルのイメージ論が、『想像力の問題』から『家の馬鹿息子』にかけて大きく展開されていることについては、フランソワ・ヌーデルマンによる詳細な研究がある。François Noudelmann, *Sartre: L'Incarnation imaginaire*, L'Harmattan, coll. «Ouverture philosophique», 1995.
(2) フランス語の「夢」«songe» には、「覚醒状態での、想像力による構築物」(『ロベール仏和大辞典』)という古びた、文学用語としてのニュアンスがあり、睡眠下で見る夢 «rêve» と対比されることがある。サルトルにとって、眠りの中で見る夢の本質は「信じること」croyance、つまり目前に現れた可視のものが実際に存在すると思い違いをすることにあり、後に見るように可視のものを否定することを本質とするイメージにおいて、夢は重要な役割を果たすことができなかった。

(3) Jean-Paul Sartre, *L'Imagination* (1936), PUF, coll. «Quadrige», 1989, p. 162.

(4) Jean-Paul Sartre, *L'Imaginaire* (1940), Gallimard, coll. «Folio/Essai», 1986, p. 34-35(以下、*I* という略号の後に頁数を本文中に記す)。邦訳にあたっては、『想像力の問題——想像力の現象学的心理学』、『サルトル全集』第一二巻、平井啓之訳、人文書院、一九五五年を随時参照した。

(5) Jean-Paul Sartre, *L'Idiot de la famille: Gustave Flaubert de 1821-1857*, Gallimard, coll. «Bibliothèque de Philosophie», 3 vols., 1971, 1972, 1988, t. I, p. 44; ジャン＝ポール・サルトル『家の馬鹿息子——ギュスターヴ・フロベール論(一八二一年より一八五七年まで)』(現在第Ⅳ巻まで刊行)、鈴木道彦・海老坂武他訳、人文書院、一九八二—二〇一五年、第Ⅰ巻、四四頁。以下、原書を *IF* と略記し、「原書；邦訳」の順に巻数、頁数を本文中に記す。

(6) Jean-Paul Sartre, *Saint-Genet: Comédien et martyr*, *Œuvres complètes de Jean Genet*, t. I, Gallimard, 1952, p. 22; ジャン＝ポール・サルトル『聖ジュネ——演技者と殉教者 Ⅰ』白井浩司・平井啓之訳、『サルトル全集』第三四巻、人文書院、一九六六年、二一頁。

(7) Jean Genet, «L'Atelier d'Alberto Giacometti», *Œuvres complètes*, t. V, Gallimard, 1979, p. 42; ジャン・ジュネ『アルベルト・ジャコメッティのアトリエ』鵜飼哲編訳、現代企画室、一九九九年、八頁。

(8) この事件については、黒川学「『家の馬鹿息子』の「真実の小説」という問題——「ポン＝レヴェックでの落下」をめぐって」(『サルトル読本』澤田直編、法政大学出版局、二〇一五年、三五七—三七〇頁)を参照のこと。

(9) 邦訳第Ⅳ巻の書誌は次の通り。ジャン＝ポール・サルトル『家の馬鹿息子——ギュスターヴ・フロベール論(一八二一年より一八五七年まで)』第Ⅳ巻、鈴木道彦・海老坂武監訳、黒川学・坂井由加里・澤田直訳、人文書院、二〇一五年。

(10) 「全体化」という概念が、サルトル読解の鍵になることについては、次の論文を参照のこと。澤田直「小説家サルトル——全体化と廃墟としてのロマン」、前掲『サルトル読本』三七一—三八五頁。

(11) Jean-Paul Sartre, *La nausée* (1938), Gallimard, coll. «Folio», 2010, p. 61; ジャン＝ポール・サルトル『嘔吐』白井浩司訳、人文書院、一九九四年(改訳新装版)、六二頁。以下、原書を*N*と略記し、「原書：邦訳」の順に頁数を本文中に示した。

(12) Cf. Jean-Paul Sartre, *Œuvres romanesques*, Gallimard, coll. «Bibliothèque de la Pléiade», 1981, p. 1722-1723[note 1 pour la page 6].

(13) Paul Valéry, *Eupalinos* (1921), *ŒII*, 120; ポール・ヴァレリー「エウパリノス」清水徹訳、『エウパリノス・魂と舞踏・樹についての対話』所収、岩波文庫、二〇〇八年、七九頁。ちなみにこの一節の初期形態は、一九一五—一六年の『カイエ』に「1 見つけた物。 2 アデール(旧アガート) 3……」という題名の後、主要な論点をふくむ長い断章として書かれている(C, V, 826-829)。「アガート」とは、ヴァレリーが一八九八年から一九〇二年に取り組んでいた、覚醒した意識を保ったまま眠りの世界に降りてゆくという、「テスト氏の夜の航海」をつづける聖女を歌った散文詩で、ヴァレリーが夢研究に本格的に取り組むきっかけとなった作品である。覚醒した意識が、どのようにして、何のために作られたものなのかわからない物体に出会い、さらには覚醒そのものが失われる状態に直面するというこの構想は、ヴァレリーの明晰さがつねに明快に分類できないものとの緊張関係において成り立っていることを示している。

(14) 井筒俊彦『意識と本質——精神的東洋を索めて』岩波文庫、一九九一年、一一頁。

(15) Gaston Bachelard, *La terre et les rêveries du repos* (1948), José Corti, 1982, p. 253-256; ガストン・バシュラール『大地と休息の夢想』饗庭孝男訳、思潮社、一九七〇年、二九九—三〇四頁。

（16） Paul Valéry, *Dialogue de l'Arbre*(1943), *ŒII*, 192；ポール・ヴァレリー「樹についての対話」清水徹訳、前掲『エウパリノス・魂と舞踏・樹についての対話』所収、二二一―二二三頁。

（17） Jean-Paul Sartre, *L'être et le néant: Essai d'ontologie phénoménologique*, Gallimard, coll. «Bibliothèque des Idées», 1943, renouvelé en 1970, p. 630；ジャン゠ポール・サルトル『存在と無――現象学的存在論の試み』下、松浪信三郎訳、人文書院、一九九九年、一〇四五頁。

第五章　ロラン・バルトの〈中性〉の詩学

（1） *RR*, *ŒIV*, 665. ロラン・バルトの作品・講義録からの引用は、それぞれ以下の版を使用し、行頭の略号を用いて本文中にレフェランスを示す。引用にあたっては、既訳を随時参照した。

ŒI–ŒV: *Œuvres complètes*, Nouvelle édition revue, corrigée et présentée par Éric Marty, Seuil/IMEC, coll. «Traces écrites», 2002.

PT: *Le plaisir du texte*(1973), *ŒIV*, 217–264；『テクストの快楽』沢崎浩平訳、みすず書房、一九七七年。

RR: *Roland Barthes par Roland Barthes*(1975), *ŒIV*, 575–771；『彼自身によるロラン・バルト』佐藤信夫訳、みすず書房、一九七九年。

C: *Comment vivre ensemble: Cours et séminaires au Collège de France(1976–1977)*, Texte établi, annoté et présenté par Claude Coste, Seuil/IMEC, coll. «Traces écrites», 2002；『いかにしてともに生きるか――コレージュ・ド・フランス講義　一九七六―一九七七年度』野崎歓訳、筑摩書房、二〇〇六年。

N: *Le Neutre: Cours au Collège de France(1977–1978)*, Texte établi, annoté et présenté par Thomas Clerc, Seuil/IMEC, coll. «Traces écrites», 2002；『〈中性〉について――コレージュ・ド・フランス講義　一九七七―一九七八

年度』塚本昌則訳、筑摩書房、二〇〇六年。
CC: *La chambre claire : Note sur la photographie* (1980), *ŒV*, 785–892;『明るい部屋——写真についての覚書』花輪光訳、みすず書房、一九八五年。

（2）バルトはここで、ドゥルーズを参照していることを明らかにしている。バルトの依拠しているテクストは『ニーチェと哲学』の次の箇所である。「方法は、考える人の善意、「熟慮された決意」をつねに前提としている。それに反して、教養は、思考が被った暴力であり、選択的力の作用による思考の形成であり、考える人のあらゆる無意識を活動させる一つの訓練である」(Gille Deleuze, *Nietzsche et la philosophie*, PUF, 1962, p. 123–124)。

（3）三つのテクストとは、ジョゼフ・ド・メストル『スペイン宗教裁判所に関するあるロシア人貴族への手紙、一八一五年』、トルストイ『戦争と平和』第一巻第三編第十六章の最後の箇所、ジャン＝ジャック・ルソー『孤独な散歩者の夢想』「第二の散歩」冒頭近くの部分。出版された講義録には、さらにジャン・グルニエ『老子の精神』の、自分だけが愚か者に思えるという述懐(「他の人々は知的な様子をしているが、わたしだけは間抜けのように思える」)も記されているが、実際の講義では読みあげられていない(*N*, 27–31)。

（4）Cf. Roland Barthes, *Fragments d'un discours amoureux* (1977), *ŒV*, 251.

（5）Roland Barthes, *Où/ou va la littérature ?* (Entretiens avec Maurice Nadeau) (1974), *ŒIV*, 550.

（6）Charles Baudelaire, *Les paradis artificiels*, *Œuvres complètes*, t. I, Texte établi, présenté et annoté par Claude Pichois, Gallimard, coll. «Bibliothèque de la Pléiade», 1975, p. 409 (以下 *PA* という略号を用いて本文内に直接レフェランスを記す)。

（7）この視点から、バルトはボードレールの『人工楽園』とヴァレリーのテスト氏を比較している。Cf. Masanori Tsukamoto, «Les Paradis artificiels et Monsieur Teste : la théâtralisation de la conscience», *La Licorne :*

«Baudelaire et les formes poétiques», Textes réunis et présentés par Yoshikazu Nakaji, n° 83, 2008, p. 193-203.

（8） バルトは『エッセ・クリティック』序文（一九六四年）から何度もオルフェウスに言及、振り返ることによって対象を二度失ってしまうその身振りを繰り返し取りあげている。『明るい部屋』では第二十章「無意志的特徴」にオルフェウスの名前がある。「〈写真家〉の透視力は、《見る》ことによってではなく、その場にいることによって成り立つ。とりわけ〈写真家〉は、オルフェウスをまねて、自分が〔地獄から〕連れてきて私たちに見せるものを振り返って見てはならない！」(*CC*, *Œ V*, 827)。

塚本昌則

1959年生まれ．東京大学文学部卒業，同大学大学院博士課程中退．文学博士(パリ第12大学)．白百合女子大学文学部専任講師などを経て，東京大学大学院人文社会系研究科教授．

【著書】
- 『フランス文学講義——言葉とイメージをめぐる12章』(中公新書，2012年)
- 『写真と文学——何がイメージの価値を決めるのか』(編著，平凡社，2013年)
- 『声と文学——拡張する身体の誘惑』(鈴木雅雄と共編著，平凡社，2017年)

【訳書】
- パトリック・シャモワゾー『カリブ海偽典——最期の身ぶりによる聖書的物語』(紀伊國屋書店，2010年，第48回日本翻訳文化賞受賞)
- 『ロラン・バルト著作集4　記号学への夢　1958-1964』(みすず書房，2005年)
- 『ヴァレリー集成II　〈夢〉の幾何学』(編訳，筑摩書房，2011年)
- ポール・ヴァレリー『レオナルド・ダ・ヴィンチ論』(ちくま学芸文庫，2013年)

目覚めたまま見る夢 20世紀フランス文学序説

2019年2月22日　第1刷発行

著　者　塚本昌則《つかもとまさのり》

発行者　岡本　厚

発行所　株式会社 岩波書店
〒101-8002 東京都千代田区一ツ橋2-5-5
電話案内 03-5210-4000
http://www.iwanami.co.jp/

印刷・精興社　製本・松岳社

ISBN 978-4-00-024957-7　　Printed in Japan

夢の共有
——文学と翻訳と映画のはざまで
野崎歓
A5判二二四頁
本体三二〇〇円

堕ちゆく者たちの反転
ベンヤミンの「非人間」によせて
道籏泰三
四六判三五二頁
本体二九〇〇円

「投壜通信」の詩人たち
——〈詩の危機〉からホロコーストへ
細見和之
四六判三三六頁
本体三一〇〇円

文学を〈凝視する〉
阿部公彦
四六判三〇二頁
本体二九〇〇円

文学の弁明
——フランスと日本における思索の現場から
二宮正之
四六判三六二頁
本体三七〇〇円